異伝 淡海乃海《いでん あふみのうみ》 二

羽林、乱世を翔る《うりん、らんせをかける》

［著］イスラーフィール

［絵］碧風羽《みどりふう》

TOブックス

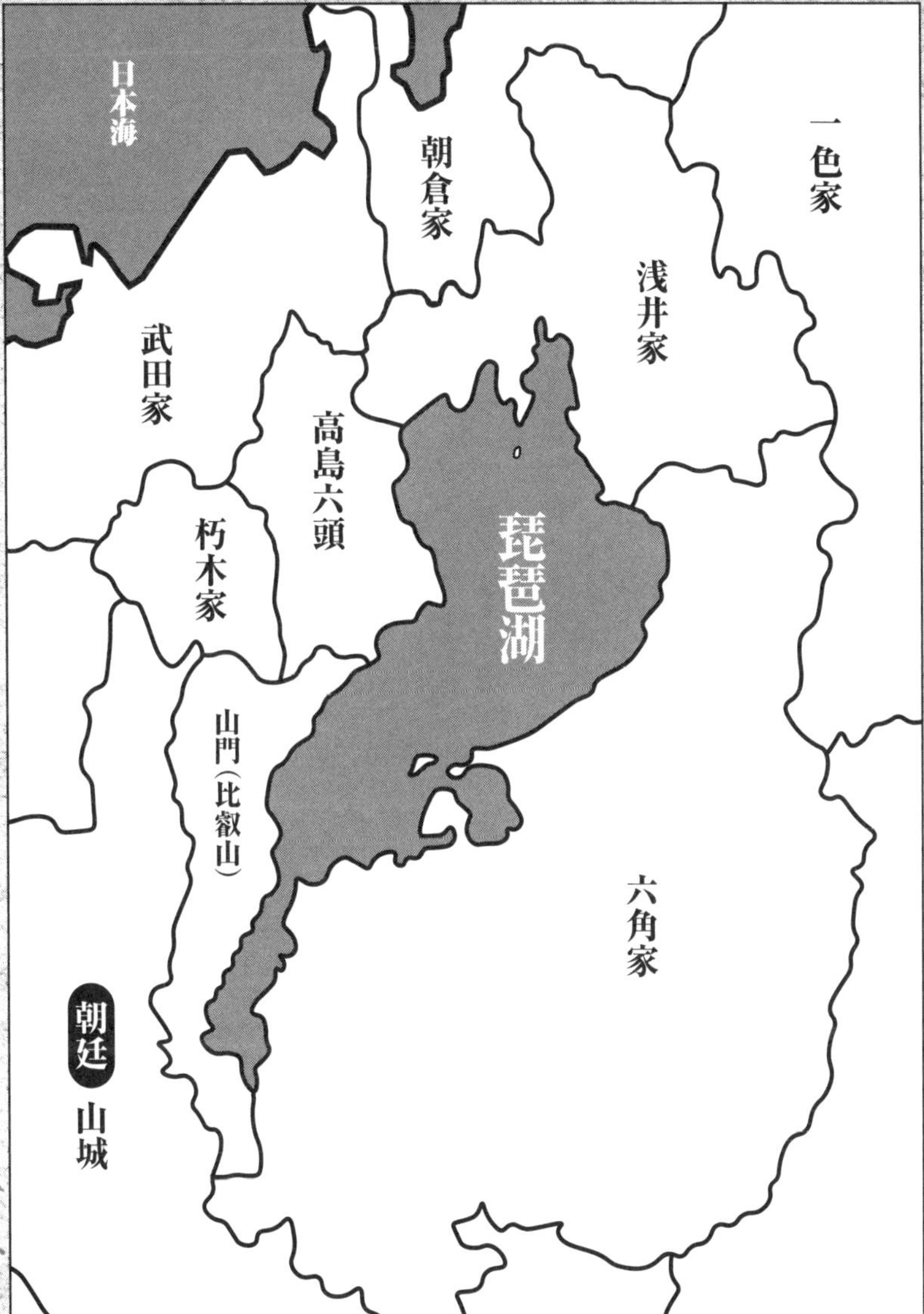

近江勢力図［おうみせいりょくず］

人物紹介［じんぶつしょうかい］

朽木家［くつきけ］

朽木《くつき》稙綱《たねつな》

主人公の祖父。主人公の才能を認め朽木家の当主に出来なかった事を悔やんでいる。そのため幕府に対しても複雑な感情を持つ。

朽木《くつき》晴綱《はるつな》

主人公の父。

朽木《くつき》惟綱《これつな》

稙綱の弟。兄同様主人公の才能を認める。

朽木《くつき》長門守《ながとのかみ》

主人公の叔父。幕府の命により朽木家の当主となるがその事で主人公に対して強い負い目を持つ。

浅井家［あざいけ］

浅井《あざい》久政《ひさまさ》

越浅井家当主。

浅井《あざい》猿夜叉丸《さるやしゃまる》

浅井家嫡男。

織田家［おだけ］

織田《おだ》信長《のぶなが》

尾張の戦国大名。三英傑の一人。主人公に好意を持つ。

三好家［みよしけ］

三好《みよし》長慶《ながよし》

三好家当主。

三好《みよし》実休《じっきゅう》

三好長慶の次弟。

安宅《あたぎ》冬康《ふゆやす》

三好長慶の三弟。

十河《そごう》一存《かずまさ》

三好長慶の四弟。

三好《みよし》長逸《ながやす》

三好長慶の大叔父。

松永《まつなが》久秀《ひさひで》

三好家家臣。主君三好長慶に強い忠誠心を抱いている。主人公の力量を認め好意を持っている。

三好《みよし》義長《よしなが》

三好長慶の嫡男。

朝廷・公家【ちょうてい・くげ】

飛鳥井雅綱《あすかいまさつな》

主人公の祖父。

飛鳥井雅教《あすかいまさのり》

主人公の伯父。

飛鳥井基綱《あすかいもとつな》

現代からの転生者。朽木家の嫡男に生まれながら幕府の命により朽木家を継ぐ事が出来ず母方の実家である飛鳥井家に戻り公家として生きる事になる。

目々典侍《めめないしのすけ》

主人公の叔母、後に養母。正親町天皇の側室。主人公の才覚を認め溺愛する。

春齢女王《かすよじょおう》

方仁親王（正親町天皇）と目々典侍の間に生まれた女王。主人公を慕う。

正親町天皇《おおぎまちてんのう》

第一〇六代天皇。足利氏と三好氏の勢力争いに苦慮する。幕府が頼りにならない事に強い不満を示す。基綱を信頼し重用する。

近衛前嗣《このえさきつぐ》

近衛家第一七代当主。右大臣→関白左大臣→関白。朝廷の第一人者として朝廷の権威を守るために苦慮する。主人公の才能を認め頼りにする。足利義輝の従兄弟。

近衛稙家《このえたねいえ》

近衛家第一六代当主。太閤。足利義輝の伯父。親足利の重鎮として義藤を支えるが義藤の器量を危うんでいる。

慶寿院《けいじゅいん》

足利義輝の母、近衛稙家の妹。義藤の器量を危ぶみつつも懸命に支えようとしている。

当麻葉月《とうまはづき》

鞍馬忍者。京で桔梗屋という漆器店を営む。主人公と知り合いその力量を認める。

黒野重蔵《くろのじゅうぞう》

鞍馬忍者の頭領。葉月より主人公の事を知り主人公に仕える。鞍馬忍者の実力を世に示したいと考えている。

持明院基孝《じみょういんもとたか》

持明院家の当主。家学は書道。綾を妻に娶る。

持明院綾《じみょういんあや》

主人公の母。京の公家飛鳥井家の出身。朽木家に御嫁ぎ基綱を産んだがその後、飛鳥井家に戻り持明院基孝の妻となる。息子である主人公を理解出来ず怖れ離れていく。基孝との間に安王丸を儲ける。

広橋兼秀《ひろはしかねひで》

内大臣。日野家の養子問題で飛鳥井家と激しく対立する。

広橋国光《ひろはしくにみつ》

兼秀の息子。権大納言。武家伝奏。

足利家「あしかがけ」

足利《あしかが》義輝《よしてる》
足利家当主。第十三代将軍。

細川《ほそかわ》藤孝《ふじたか》
足利家家臣。

朽木《くつき》成綱《なりつな》
足利家家臣。主人公の叔父。

朽木《くつき》直綱《なおつな》
足利家家臣。主人公の叔父。

朽木《くつき》輝孝《てるたか》
足利家家臣。主人公の叔父。

足利《あしかが》毬《まり》
近衛稙家の娘。近衛前嗣の妹。足利義輝の妻。

小侍従《こじじゅう》
義輝の側室。進士美作守の娘。

春日局《かすがのつぼね》
義輝の乳母。日野家の未亡人。日野家の養子問題で基綱を敵視する。

糸千代丸《いとちよまる》
義輝の小姓。摂津家の嫡男。

六角家「ろっかくけ」

六角《ろっかく》義賢《よしかた》
六角家当主。朽木家を臣従させようと画策する。

小夜《さよ》
六角家の養女として浅井家に嫁ぐ。

高島家「たかしまけ」

高島《たかしま》越中守《えっちゅうのかみ》
高島、朽木、永田、平井、横山、田中、山崎からなる高島七頭の頭領。竹若丸の内政改革により豊かになった朽木を羨み嫉む。竹若丸の父、朽木晴綱を戦で殺したため、竹若丸にとっては父の仇。

長尾家「ながおけ」

長尾《ながお》景虎《かげとら》
越後守護。幕府に対して強い忠誠心を持つ。後の上杉謙信。

勢力相関図［せいりょくそうかんず］

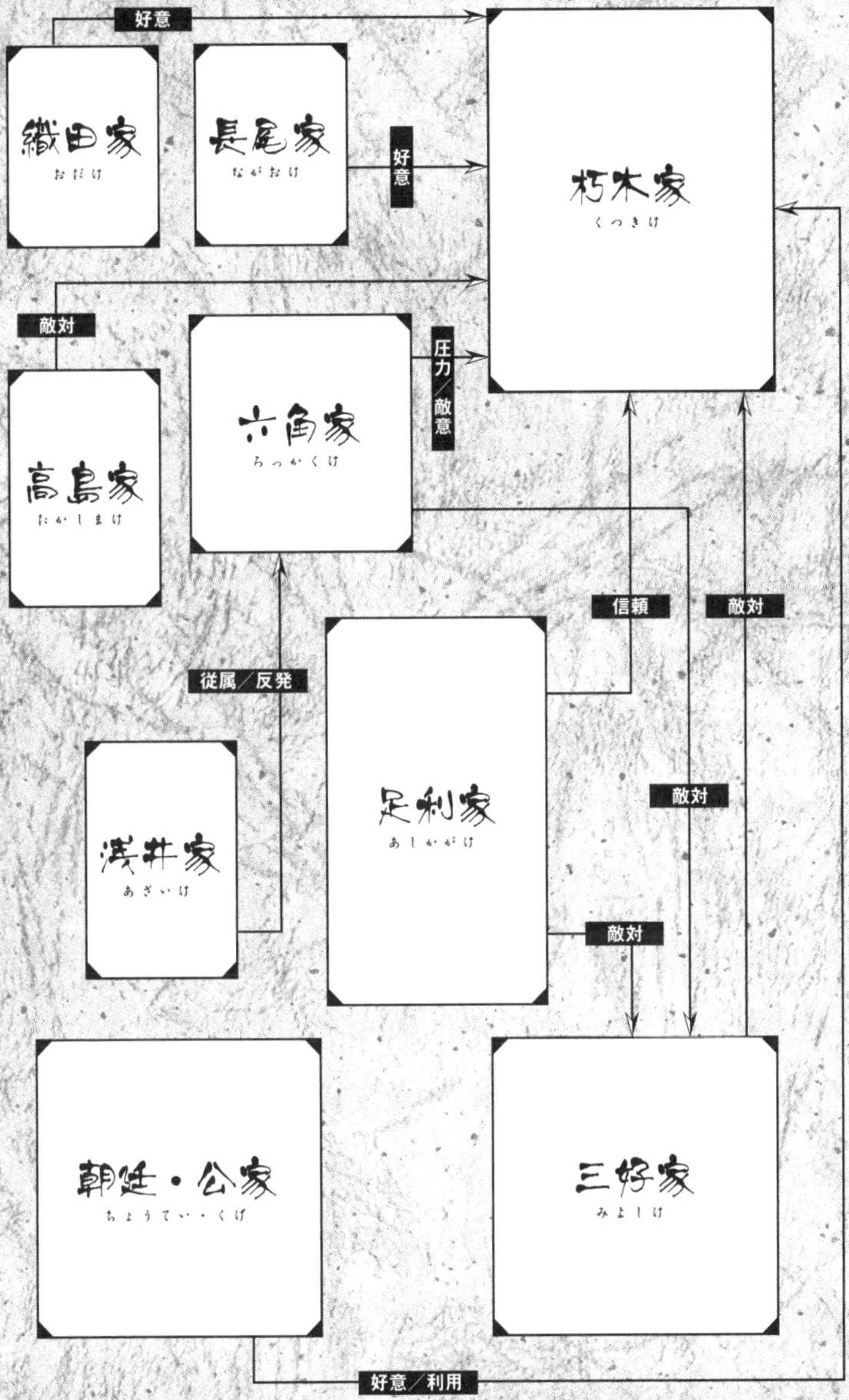

目次【もくじ】

［いてん　あふみのうみ
うりん、らんせをかける］

ILLUST. 碧風羽
DESIGN. AFTERGLOW

偽装

永禄二年（一五五九年）　三月中旬　　近江高島郡朽木谷　　朽木城　　朽木稙綱《くつきたねつな》

皆の前に地図が有った。その地図に×の印が付いている。朽木へと続く一本道だ。皆がその印を見ていた。

「此処《ここ》に誘い込むというのか」

問い掛けると葉月《はづき》が〝はい〟と答えた。

「確かに此処に誘い込めれば勝てよう。しかし高島が此処まで来るか？」

儂の言葉に倅《せがれ》の長門守《ながとのかみ》、弟の蔵人《くらんど》、甥の主殿、家臣の日置五郎衛門、宮川新次郎が頷いた。

「九年前の戦でも高島は攻めて来ませんでした。決して戦は下手ではない。むしろ慎重ですな。簡単には攻め込みますまい」

五郎衛門が難しい顔をしている。九年前の戦では殿《しんがり》を務めた。五郎衛門の言葉には重みが有る。

「侍従様は以前とは違う。朽木には銭が有ると申されております。それに深く攻め込んだ方が和睦《わぼく》を勧めた六角の重みが増し高島越中守への銭も多くなる。越中守は強欲、喰いつく可能性は有るとお考えになっておられます」

弟の蔵人が〝なるほど、有るかもしれませぬな〟と言った。確かにあるかもしれん。しかし決して高くは有るまい。

「御隠居様」

「何か？」

「侍従様が御隠居様に病になって欲しいと」

「病じゃと？」

葉月が頷いた。皆が驚いている。

「御隠居様の病は重い、大した事は無いと二つの噂を流します。その後に御隠居様が亡くなられた、いや床に伏《ふ》しているだけだと噂を流す。そして御当主の長門守様は家臣達を抑えられず家中はバラバラだという噂も流す」

皆が顔を見合わせた。

「朽木が混乱している。御隠居様の死を必死に隠そうとしている。戦意は低いと思わせるのだな？」

新次郎が低い声で確認すると葉月が頷いた。

「そうすれば長門守様が率いる兵が少なくてもおかしくは有りませぬ。残りの兵は伏兵として使えましょう。そして長門守様は然《さ》したる戦いもせずに敗走する事が出来ます」

葉月が指で道筋をなぞりながら印の場所を指し示した。唸り声が聞こえた。五郎衛門が唸っている。

「そこで伏兵に横腹を突かせるか。……長門守、如何《どう》思う？　兵を率いるのはそなたじゃが」

倅に問い掛けると倅は大きく息を吐いた。

「欲が勝つか、警戒心が勝つか、ですな。朽木には銭が有る事は越中も分かっております。上手く行くかもしれませぬ」

皆が頷いた。

「皆も良いのだな？　ならば儂は病になって寝込むとしよう。元はと言えば儂が公方《くぼう》様に銭を渡したのが始まりよ。病人でも死人にでもなろう」

皆が困ったような表情をした。あの時、一千五百貫の銭を出すのには躊躇《ためら》いが無かったとは言わぬ。だが公方様をお迎えしながら内実では公方様の御為にならぬ事もした。そのくらいはせねばならぬとも思った。まさかそれが戦を呼ぼうとは……。

葉月が〝御隠居様〟と話しかけて来た。

「侍従様は自分の所為だと言っておられました。自分が御隠居様に無理を強いたと。御隠居様は苦しかったのだろうと」

「そうか……」

あれが当主で有ったらと言いたくなるのを必死で抑えた。長門守は懸命に務めている。それを認めなくてはならぬ。

「噂は私共が流しましょう。皆様方は戦の準備を」

頷く者、訝《いぶか》しむ者が居る。

「分かった。ところでそなた、何者だ？　ただの商人とは思えぬが」

葉月の顔が綻《ほころ》んだ。

「商人ですが商人以外の顔も持っております」

「侍従に仕えているのか？」

「はい。なかなか面白い御方でございます。底が見えませぬ。いずれ天下を動かす御方になるやもしれませぬなあ」

葉月が〝ほほほほほほ〟と笑い声を上げた。天下を動かすか、その姿を見たいものよ……。


永禄二年（一五五九年）三月下旬　山城国葛野・愛宕郡《あたごぐん》　平安京内裏《だいり》　広橋国光

帝のお召しにより父の内大臣と共に常御所へと赴《おもむ》くと其処には既に関白殿下、二条様、左大臣西園寺公朝、右大臣花山院家輔、そして悪侍従飛鳥井基綱《あすかいもとつな》が居た。父が顔を歪めた。私も身体が強張《こわば》るのを感じた。日野家の跡目相続問題で父は侍従に殺すと脅された。その時は脅しだと父を励ましたがあれは本気だったのかもしれぬ。

室町第で侍従は摂津《せっつ》糸千代丸を打ちのめした。非は糸千代丸にある。侍従を殺そうとしたのだ。短刀を抜いて襲い掛かった糸千代丸をいとも簡単に取り押さえると命乞いをする公方や慶寿院《けいじゅいん》様の前で容赦なく打ちのめし庭に蹴り落した。そして次は誰が口添えしようが必ず殺すと言い放ったという。公方、慶寿院様の命乞いが無ければ殺したかもしれない。

「お召しにより御前に参上仕りました」

父が頭を下げたので私も下げた。

「両名とも良く承るように」

関白殿下の御言葉にもう一度頭を下げた。

「帝は飛鳥井資堯《すけたか》に難波家の再興を許そうとのお考えである」

難波家？　では日野家の相続問題からは外れるという事か。父が嬉しそうな表情をしている。相続問題で勝ったと思ったのだろう。殿下が、いや帝も不愉快そうな表情をされた。困ったものよ。

「ついては難波家の所領として日野家から百五十貫を分与したい。そうお考えである」

父の顔が強張った。〝広橋権大納言〟と名を呼ばれたので慌てて畏まった。

「その方は武家伝奏の任にある。早急に室町第に赴き善処するように。内府は権大納言を助け、帝の御意思を全うさせよ」

我ら親子で公方を説得せよという事か。

「畏《おそ》れながらお尋ね致しまする」

関白殿下が〝何事か〟と言葉を発した。

「日野家の跡目相続は如何なりましょう。室町からは必ずその事について問いが有るものと思われます。如何に答えれば良いか、御教え願いまする」

帝と関白殿下が顔を見合わせた。帝が微かに頷かれた。それを見て殿下が頭を下げられた。

「日野家についてては飛鳥井侍従の申す如くその跡目相続を許さず取り潰すべきかともお考えになられている。しかし代々の日野家の忠節に免じ取り潰しは避けるべきかともお悩みじゃ。未だ御心は定まらぬ。日野家についての沙汰は難波家の問題が片付いてから改めて行われる事になろう」

シンとした。西園寺左府、花山院右府は無言だ。飛鳥井侍従も無言で控えている。皆、既にこの事を知っていたらしい。

「疑念、氷解致しました。これより父と共に室町第へと赴きまする」

帝が満足そうに頷かれるのが分かった。父と共に御前を下がる。直ぐに父が話しかけて来た。

「日野家を再興させたければ難波家を再興させろという事でおじゃろう。それが出来ぬようでは日野家の再興は認められぬと。……上手く飛鳥井にしたやられたか」

不満そうな口ぶりだ。

「如何する？　公方と組んでもう一度押し返すか？　不可能とは思わぬが」

「御止めになられた方が宜しゅうございます」

私が答えると父が〝何故だ〟と訝しんだ。老いた、と思った。何も分かっていない。父は今年で五十四歳になる。内大臣を最後に隠居した方が良いだろう。十分な筈《はず》だ。

「その時は日野家は潰されましょう」

「……」

駄目だ、未だ分っていない。

「帝は日野家の再興を許すとは仰られておりませぬ。未だ御心は定まらぬとの事。難波家の再興が成ってから改めて検討すると申されました」

父が不満そうな表情を見せた。

「日野家を再興したければ公方を説得せよという事か」

「もっと悪《わる》うおじゃります」

「……」

「帝の御意に従わぬのなら日野家は潰すという事です。押し返すなど論外でおじゃります」

不満そうな表情は変わらない。

「父上、未だ分かりませぬか？　帝は難波家を再興させれば日野家を再興させると交換条件を出しているのではおじゃりませぬぞ。難波家を再興させよと命じておられるのです。それが出来ねば潰されても文句は言えませぬ」

父の顔色が変わった。ようやく理解出来たらしい。だが未練がましく〝しかし〟、〝いや〟等と言っている。

「我ら広橋に室町を説得せよと命じられたのも我らを試しているとは思われませぬか？」

「試している？　何を試すのだ？」

「帝に忠を尽くすのか、そうでないのかです」

「……」

愕然《がくぜん》としている。

帝は御不満なのだ。侍従が日野家を潰せと進言した時、大きく頷かれたという。帝の御心の内には日野家の家督相続で騒ぐ者達に対する不快感が有る。侍従の意見に頷かれたのはその者達への不快感からだろう。自分を蔑《ないがしろ》にして何を騒ぐのかと思ったのだ。勾当内侍《こうとうのないし》への叱責にもそれが有る。それを思えば我らが呼び出されたのは……。

「父上、我らは疑われているのです。一つ間違えば日野家どころか広橋家も取り潰しとなりますぞ」

「……」

「この件では一切不平、不満を口にしてはなりませぬ。室町の要求に耳を貸す事もなりませぬ。帝は室町に対しても強い不満をお持ちです。侍従の暗殺未遂事件では日野家を潰せと仰られた事を忘れましたか？　ただ帝の御意に沿う様に動く。宜しいですな、父上」

「わ、分かった」

父が頷いた。隠居の話はまた後でだな……。


永禄二年（一五五九年）　三月下旬　山城国葛野・愛宕郡　室町第　広橋国光

「今日は何用か？」

上座に居る公方が問い掛けてきた。下座では両脇に幕臣達が控えている。春日局も居た。

「此度、帝は飛鳥井家の資堯殿に難波家を再興する事を許すとの決断をなされました」

ざわめきが起きた。歓喜の響きが有る。公方が顔に喜色を浮かべていた。春日局、幕臣達も嬉しそうな表情をしている。父と同じだ、日野家の養子問題は足利が勝った。そう思ったのだろう。

「新たに再興される難波家の所領には日野家より百五十貫を分かち与える事にしたいと帝はお考えでおじゃります」

またざわめきが起きた。今度は歓喜の響きは無い。不審、不満の響きが有る。

「公方に善処するように伝えよとの事でおじゃりました」

言い終わると公方が〝如何いう事だ？〟と呟いた。

「何故難波家の所領に日野家の所領を分かち与えなければならぬ！　如何いう事だ！」

「……」

「答えよ！　内府、権大納言。如何いう事だ！」

父が何かを言いたそうな表情をしている。

「さて、如何いう事かと申されましても麿には分かりませぬな。麿は武家伝奏として帝の御言葉を伝えたまでにおじゃります。それが朝家の臣としての役目、そうではおじゃりませぬか、父上」

父の顔を見ながら言うと父が渋々といった風情で頷いた。心許無い事よ。

「公方様！　これは飛鳥井侍従の、あの者の差し金にございます！　日野家の養子には資堯では分が悪いと見て難波家の再興を帝に願い出たに違いありませぬ！」

金切り声で侍従を誹謗したのは春日局だった。

「春日殿、お控えなされよ。麿はこの命を関白殿下、二条様、西園寺左府、花山院右府が帝の御前に控える場で承りましたぞ。根拠のない誹謗、中傷の類は許されませぬぞ」

私が窘めると春日局がキッとこちらを睨んだ。

「日野家の養子に入るのは権大納言様、貴方様の御子息でありましょう。日野家の所領が減るというのにそれで宜しいのでございますか！」

「春日殿の言う通りじゃ。余りにも理不尽、受け入れられぬと跳ね返すべきだ」

「そうじゃ、国光。春日殿、槙島殿の言う通りよ。日野家の所領が減るなど理不尽でしかない。減らすなら飛鳥井家の所領で良いのじゃ。今一度押し返すべきじゃ」

父が春日局、槙島に同調した。愚かな、未だ分からぬのか。さっさと隠居させるべきだな。

「そなたの父、内府も言うておる。そのような話、受け入れられぬぞ。そうであろう？」

公方の言葉に〝その通り〟、〝押し返すべきだ〟と声が上がった。

「大体卑怯でござろう。日野家の養子に兼保殿を入れたければ難波家を再興させよとは」

上野中務少輔の言葉にまた〝その通り〟と言う声が上がった。父も頻りに頷いている。阿呆共が！

「父上、お役目を忘れましたか？　父上のお役目は武家伝奏である麿を助け帝の御意思を全うする事の筈ですぞ」

「しかしな、皆もこう言っているのだ。今一度帝に御翻意願っても……」

「未だ分りませぬか、父上」

睨み据えると幾分たじろぐ様な素振りを見せた。

「我らは朝家の臣として帝にお仕えするのが役目、公方に仕えるのが役目ではおじゃりませぬぞ」

広橋家は昵懇衆として公方に扈従する立場にある。だが我らは朝家の臣なのだ。その事を忘れてはならぬ。日野家の跡目の件では帝は御自身が蔑ろにされたと御不満なのだ。まして足利は弱い、必要以上に肩入れは出来ない。

「広橋家は松永弾正に妹を嫁がせていたな、権大納言！　昵懇衆である事よりも三好との縁を重視するのか！　足利を捨てるというのか！　内府、そなたはそれを許すのか！」

公方が膝を叩いて激高した。父が〝決して、そのような事は〟と言って首を横に振った。愚かな、御大喪から御大典まで何の役にも立たなかった事が問題なのだ。それなのに自家の勢力拡大にだけは拘る。帝が不快に思うのも当然であろう。三好の方が賢いわ。帝が足利に不快感を持っていると知って養子問題ではゴリ押しを避けた。

「なにやら誤解があるようでおじゃりますな。三好家は関係ありませぬ。これは帝の御意思でおじゃります」

「しかし」

公方が言い募ろうとするのを〝お待ちください〟と言って止めた。

「今一つ誤解がおじゃります。帝は難波家の再興がならなければ日野家の養子に兼保を入れる事は許さぬ等とは口にしておられませぬ」

父を除いた者達が訝しげな表情を見せた。

「そうですな、父上」

父が渋い表情で〝うむ〟と頷いた。

「如何いう事か、それは」

公方が問い掛けてきた。

「日野家についての沙汰は難波家の問題が片付いてから改めて行われる事となります。帝は跡目相続を許さず取り潰すべきか、代々の日野家の忠節に免じ取り潰しは避けるべきか、未だお心は定まらぬとの事。改めて検討する事になりましょう」

「……」

公方の訝しげな表情は変わらない。

「難波家に所領を分与しても日野家の養子問題は認めぬ、潰す事も有るという事か？」

公方の呟きに春日局が〝そんな！〟と悲鳴を上げた。

「権大納言様、良くもそのようなお話を受けて来ましたな。何故その場で御断り致しませぬ！　何故その場で御翻意を願いませぬ！」

春日局が床を叩いて叫んだ。

「権大納言様！」

「何故？　何故と問われるのか？　春日殿」

睨み据えると一瞬だけ怯みを見せたが直ぐに〝当然でありましょう〟と言った。

「左様か、どうやらこの室町第の方々は帝の御不快が何も分かっておらぬようでおじゃりますな」

周囲を見回すとたじろぐ者も居た。私が何を言っているのか察した者も居るらしい。

「ならば麿が教えて進ぜましょう。良くお聞きなされ。御大葬から御大典において幕府は何の役にも立たなかった、違いましょうか？」

公方の顔が強張った。春日局の顔も強張っている。

「にも拘らず、京に戻るや否や日野家の養子問題で騒ぎ立てる。朝廷を守る事よりも幕府の利を優先したとしか思えますまい。帝の御不快は当然の事でおじゃりましょう。それを気付かぬとは……、呆れましたな！」

シンとした。公方と春日局の顔は強張ったままだ。幕臣達も固まっている。

「如何なされます。未だ押し返せと申されますか？」

「……」

「はて、返事がおじゃりませぬな。では受け入れられるのですな？　そう帝に御報告して宜しいのでおじゃりますな？」

答えを迫ると〝いや、待て〟と公方が弱々しい声で止めた。この期に及んで未だ受け入れられぬのか、非は足利に有ろうに……。

「帝の御不快は分かった。難波家の再興にも異を唱える事はせぬ。だが日野家の所領を削る事には同意出来ぬ」

「そうだ、公方様の言う通りでござる。本来なら所領は飛鳥井家から分与すべきものでござろう」

幕臣の一人が公方に同意すると彼方此方から〝そうだ〟、〝その通り〟、〝理が通らぬ〟と声が上がった。父が頻りに頷いている。

「なるほど、では帝の御意思には同意出来ぬという事で宜しいのでおじゃりますな！」

声を張り上げるとシンとした。皆が顔を見合わせている。責任を取りたくないのだ。言質を取られるのを恐れている。

「公方、はっきりと御答えを頂きたい。帝の御意思に同意出来ぬ、そうですな？」

「……それは……」

「国光、左様に答えを迫らずとも良かろう」

父の言葉に公方が露骨にホッとしたような表情を見せた。

「一度内裏に戻り帝に公方は帝の御意思に背くつもりはないが日野家の所領を分与する事には心を痛めているとお伝えしては如何じゃ」

公方が頷いている。

「帝に御翻意を願うという事でおじゃりますか？」

「そうは言わぬ、こちらが困っていると言っては如何かと言っているのじゃ……。幕府と朝廷が対立するような事は拙かろう」

父が困ったような表情でボソボソと呟いた。愚かな……、それでは帝に翻意を願っているのと同じであろう。

「公方、如何します？　父の言う通りに致しますか？」

「そうしてくれ。予とて朝廷と対立するのは本意ではない。そう伝えてくれ」

公方の言葉に幕臣達が頷くのが見えた。頼りにならぬわ……。何故公方を諫める事が出来ぬのか……。

「分かりました。では内裏に戻りそのようにお伝えいたしましょう」

皆がホッと息を吐くのが分かった。父も安堵の表情を浮かべている。

「その際ですが、麿は日野家を取り潰すべきと言上させて頂きまする」

「！」

皆が私を見た。まるで化け物でも見るような眼で私を見ている。春日局が〝権大納言様！〟と悲鳴を上げ父が〝国光〟とあえぐ様な声で私の名を呼んだ。

「如何いう事だ、何故そなたが日野家を潰せと言う」

「広橋の家を潰さぬためにおじゃります」

父の顔を睨み据えて答えた。今度はざわめきが起きた。幕臣達が顔を見合わせている。〝馬鹿な〟、〝何故〟、そんな声が聞こえる。怒りが込み上げてきた。この馬鹿共が！　その方らが役に立たぬから幕府の勢威が落ちるのだ！

「宜しいですか、父上。日野家の養子問題では帝は広橋家にも御不快なのです。だからこそ麿に室町第に赴き善処するようにとお命じになられた。父上には麿を助け帝の御意思を全うせよとの命が有った、そうでおじゃりますな？」

父が〝その通りじゃ〟と呟いた。

「にも拘らずその命を果たせなかったとなれば帝は我ら親子を如何思われるか？」

「……役に立たぬという事か？」

「役に立たぬ？　はははははは」

思わず笑い声が出た。父が私を訝しげに見ている。何も分かっておらぬ。あれだけ言ったのに分かっておらぬのだ。だからこんなにも危機感が無い。可笑しかった、そして哀しかった。

「それなら宜しゅうございます。未だ生きて行けますからな。ですが帝の御意思よりも足利のために動いたと思われるやもしれませぬ。そうなれば広橋の家も潰されかねませぬぞ。その事は先程も言った筈、お忘れになられましたか？」

父が〝いや〟、〝しかし〟と口籠った。

「しかし広橋の家を潰すなど……」

父が助けを求める様に周囲を見た。彼方此方から〝有り得ぬ〟、〝そんな事は〟という声が聞こえた。

「有り得ぬと仰られますか？　先日、この室町第では飛鳥井侍従の暗殺未遂事件が起こりましたな。あの時、帝は日野家など潰してしまえとお怒りになったのですぞ。それもお忘れになられましたか」

「……」

父の顔が青褪めた。漸く危険だと分かったらしい。

「公方が受け入れなければ帝は必ず広橋は公方に与したのだと思いましょう。実際に父上は帝の御意思よりも公方の要請を重視しておられる。広橋の家を守るには日野家を潰せと麿の口から言上するほかおじゃりませぬ」

シンとしている。公方も幕臣達も無言だ。もう大丈夫か？　いや、念を入れておこう。

「お分かりいただけたかな、春日殿。御不満ならば兼保の養子の件は白紙に戻しても一向に構わぬ。今の広橋は自分を守るので精一杯、日野家を助けるような余裕はおじゃらぬ」

春日局が項垂れた。

「そして父上、帝には貴方様が帝の御意思よりも公方の意向を優先しようとしたと言上致さねばなりませぬ」

私の言葉に〝国光！〟と父が悲鳴を上げた。

「お、お前はこの父を陥れるのか？」

「内府は如何したと必ず問われましょう。違いましょうか？」

「……」

「帝に嘘、隠し立ては出来ませぬ。それならこちらから申し上げた方がよろしゅうございます。父上、その覚悟も無く反対されましたのか？」

父が項垂れた。公方は肩を落として俯いている。〝公方〟と呼び掛けるとのろのろとこちらを見た。

「お分かりいただけましたかな？　このままでは日野家だけではない、広橋の家まで潰されかねぬのです」

「……」

「もしそうなれば昵懇衆が二家潰れる事になります。そして飛鳥井家は足利から離れました。残りは五家、皆足利とは距離を置きましょうな。足利のために動くのは危険だと。家を潰しかねぬと。喜ぶのは三好修理大夫殿だけです」

彼方此方から呻き声が聞こえた。

「広橋家は三好家の重臣、松永弾正に妹を嫁がせました。しかし三好家が広橋家を救うために動くかどうか……。潰れた方が利が有ると見れば平然と見過ごしましょうな。そしてその利は十分過ぎる程におじゃります。もし、三好家の口添えで広橋の家が残った場合は広橋は足利を捨て三好に扈従する事になりましょう。足利のために潰れかけた広橋を救ってもらったのです。当然の事です」

「……」

「さて、今一度お訊ね致しまする。帝へは何とお伝えすれば宜しゅうおじゃりますかな？」

公方が唇を噛み締めた。

「……帝の御意思に従うと伝えてくれ」

振り絞る様な声だった。

「では、そのように」

「済まぬな、春日。日野家は春日の家、何とか守ろうと思ったが……」

「公方様……」

春日局が泣き出す声が聞こえた。ようやく終わった……。いや、未だだ。父を隠居させなければならぬ。頭の痛い事よ……。


永禄二年（一五五九年）　四月上旬　摂津国島上郡原村　芥川山城　三好長慶

下座に大叔父と弾正が居る。二人とも手に盃が有る。儂の手にも有る。我らの前には花瓶に入れた桜の枝が有る。満開の桜、薄い桜色の花を愛でながら酒を楽しんでいる。

「殿、日野家の養子問題が決着したようですな」

大叔父が桜に視線を向けながら言った。あまり関心のある口振りではない、何気なく出た、そんな感じだ。

「飛鳥井家の資堯が難波家を再興し広橋家の兼保が日野家を継ぐ事になった。まあそれだけなら飛鳥井と広橋の両方の顔を立てたと言えようが日野家の所領百五十貫を難波家に分け与えるとあっては飛鳥井の勝ちよな」

儂の言葉に大叔父、弾正の二人が頷いた。

「しかし飛鳥井権大納言様は御不満と聞いております。今少し殿の支援が有れば、侍従様が資堯殿を推せばと言っているとか」

弾正の言葉に大叔父が顔を顰めた。侍従の話が出た事が面白くないらしい。

「気持ちは分からぬでもないが難波家を再興出来たのだ。十分であろう。これ以上望むのは欲深というものよ」

一口酒を飲んだ。ふむ、悪くない。甘露よな。

「それにしても公方様は良く受け入れましたな」

言い終わって大叔父が〝ふふん〟と嗤った。

「広橋権大納言が大分頑張ったらしい。そうであろう、弾正」

問い掛けると弾正が盃を置いて〝はっ〟と畏まった。相変わらず行儀の良い男よ。

「受け入れぬのであれば戻って帝に日野家を潰すべしと言上すると言ったそうにございます。大分危機感を抱いていたようで」

大叔父が盃を口に運んだ。ゆっくりと酒を味わっている。考えているのは広橋権大納言の事だろう。大叔父が弾正に視線を向けた。

「忠告したのか？」

弾正が〝いいえ〟と言って首を横に振った。大叔父が〝ふん〟と鼻を鳴らした。そして盃を置いて銚子を取った。

「広橋はどちらに付くつもりだ？　足利か、三好か……」

酒を注ぎながら大叔父が問う。弾正が苦笑を浮かべた。

「強い方でしょう」

大叔父が面白くなさそうな表情をした。銚子を置き盃を取る。

「お主の女房殿は大分広橋家の兼保を日野家にと推していたそうだが」

「それは甥ですから」

「強い方なら三好の筈だがな……」

大叔父が盃を口に運びながら弾正に視線を向けた。弾正が軽やかに笑った。

「御不満のようですな。しかし某は権大納言様を信じても良いのではないかと思っております」

「……」

弾正が表情を改めた。

「権大納言様は父親の内府様に内大臣を辞任して隠居して欲しいと迫っているそうです」

大叔父が唸り声を上げた。予想外の事だったのだろう。儂も予想外だ。

「弾正、それは真か？」

儂の問いに弾正が頷いた。

「相当に危惧しておりますな。老いた、判断力が鈍ったと」

帝の御不快に気付かず足利に与して所領の分与に反対しようとした。周囲が何も見えていない。見えているのは自分の利だけ、到底放置は出来ない……。権大納言様は弾正にそう言ったらしい。

「室町第の事も相当に不安視しております」

ぼそりとした口調だった。大叔父が弾正を鋭い目で見たが弾正は銚子を取って盃に酒を注いでいた。

「如何いう事だ、弾正」

儂が問うと弾正が銚子を置いて視線を上げた。

「幕臣の中に公方様を諌める者が居ないと」

大叔父と顔を見合わせた。広橋権大納言様も気付いたか。室町第には儂に心を寄せる者も居る。その者の報せからも公方に諌言する者は稀だと書いてあったが……。

「あそこに有るのは気分だけだと言っておりました」

気分か……。

「公方様は自分は武家の棟梁であり天下の諸大名は自分に従うべきなのだと思っている。今の世は間違いであり正さねばならぬとお考えだと言っておりましたな。幕府の勢威が落ち今は乱世である事を認められずいるようだと。幕臣達もその多くが公方様に迎合するだけだとか」

愚かな……。いや、哀れと言うべきか……。

「現実を見る事が出来ぬか……。儂は現実を見たぞ。見たからこそ細川六郎に頭を下げたのだ。そして時を待った。悔しかったわ、あの男の得意げな顔を見るのは苦痛であった。腸の煮え繰り返る思いを何度もした。だがその度に自分を抑えた。そして強くなれと自らを叱咤した」

大叔父上、弾正が神妙な表情で頷いている。その姿を見ながら思った。だから今が有るのだと。儂は細川六郎を追い落とし没落させた。耐えて力を付けたからそれが出来た……。現実を見たからだ。

「武家の棟梁か、笑止よな」

儂の言葉に大叔父、弾正が頷いた。一口酒を飲んだ。

「朝廷の御信任は儂に有る。公方様は征夷大将軍かもしれぬが武家の棟梁ではない。それを理解出来ぬとは……」

また大叔父と弾正が頷いた。現実を見ぬからそれが分らぬのよ。分からぬから日野家の養子問題で帝の不興を買った。

「しかし、最近では諸国の大名が上洛すると伝えてきたので大分御満悦だと聞きますぞ。越後の長尾、美濃の一色、そういえば今年の初めには尾張の織田が上洛しましたな」

大叔父が面白くなさそうに言った。

「フフフ。大叔父上、そう不満そうな顔をするな」

「ですが」

「越後の長尾は関東管領山内上杉家に泣き付かれたようだ。名跡を継ぐという話があるようだがそうなれば長尾は関東で北条と争う事になる。信濃で武田と争っている長尾にとっては関東管領は重荷であろう」

大叔父、弾正が頷いた。

「美濃の一色は足元が弱い、尾張の織田に至っては尾張一国の統一も未だではないか。恐れる必要はないわ。まあ公方様は朽木で五年も棚晒しにされたからの、訪ねる者が現れて嬉しいのだろうよ」

儂の言葉に二人が笑い声を上げた。

「確かにそうですな」

「違いありませぬ」

その程度で公方様は喜んでいるのだ、他愛ないものよ。それに比べれば侍従は手強かった。儂でさえ手を焼いたのだ、公方様の相手になる男ではないわ。

「まあ大叔父上の不満も分かる。儂も面白くない。弾正も同様であろう。何か公方様に現実を思い知らせる手は無いか？　余り厳しいものでなくて良いぞ。泣かれては幕臣達も困るであろうからな。儂も恨まれたくない」

大叔父と弾正が噴き出した。〝殿は酷い〟、〝真に〟、二人が儂を見ながら笑う。儂も笑った。確かに酷い。

「一つご相談したいと思っていた事がございます」

弾正が話しかけてきたのは十二分に笑った後だった。

「ほう、何かな」

「某の家臣に大饗長左衛門正虎という者がおります。右筆を務めているのですがその者、楠木の末裔だと申しております」

「楠木の？　真か？」

驚いて問い返すと弾正が〝はい〟と頷いた。大叔父を見ると大叔父も驚いている。信じられん、楠木一族は南朝方の武将として戦い大勢の者が死んだ。南北朝の合一後は楠木氏は逆賊とされ没落した。探し出されて殺された者も居ると聞く。生き残った者、血を伝える者が居たのか……。

「南朝方の忠臣として戦った楠木河内守正成の子に楠木判官正儀が居ります。その正儀の孫の代に河内国の大饗村に居を置いたとか。そして楠木は朝敵なればその姓を名乗るのを憚り……」

「大饗の姓を名乗ったか」

儂の言葉に弾正が〝はい〟と頷いた。憚ったというよりも危険を感じたのかもしれぬ。

「それで？」

「はい、長左衛門は楠木の赦免を願っております。楠木の姓を誰憚る事無く名乗りたいと」

なるほどと思った。大叔父も頷いている。南朝方に尽くしたのは楠木だけではない。伊勢の北畠も同様であろう。だが北畠は伊勢国司として勢力を保ち楠木は朝敵として抹殺された。不当であろう。大饗長左衛門が楠木の赦免を願い出るのは当然とも言える。

「楠木の赦免か……」

楠木は七度生まれ変わっても足利を討つと誓った者達だ。足利にしてみれば絶対に許せぬ者達だろう。だが朝廷は、帝は如何だろう？　足利程の敵意が楠木に対して有るとも思えぬ。それに楠木は没落しているのだ。南朝も無い。となれば……。

「ふふふふふふ」

思わず笑い声が漏れた。大叔父と弾正が息を凝らして儂を見ている。

「弾正、朝廷に楠木の赦免を願い出よ」

「はっ」

「畠山や六角等の北朝方として戦い足利に厚遇された家には出来まい。だが三好は南朝方として細川と戦った家だ。徐々に押され已むを得ず細川に従ったがな。……楠木の赦免は我らにしか出来ぬ事よ」

大叔父と弾正が大きく頷いた
「武家の棟梁はこの儂よ。儂が楠木の赦免を要請すれば朝廷はそれを無視は出来ぬ。弾正、必ず成し遂げよ」

弾正が〝はっ〟と畏まった。

この天下は足利が創った天下、その秩序も足利が創った。楠木が朝敵である事も足利の創った秩序の一つ。ならば儂がその秩序を壊してやるわ。これも下剋上よ。孺子め、さぞかし室町第で泣いて悔しがろうな。

「はははははは、はははははは」


永禄二年（一五五九年）　四月中旬　近江高島郡朽木谷　朽木城　朽木稙綱

「御加減は如何でございますか」

長門守が訊ねてきた。枕元で可笑しそうに儂を見ている。

「悪くない。しかしこうして寝ているのも暇じゃの。そなたは如何じゃ」

「暇でございます。何時もなら領内を見回るのですが今は父上を案じて城に居る事になっておりますからな」

「困ったの」

「はい、困りました」

二人で声を抑えて笑った。誰が聞いているか分からぬ。大声は出せぬ。

「上手く行くかの？」

長門守が〝さて〟と言って首を傾げた。

「領内では父上の病が重いという噂が流れているそうにございます。同時に大した事は無いという噂も流れているとか」

「そうか、……頼りになるの」

「はい」

長門守が頷いた。桔梗屋は上手くやってくれたらしい。葉月は商人以外の顔を持っていると言っていたが間違いなく忍びであろう。甲賀ではあるまいな。となれば伊賀か？　分からぬ。分からぬが一体何処で侍従と繋がりを持ったのか、不思議な事よ……。

「そろそろかな？」

問い掛けると長門守が〝はい〟と頷いた。

「そろそろ父上が亡くなられたという噂が流れる筈です。それを否定する噂も」

「越中め、迷うであろうの。或いは逸るか」

「そうですな」

どれだけ上手く騙せるか、それ次第じゃな。上手く騙せれば勝てる、宮内少輔の仇を討つ事も出来るやもしれぬ……。

「宮内少輔を失ってから九年が経つのじゃな」

「はい」

「あっという間であった」

「某には長い年月でございました」

表情が暗い。この息子にとっては朽木家の当主の座は居心地の良いものではなかった。哀れな……。この倅を当主にしたのは正しかったのか。無理をしてでも竹若丸を跡継ぎにすべきではなかったか。何度も考えてしまう。困ったものよ……。

「この戦で勝てば、皆のそなたを見る目も変わる筈じゃ。朽木を守ったのだからな」

「そうであって欲しいと思います」

立場は良くなろう。だが家中の者が侍従を慕うのは止むまい。策を立てたのは侍従なのだからの。……竹若丸は儂を気遣っていたな。儂に無理を強いたと気遣っていた。涙が出そうになるほど嬉しかった。策を立てたのは朽木を守るためでは有ろうが儂を守るためでもあったのであろう……。孫に気遣われる歳になったか……。

「戦だが、不安は無いか？」

長門守が苦笑を浮かべた。

「不安だけがございます。某は未だ勝ち戦というものを知りませぬ。公方様の下で戦った時は殆ど戦らしい戦にはならずに負けて逃げました」

「そうか」

「それに大将として兵を率いるのも初めてです」

平静な表情をしているが心には不安が有るのだろう。

「案ずるな、五郎衛門は戦慣れしておる。心配は要らぬ」

「はい」

「それにそなたの役目は逃げて越中を奥深く迄引き摺り込む事、負け戦なら慣れておろう」

「確かに、そうですな」

長門守が可笑しそうに口元に笑みを浮かべた。

「落ち着いたか」

「はい、上手く出来そうな感じがしてきました」

「……ならば良い思い出になろう。大将としての初陣で勝てるのだからな」

長門守が微かに笑みを浮かべた。そして〝はい〟と言った。なんとか、勝って欲しいものよ。朽木のために、この息子のために……。


永禄二年（一五五九年）　四月下旬　　山城国葛野・愛宕郡　　平安京内裏　　目々典侍《めめないしのすけ》

兄が部屋に入って来た。

「侍従は？　部屋には居らぬようじゃが」

「関白殿下の御屋敷へ行っております。急に呼び出されたようで」

兄が〝ほう〟と声を上げた。嬉しそうな声だ。宮中の第一人者と強い繋がりを持つ。その事を喜んでいるのだろう。

「今日は暖かいの」

「はい、ここ数日寒い日が続きましたが漸《ようや》く暖かくなりました」

「これからは徐々に暑くなろう」

「左様でございますね」

兄が憂鬱《ゆううつ》そうな表情をしている。兄は暑がりだ。夏が来るのが憂鬱なのだろう。

「日野家の跡目相続が漸く終わったの」

「はい」

「父上は御不満そうじゃが上々の首尾よ」

「私もそう思います」

私が答えると兄も満足そうに頷いた。

宮中を騒がした日野家の跡目相続問題は先日、広橋家の兼保が養子に入る事に決まった。もう一人の候補者だった飛鳥井資堯は飛鳥井家の本家である難波家を再興する事になった。難波家の所領は日野家から百五十貫を分与する事で決着した。

「公方は大分不満だったと聞く」

「そのように私も聞いております」

乳母の春日局《かすがのつぼね》がかなり文句を言ったらしい。公方はそれに引き摺《ず》られたようだ。幕臣達、広橋内府もそれに同調したと聞く。しかし交渉に当たった武家伝奏広橋権大納言は一歩も譲らなかった。父親の内大臣を叱責し最後は日野家は潰した方が良いと帝に進言するとまで言ったのだとか。その頑なさに公方も認めざるを得なかったと聞く。

「内府が辞任した」

「はい」

「帝は慰撫《いぶ》しなかった」

「はい」

「大分御不満であったようじゃ」

「はい」

内府は息子である権大納言から内大臣を辞任し宮中から身を退いて欲しいと言われたらしい。広橋家の為にもならないと言われたとも聞く。相当に親子で激論になったらしいが権大納言に執拗に迫られて辞表を出した。帝の御信任が内府に有るのなら慰撫される筈だ、という挑発に乗せられたようだ。だが帝からの慰撫は無くすんなりと辞表は受理された。内府は自分が帝の御信任を失っていたのだと知って愕然としたようだ。意気消沈していると聞く。

「父上は如何お過ごしです？」

兄が〝ふむ〟と鼻を鳴らした。

「父上も朝廷から身を引かれるようじゃ。内府が隠居されたからの、残るわけにもいくまい」

「やはりそうなりますか」

「うむ。それもご不満の理由よ」

已《や》むを得ない。帝の御不快は父にも有るのだ。宮中に残る事は出来ない。

「まあこれで宮中も落ち着こう。飛鳥井と広橋は高い代償を払ったの」

「左様でございますね」

兄は未だ権中納言にもなっていない。それを思えば確かに痛い。それでも兄の表情に暗さが無いのは侍従が居るからだろう。朝廷における侍従の存在は日に日に大きくなっている。帝の御前に呼び出される事もしばしば有るのだ。

「ところで朽木の事はどうなっているのかな？」

兄が小声で訊《き》いてきた。

「さあ、私にも……」

首を振ると兄が〝ふむ〟と鼻を鳴らした。

「朽木が勝つようなれば侍従には戦の才も相当に有るという事になる。容易ならぬ事でおじゃるの」

「……」

無言でいると兄が私の顔を覗き込んできた。

「表には出せぬ」

「三好孫四郎でございますか？」

「うむ、いや孫四郎とは限らぬ。幕府にも現れような、侍従を目障りだと思う者、侍従を殺せと騒ぐ者が」

「……」

「摂津糸千代丸の事も有る」

「あれは糸千代丸の独断と……」

兄が首を横に振った。

「そう仕向けた者がいるのやもしれぬ。元服前の子供を操る事など容易かろう」

「まさか……」

「無いと言えるかの？　已むを得ぬ事ではあるが侍従は公方を蔑ろにした。その事を恨む者は多かろう」

兄がジッと私を見ている。答える事が出来なかった。

「帝にはお伝えするのか？」

「迷っております」

兄が頷いた。

「いずれはお伝えするべきかもしれぬが今は止めた方が良かろう」

「そうですね」

真剣な表情をしていた兄がクスッと笑った。

「出来の良い息子を持つと大変でおじゃるの」

「まあ」

「そなたを見ていると母親とは難儀なものと思うわ」

「手が掛かる子程可愛いと申します」

「なるほどのう、出来の良し悪しではないか」

「はい」

兄が今度は声を上げて笑った。

そう、出来の良し悪しではないのだ。あの子が次に何をするのかに胸がざわめく。摂津糸千代丸を打ちのめしたと聞いた時には唖然としそして笑った。何故そんな事が出来るのかと。あの子は常に私の予想の上を行く。だからあの子を守りたい、あの子の自由にやらせたいと思う。あの子には翼が有るのだから。

大勝利

永禄二年（一五五九年）　四月下旬　山城国葛野・愛宕郡　室町第　一色義龍

トントンと遠くから足音が聞こえた。幕臣が〝治部大輔殿〟と小声で俺を呼んだ。分かっている。公方様が部屋に入るのと同時に頭を下げろというのだろう。足音が近づく、そろそろか、頭を下げた。直ぐに公方様が部屋に入って来た。……座ったな。

「公方様、美濃守護一色治部大輔義龍殿、上洛し公方様に御挨拶を願っております」

「うむ」

「一色治部大輔義龍にございまする。公方様には御機嫌麗しく治部大輔、心からお慶び申し上げまする」

一度深く頭を下げてから顔を上げた。目の前に若い男がいる、二十代半ば、俺より十歳ほど若いだろう。これが十三代将軍足利義輝か……。

「治部大輔、上洛大儀である」

「はっ」

「会えて嬉しいぞ」

「過分なお言葉、恐悦至極に存じまする」

今度は軽く頭を下げた。公方様、幕臣達、嬉しそうだな。ただの挨拶であろうに……。いや、そうとも言えぬな。俺は三好修理大夫殿の口添えで治部大輔に任官した。公方様が三好と和睦したのも俺が三好と親しい、六角は東西に敵を抱える形になったと判断したからだ。その俺が上洛して室町第に挨拶に来た。俺を取り込めればと思っているのだろう。

甘いな。俺が此処に来たのは足利が、幕府がこの先如何なるのかを判断するために来たのだ。御大喪から御大典、改元を差配したのは三好修理大夫殿だった。本来なら幕府が遣る事を三好が遣ったのだ。三好はこれから如何するのか、足利は如何するのか、朝廷は三好を頼み足利を捨てるのか……。そして公方様、未だ若いがその器量の程を見極めなければならぬ……。

「治部大輔殿からは美濃の紙、馬、太刀、銭が献上されておりまする」

公方様が顔を綻ばせた。

「そうか、礼を言うぞ、治部大輔」

「畏れ入りまする」

幕府も金が無いと聞いている。嬉しいようだな。

「治部大輔、美濃は良く治まっているのか？」

「治まっておりまする」

幕臣達が顔を見合わせている。ふむ、味方に出来れば美濃の兵を当てに出来る、そう考えたのかもしれぬな。

「そうか、隣国との関係は如何か？　困っているなら予が調停するが？」

公方様が身を乗り出してきた。

「特に困っている事は有りませぬ」

力を落としている。幕臣達も不本意そうだ。調停して恩を売ろうとしたか、或いは自分の権威を認めさせようとしたか。

「六角とは上手く行っているのか？」

なるほど、六角か。公方様にとってはこちらの方が大事だな。

「はて、六角家とは何の問題も有りませぬが？」

「左京大夫は大分その方を気にしているようだぞ」

愚かな、そんな事を言ったと修理大夫殿が知れば俺の価値が上がるだけだろうに。若いというか未熟というか……。

「六角左京大夫殿が某を如何思われてるいるのかは知りませぬが当方は六角家に含むところは有りませぬ」

実際に含むところはない。一色と六角が兵を使って争った事は無いのだ。公方様が〃そうか〃と言った。嬉しそうだな。これで六角を自由に使えると思ったのかもしれぬ。阿呆な話よ、その時になれば三好から俺に話が来るわ。修理大夫殿がどんな話を持ってくるか、楽しみよな……。〃治部大輔殿〃と幕臣が声を掛けてきた。誰だった？　確か飯尾右馬助と言ったような……。うむ、そうだ、飯尾右馬助であったな。

「何でござろう」

「先日、隣国の尾張の織田弾正忠が上洛致しましたな」

「……左様で」

織田か……、刺客を放ったのだが上手く行かなかった。悪運の強い事よ、忌々しいわ。

「尾張の国人衆へ自分に従うようにとの公方様の指示書が欲しいと言っておりました。未だ尾張半国程の身代、時期尚早であろうと公方様はお許しになりませんでしたが……」

飯尾右馬助が意味有り気に俺を見ている。俺とあの男が不仲だと知って恩を着せたつもりか？　笑止な事よ。

あの男は未だ尾張半国の身代、俺の敵ではないわ。それに駿河の今川が三河の反今川を潰している。狙いは尾張だ。来年以降、今川は尾張攻めに力を入れる筈だ。となればあの男は北と東に敵を抱える事になる。しかも自分よりも強大な敵を。幕府に恩を着せられるような事ではないわ。まあとりあえず喜ばせておくか。

「ご配慮いただいたようですな、忝のうございまする」

公方様、幕臣達が満足そうに頷いた。この件だけで判断するのは早いかもしれぬが情勢判断が甘いようだな、その所為で交渉力が無きに等しい。これでは三好修理大夫殿の敵では有るまい。修理大夫殿に協力するのなら良いが敵対するのは厳しかろう。その辺りが分っているなら良いが……。

「いずれそなたに協力を頼む事が有るかもしれぬ」

「出来得る限り、公方様の御意に沿いたいと思いまする」

公方様が顔を綻ばせた。

「頼むぞ、治部大輔」

「はっ」

畏まった。多分、公方様も幕臣達も大喜びだろう。だがな、俺の出来る事とそちらが望む事が一致するとは限るまい。糠喜びにならなければ良いがな。……妙な感じだ、不安に思うよりも心配になって来た。この連中、大丈夫か？

「何か望みが有るか？」

「いいえ、ございませぬ。こうして公方様に拝謁出来ただけで上洛した甲斐がございました。もう十分にございまする」

公方様、幕臣達が嬉しそうにしている。俺は罪な男なのか？　社交辞令を言っただけなのだが……。

「その方は無欲な男だな」

「畏れ入りまする」

吹き出しそうになるのを懸命に堪えた。俺が無欲？　親兄弟を殺した俺が？

「その方を相伴衆に任じよう」

「それは」

思わず声が出た。相伴衆？　良いのか？　本来なら管領家の一族か有力守護大名が任じられるものだ。まあ一色の家格と美濃の守護なら可笑しくは無いかもしれんが……。

公方様がお笑いになった。上機嫌だ。

「手土産無しでは美濃へ帰せぬからな」

「御配慮、忝のうございまする」

頭を下げた。余程に期待されたらしい。困ったものよ……。まあ頼りないが憎めぬお方では有る。それだけに上手く使われぬように注意が必要だな。


永禄二年（一五五九年）　四月下旬　　山城国葛野郡　　近衛前嗣邸　　飛鳥井基綱

「関東へ下向されると」

「うむ。越後の長尾が上洛したのは知っていよう」

「はい、存じております」

謙信の二度目の上洛だ。ここ最近上洛する大名が多い。信長、謙信の他に美濃の斎藤義龍が上洛した。義龍は相伴衆に任じられているから信長よりも高く評価された事になる。三好側に付いたからな、引き戻そうと義輝《よしてる》も必死だ。もしかすると信長への評価が低かったのは美濃の義龍を刺激したくないという考えが有ったのかもしれない。

大名が御機嫌伺に来て義輝は大喜びだろうな。そんな話がチラホラ入ってくる。しかしな、俺の見るところ大名が続けざまに上洛したのはそれなりに理由があると見るべきだ。学説の中にも家格を上げるという目的もあるのだろうが幕府と三好の関係が如何いうものなのかを探ろうとしたという説もある。俺もそう思う。足利の体制がどの程度堅固でどの程度揺らいでいるかを確認したんじゃないかと思っている。そして自分がこの先どう動くべきなのかを考えた……。

「此度越後の長尾弾正《だんじょう》少弼《しょうひつ》に山内上杉の家督と関東管領職が許される事になった。弾正は越後から関東に攻め込む。関東を平定しその兵力を以て上洛し天下に安寧《あんねい》を齎《もたら》したいと考えておる。良い男よな。麿《まろ》もそれに力を貸したい」

顔が上気しているし声が弾んでいる。なるほどなあ、謙信の男気に心を打たれたか。

もっとも男気だけじゃないぞ。長尾家は下剋上の家だ。そして謙信は末っ子だった。実力で越後を統一したんだがその分だけ国内の謙信に対する反発は強い。収まりが悪いんだ。そのせいで大分苦労している。家出もしたくらいだ。上杉家の家督相続と関東管領就任は国内を纏《まと》めるためだと思う。足利体制の権威を利用する事で自分の権威を高めようとしたのだ。つまり謙信は足利を支える事を選択した……。

「公方もそれを御存じなのでおじゃりますな」

「うむ、むしろ望んでいると言ってよい」

「左様でおじゃりましょうな」

三好を追っ払ってくれるのなら義輝は誰でも良いだろう。それこそ悪魔だって歓迎するに違いない。世の中が地獄になろうとな。

「殿下は関白の座に有りますが？」

殿下が視線を伏せた。

「分かっておる。本来なら帝の御側にいて帝をお助けするのが麿の役目。だがのう、京に居て大名達に助けを求めるだけではいかぬと思うのじゃ。それでは弱いままよ。麿自ら越後に赴き弾正を助ける。共に戦場にも出る。さすれば関白が弾正を助けている。弾正とはそれ程の男なのだと皆も理解しよう。少しでも助けたいのじゃ、そうする事で朝廷が無力ではないと皆に知らしめたいのじゃ」

まあそうだな。官位を与えるだけの存在と思われるよりは良い。しかしねえ、武家を助ける関白に酔っていませんか？

「関東の北条、甲斐の武田、簡単な相手ではおじゃりませぬぞ。関東の平定は容易では有りますまい」

「分かっておる。さればこそじゃ。磨も力を貸したいと思うのじゃ。侍従は反対か？」

「そうは申しませぬ。ですが殿下は足利の世に見切りをつけておいでなのかと思っておりました」

殿下が寂しそうな笑みを浮かべた。

「そなた、公方は武家の棟梁《とうりょう》の器ではないと叔母に言ったそうじゃな」

「はい」

俺が正直に答えると殿下も頷かれた。

「磨も同じ思いじゃ。公方は武家の棟梁としては心が弱過ぎよう。不安定に過ぎる。だからこそ、傍には強く親身に公方を助ける人物が要ると思うのじゃ。その役目は三好修理大夫《しゅりだゆう》では無理でおじゃろう。互いに反発し天下は治まらぬ。そなたの言うた通りよ」

「だが弾正なら、そう思ったのじゃ。あの男、この乱世には珍しいほどに義理堅い人物よ。あの男なら公方と上手く行くかもしれぬ。天下を安寧に導く事が出来るかもしれぬ。そう思ったのじゃ」

もしかすると慶寿院に頼まれたかな？　しかしなあ、それじゃ足利将軍の傀儡《くぐつ》化、弱体化は進む一方だぞ。

「殿下のお考え、良く分かりました」

「そうか、分かってくれるか」

殿下が嬉しそうに笑った。分かったけど同意はしないよ。謙信による関東制圧は上手くいかない。足利の権威は地方でも崩れつつあるんだ。その現実を自分の眼で認識出来るだろう。それは無駄じゃない。

「侍従、協力して貰えぬかな？」

「協力でおじゃりますか？」

まさか俺にも関東へ行こうと言うんじゃないだろうな。それは無理だぞ。朽木と高島の戦がもう直ぐ始まる。高島越中は御爺が病気だと知って逸っているらしい。田植え前に兵を動かそうとしている。そろそろ御爺が死んだという噂が流れる筈だ。

「磨からも関東の情勢を伝える故京の情勢を逐一知らせて欲しいのじゃ」

「そのような事なれば易き事にございます」

ホッとしたよ。そんな事ならお安い御用だ。来年には桶狭間が起きる。東海地方の勢力図が変わるんだ。となれば関東から東海まで大きく動く。殿下も自らの眼で世の中の動きを見る事が出来るだろう。殿下の嬉しそうな顔を見ながら思った。

「それと父の相談相手になって欲しい」

「太閤殿下の？」

殿下が頷いた。

「そなたに会いたがっているのじゃ」

「分かりました」

気乗りしないな。殿下の父、近衛稙家はバリバリの親足利なんだ。俺と合うとは思えん。

「ところで松永弾正からの要請には如何答えましょう」

「そうよな。越後に行く前にそれを片付けねばなるまい」

殿下が渋い表情をした。そう、俺に厄介事ばかり押付けずに宿題は片付けてから行こうね。

松永弾正久秀の家臣に大饗《おおあえ》長左衛門正虎という人物が居る。世尊寺流の書家で結構有名らしいのだがこの人物、実は楠木正成の末裔《まつえい》らしい。楠木正成の孫楠木正秀の子、つまり正成の曾孫が大饗正盛で大饗長左衛門正虎の先祖だという。なんで大饗の姓を名乗ったかだが楠木ってのは南朝の忠臣で北朝から見れば朝敵でしかない。しかも朝敵のままで許されていないんだよ。そして足利にとっても憎い敵だ。なんたって七回生まれ変わっても足利を討つと誓った一族だ。許せるわけがない。そんなわけで正盛以降の楠木氏は楠木の姓を憚《はばか》って大饗を名乗った訳だ。

ところがだ。近年になって状況が変わって来た。天下の第一人者である三好は足利と敵対しているし三好氏自体、南朝方として活動した経歴を持つ。長左衛門はもしかしたら帝に頼んで楠木氏を許してくれるんじゃないかと考えた。そして主君の松永弾正に頼んだ。弾正は当然主君の三好修理大夫長慶に相談しただろう。修理大夫は良いよ、頼んでみたらと言った訳だ。そして弾正は正式に楠木氏の勅免を願い出た。

修理大夫と弾正の行動を何時《いっ》までも昔の事に拘るべきじゃないと思ったからと取るのは間違いだ。楠木は朝敵なのだ。つまり帝の敵だ。そして征夷大将軍は朝敵を討つのが仕事だ。要するに足利は帝を守り朝敵を討つ存在なのだ。足利にとっては楠木を許すなどとんでもない事だろう。自分の存在意義を揺るがしかねない事態だ。修理大夫と弾正の狙いはそこだと思う。三好のとりなしで楠木を許す事で足利の存在意義を揺るがそうというのだろう。そして三好には朝敵を許させるだけの影響力が有るのだと示そうとしている。戦だけが戦争じゃないんだよ。

「帝は許しても良いとお考えのようだ」

「左様でおじゃりますか」

まあそうだろうな、帝の足利への不信は相当に酷い。ついでに言えば現状では楠木の脅威も南朝の脅威も無い。つまり共通の脅威が無いわけだ。それこそ足利が征夷大将軍である必要性など無いと考えているだろう。それにどこかで楠木を許した筈なんだ。多分此処だと思うんだが……。

「侍従は如何思うか？」

俺？　上の立場の人って直ぐに誰かの意見を聞きたがるんだから。どうせ俺が言ったからそれに賛成しますとか言うんだろうな。

「既に南朝は有りませぬし楠木も恐れる存在ではおじゃりませぬ。それに朝敵とはいえ楠木は節を曲げず最後まで南朝に忠節を尽くした者達にございます。そのような者達を何時までも朝敵に留め置くことは得策とは思えませぬ。これを許し温情を示す事でその心を解し朝廷に忠誠を誓わせる事が上策と思いまする」

殿下が満足そうに頷いた。

「帝もそのようにお考えじゃ。侍従、帝に奏上してもらえませぬか」

「麿がですか？」

「そうです。麿は関東へ下向します。侍従の立場を少しでも良くしなくてはなりませせぬ」

立場を良くって官位かな？　あんまり興味無いんだけど……。

永禄二年（一五五九年）　五月上旬　　近江国高島郡朽木谷　　日置行近

未だ来ない……。二町程坂をなだらかに下がると朽木へと続く道が有る。細く狭い道だ。更に二町程緩やかに坂を上ると新次郎殿が兵を伏せているのが分かった。互いに五十ずつの兵を従え地に伏せている。もう直ぐ、もう直ぐ来る筈だが……。

高島勢は四百を超えるらしい。殿は二百、半分にも及ばぬ。まともには戦えぬ。直ぐに崩れたと見せかけて逃げてくる。問題は高島勢が追ってくるかだ。御隠居様が亡くなられた、朽木は混乱していると噂を流した。この繁忙期に戦を起こしたという事は高島越中は逸っているという事だ。必ず攻め寄せて来る筈だ。

来ない、越中は退いたのか？　それとも殿は身動き取れずにいるのか？　心の臓が激しく音を打つ。落ち着け、多少は戦わざるを得ないのだ。余りに簡単に退いては越中も怪しもう。思ったよりも善戦しているのやもしれぬ。隣で倅の左門がもぞもぞと身体を動かした。

「遅いですな」

「声を出すな」

「申し訳ありませぬ」

左門が面目無さそうに謝罪した。

まだまだ経験が足りぬわ。九年間、戦が無かった。そのおかげで朽木領は敗戦の痛手から回復し豊かになった。だが戦を知らぬ者達が増えた。戦場では経験がものを言う。朽木勢にはその点で不安が有る。

「父上」

左門が押し殺した声を出した。来た！　遠目に兵が逃げてくるのが見えた。

「来たようじゃ。儂の命が有るまで伏せておれと伝えよ」

左門が小声で周りの者に伝え始めた。……少しずつ近付いてくる。声も聞こえてきた。あれは朽木勢に間違いない。あの姿は追う姿ではない、逃げる姿よ。殿は？　殿は何処にいる？　まだ見えぬ、まさかとは思うが……。落ち着け！　未だ先頭が見えただけではないか！　左門を頼りない等と言えぬわ。

徐々に見えてくる人数が増えて来た。殿は？　居た！　殿を務めておいでか。敵を引き付けようとの事であろうが危うい事をする。後で注意しなければならぬ。越中は？　分らん。だが追ってくる高島勢の姿も見えた。かなりの人数だ。越中が居ないとは思えぬ。上手く行きつつある。此処で思いっきり叩いて越中に朽木恐るべしと思わせねばならぬ。

徐々に近づく、そして朽木勢が眼の前を通っていく。もう少し、もう少しだ。殿が通り過ぎた。高島の先頭が来た。待て！　まだ早い。百ほどの兵が通り過ぎるのを待って立ち上がった。

「立て！　射よ！　射るのだ！」

兵達が立ち上がり矢を射始めた。向こう側からも矢を射始めた。五十ずつ、都合百本の矢が高島勢を襲う。忽《たちま》ち悲鳴が起こり混乱が生まれた。五十人程の高島勢が彼方此方で倒れている。

歓声が上がった。

「父上！　やりましたぞ」

「射よ！　射るのだ！」

興奮する左門に答えずに射る様に命じるとまた矢が襲い掛かった！　更に兵が倒れ混乱が大きくなった。道には死体が溢れている。これで先に行った百の高島勢は簡単には戻れぬ。

少し後ろで戸惑っている高島勢を射るように命じた。矢が襲い掛かる、兵が倒れ混乱し、そして逃げ出した。追い打ちの矢が襲う、更に兵が倒れた。先に行った高島勢が戻って来た。死体の溢れた道の前で右往左往している。怯えている。罠に掛かったと知って怯えているのだ。その後ろから殿の率いる朽木勢が喊声を上げて迫った。敵が意を決して歩き出した。死体を踏みながら逃げていく。侍従様、朽木は勝ちましたぞ！　お見事な策にござります！

「射よ！　逃がすな！」

矢が高島勢を襲う。敵は足元が悪く速く走れない。身体に何本もの矢を受けて倒れる兵も現れた。

多分逃げる事は出来まい、皆殺しになるだろう。

「勝ちましたな、父上。大勝利ですぞ」

左門が声を弾ませた。

「ああ、勝ったな」

問題は越中よ。逃げたか、それとも死んだか……。


永禄二年（一五五九年）　五月上旬　　山城国葛野・愛宕郡　　平安京内裏　　飛鳥井基綱

「勝ったか」

「はい、大勝利にございます。朽木谷に攻め寄せた高島勢は兵の半分を失い退却致しました」

葉月がにこやかに答えると養母が〝ホウッ〟と息を吐いた。その隣で春齢《かすよ》が〝勝った〟と嬉しそうに燥《はしゃ》いだ。

「そなたはホンに凄い。戦も出来るのですね」

いや、あのね、そんなうっとりした眼で俺を見るのは止めてくれないかな。それは母親が十一歳の息子を見る眼じゃないぞ。危ないだろう。春齢が傍に居るんだから抑えて、ほら、葉月もおかしそうに笑っている。

「隘路《あいろ》に誘い込まれた軍が横腹を突かれて勝った例《ためし》はおじゃりませぬ。それだけの事にございます。葉月、味方の損害は」

「殆どございませぬ」

「そうか」

上出来だな。兵の半数を失ったというと当分戦は出来ない。朽木は安泰だ。六角左京大夫も当てが外れただろう。

「高島越中も長門守様が自ら討ち取りましてございます」

「……」

「朽木勢は勢いに乗り清水山城に攻め寄せております。今頃は城を落としているやもしれませぬ。

おっつけ報せが参りましょう」

春齢が燥ぎ今度は養母も嘆声を上げた。だが俺は喜べない。厄介な事になったかもしれん。追い払うだけで良かったんだ。それなのに……。

「如何なされました？」

葉月が訝し気に問い掛けて来た。養母も訝しんでいる。春齢は俺の顔を覗き込んだ。俺が喜んでいないと分かったらしい。

「拙《まず》い事になりました。勝ち過ぎたかもしれませぬ」

三人が〝勝ち過ぎた？〟と声を発し顔を見合わせた。

毒喰わば

永禄二年（一五五九年）　五月上旬　　山城国葛野・愛宕郡　　平安京内裏　　目々典侍

「それは如何いう事です、侍従殿」

侍従が沈痛な表情を見せている。勝ち過ぎたとはどういう事なのか……。

「高島を滅ぼせば朽木は二万石程の所領を持つ事になりましょう。その兵力は約六百」

六百という言葉が響いた。

「京の直ぐ傍に六百の兵を動かす親足利の領主が居る事になります。しかも勢力を拡大しているのです。半分の兵三百でも三好は朽木を危険視しました。六百となれば三好が如何思うか……」

「……」

先程まで有った喜びは綺麗に消えていた。侍従の不安が分かった。

「それに……」

「それに？」

先を促すと侍従が一つ息を吐いた。

「足利が如何思うか……」

葉月と顔を見合わせた。葉月も深刻な表情をしている。娘の春齢は今一つ理解出来ないのだろう、訝しげな表情をしたままだ。

「今直ぐ止める事は出来ませぬか？」

葉月が首を横に振って〝間に合いますまい〟と言った。

「麿もそう思います、越中が討ち死にしているとなれば高島勢の混乱は酷い筈、間に合いますまい。それに、止めても止まりますまい」

「そなたが止めてもですか？」

侍従が渋い表情で頷いた。

「高島は朽木にとって憎い敵なのです。前回は朽木が滅びかけました。此処で高島を滅ぼさなければ次は朽木が危ういと皆が思う筈、高島を滅ぼす機会をみすみす逃す事など……」

侍従が首を横に振った。確かに難しいかもしれない。滅びたくなければ滅ぼすしかない。その事は平家が示している。詰まらぬ温情を掛けた事が平家の滅亡に繋がった。

「いや、こうなった以上むしろ高島は滅ぼした方が良いな」

ボソッとした口調だった。侍従は視線を伏せて考えている。娘が〝兄様〟と声を掛けたが応えない。無言で右手に持った扇子で左の掌をタン、タンと打つ。その風情に娘が怯えた様な表情で私を見たが首を横に振る事で抑えた。十も叩いた後、侍従が大きく息を吐いて〝やらねばならぬか〟と言った。私達を見た、暗い眼をしている。

「葉月、叔父御の元へ行ってくれ」

「はい」

「清水山城を落としたなら必ず高島一族は皆殺しにせよと伝えて欲しい。女子供、赤子に至るまで。草の根別けても捜し出して殺せ、決して仏心を出すなとな」

「侍従殿！」

「兄様！」

「生き残りが六角を頼れば、六角がそれを利用しようとすれば厄介な事になる」

止めようとした言葉を慌てて飲み込んだ。娘も同様なのだろう、無言だ。

「侍従様は六角がそれを名目に朽木に圧力をかけるとお考えでございますか？」

侍従が〝フッ〟と笑った。

「高島の後ろには六角が居たのでおじゃろう？　となれば生き残った者は必ず六角を頼る。六角にとっては十分過ぎるほどの名目でおじゃろうな」

「……」

「毒喰わば皿までという言葉もある。叔父御は朽木の当主だ、腹を括ってもらおう。そこまでやらねば朽木は守れぬ。付け込む隙を与えてはならぬのだ」

冷たい声だった。乱世を自らの力で生きようとする男の声だと思った。

「これから直ぐに向かいまする」

「明日、誰か一人寄越してくれ。御爺の元に文を届けてもらう」

「分かりました。ではこれにて」

葉月が立ち上がった。送っていくと言って後に続いた。娘は付いて来なかった。多分、侍従にあれこれ聞くのだろう。

「如何思いました？」

「頼もしい限りでございます。勝ち戦でも眼を曇《くも》らせる事が無い。それにあの声の冷たさ、心が震えました」

葉月の声が弾んでいた。

「私も心が震えました」

葉月が私を見て嫣然《えんぜん》と笑った。分かったのだろうか？　あの声で耳元で囁《ささや》かれてみたいと思ったと。あの冷たい声がどれほど甘美に聞こえるか……。

甥で有り養子であり未来の娘婿でもある。でも成長するにつけ一人の男としても私を惹《ひ》き付け始めた。あの子なら自分を頼る者を危うい目に遭わせる事はあるまい。安心して頼れるだろう。娘の事を思うとホッとすると同時に妬《ねた》ましくもなる。

「眼が離せませぬなあ、先が楽しみにございます」

葉月が〝ほほほほほほ〟と笑った。私も笑った。あの子には戦の才も有る。帝にもお伝えしなければ……。それに眼が離せない。楽しみだ。

永禄二年（一五五九年）　五月上旬　　近江高島郡朽木谷　　朽木城　　朽木惟綱《これつな》

兄が京からの文を読んでいる。表情が厳しい。読み終わると大きく息を吐いた。

「侍従様からは何と？」

「長門守に清水山城を落としたら高島一族は皆殺しにするようにと伝えたそうじゃ」

「皆殺しでございますか？」

驚いて問うと兄が頷いた。暗い眼で私を見ている。

「六角に利用されぬように禍根を絶てという事よ」

「なるほど」

「高島は宮内《くない》少輔の仇じゃ。今回の戦は不当にも高島が攻めて来た。朽木は宮内少輔の仇を討ったという事で終わらせねばならぬ。さすれば六角も口を挟めぬ。そのためにな、……殺さねばならぬ」

「……乱世とはいえ、惨《むご》い事でございますな」

兄が頷いた。

「朽木と高島だけの戦なら見逃す事も出来ようが裏に六角が居る、やらざるを得ぬ」

「……六角は如何動きましょう」

兄が〝分らぬの〟と言って首を傾げた。

「予想外の結末じゃ、六角も迷うのではないかの」

となると益々逃す事は出来ぬな。六角に縋られてはならぬ。殺さねばなるまい。その事を言うと兄が頷いた。

「侍従が早急に居を清水山城に移せと言ってきた」

「清水山城に？　はて？」

「京から少しでも離れろという事よ」

兄がじっとこちらを見ている。

「危険という事でございますか」

「そうであろうの、幕府は朽木を利用しようとし三好は朽木を危険視しよう。清水山城に移れば安全というわけではあるまいが此処に居るよりは三好を刺激するまい。そう考えているようじゃ」

臆病と笑う事は出来ぬ。領地が増えたといっても精々二万石なのだ。三好とはとてもではないが戦えぬ。細心の用心が要る。

「厄介でございますな、幕府は以前にも増して朽木を頼りましょう」

兄が沈痛な表情をしている。公方様に献じた千五百貫の事を考えているのかもしれない。

「当分戦は出来ぬ。此度の戦で高島勢を大分殺した。高島領から兵を徴するのは難しいだろう。無理に集めれば百姓が逃げかねぬ。公方様にはそれを伝え自重して頂く事になろう」

「それも侍従様が?」

兄が〝うむ〟と頷いた。

「高島郡も厄介じゃ。これまで高島七頭は同程度の勢力で有ったが高島が滅んで朽木が頭一つ抜け出した。残りの五頭、平井、永田、横山、田中、山崎がそれを如何思うか……」

「朽木を危険視しましょうな。六角を頼るか、五頭が纏まって朽木に対抗しようとするか、そんなところでしょう」

兄が渋い表情で頷いた。

「そうであろうの。侍従は当分は辞を低くして親睦を深めろと言っておる。清水山城に移れと言うのはそれも考えての事であろう。ここに居るよりも五頭の動きが分かる筈じゃ」

なるほど、清水山城に移れというのは高島五頭の問題も有るからか。

「もし、高島五頭が戦を仕掛けてきたら如何なされます」

「……」

「高島から兵を徴せぬとなれば兵が足りませぬ、到底戦えませせぬぞ」

兄が一つ息を吐いた。

「その時は銭で兵を雇えとの事じゃ」

「銭で!」

思わず声が高くなった。兄が顔を顰《しか》めた。慌てて〝申し訳ありませぬ〟と謝罪した。しかし銭で兵を雇う？

「朽木の百姓兵と銭で雇った兵で凌ぐ。そして新たに得た領地を朽木同様に発展させる。澄《す》み酒《さけ》、綿糸、石鹸《せっけん》、歯磨き、清水山でも椎茸《しいたけ》を作る事に成ろう。それに……」

「それに？」

「関を廃する」

「関を？」

問い返すと兄が頷いた。

「高島の領地を得た事で安曇川を使って淡海乃海に荷を運び易くなった。関を廃すれば商人が今以上に集まろう。その分だけ銭を得易くなる。兵も雇い易くなるという事よ」

思わず溜息を吐くと兄が笑い声を上げた。

「関を廃す、銭で兵を雇う、妙な事を考えるわ。だが間違いなく効果は有る」

「左様でございますな。何より今を凌げましょう」

兄が〝うむ〟と頷いた。

「いずれは朽木の兵は全てを銭で雇った兵にせよと文には書いてあった。費《つい》えは掛かるが一年何時でも戦えるし百姓を集める手間もかからぬ。その分だけ動きは速い、敵の機先を制する事が出来るとな」

「なるほど」

兄が私を見てにやりと笑った。

「危機では有るが克服すれば朽木は大きくなれよう」

「左様でございますな」

「見てみたいの」

「と申されますと？」

「銭で雇った朽木の兵が高島五頭を攻め潰すところよ。清水山城に移れというのはそのためでもあろう。あっという間じゃぞ、平井、永田、横山、田中、山崎、兵が集まらぬうちに攻め潰せよう」

「その日が来ましょうか？」

兄がまたにやりと笑った。

「先の事は分からぬからな。宮内少輔を失った九年前には朽木が高島を喰う日が来るとは思わなかった。だがその日が来た」

「……」

「蔵人よ、またその日が来る。それを信じて準備をしようではないか」

「先《ま》ずは引っ越しでございますな」

「うむ」

次にその日が来るのは何時になるのか？　十年、いや十五年後か。その日が来る、それを信じて生きなければなるまい。

永禄二年（一五五九年）　五月中旬　　丹波山中　　黒野影久

「高島一族を皆殺しにせよと申されたか」

問い掛けると葉月が〝はい〟と答えた。同席している組頭達は押し黙っている。

「女子供、赤子に至るまで草の根分けても探し出して殺せと。決して仏心を出すなと。なんとも冷めたお方でございます。大勝利にも目が眩む事が有りませぬ」

「何を暢気な事を言うておる。冷めたどころか凍てつくように冷たいわい。俺は腹の底まで冷えたぞ」

一の組頭、小酒井秀介が葉月を窘めた。

「だからこそ、頼もしい限りで」

〝ほほほほほほ〟と葉月が笑い声を上げた。組頭達が呆れたように葉月を見ている。困ったものよ。

「それと居城を早急に清水山城へ移せと朽木の御隠居様に文を送ったそうにございます」

皆が顔を見合わせた。城を移す、簡単な事ではないが……。

「侍従様は永田達を危険視しておられるのか？」

俺が問うと葉月が首を横に振った。

「表向きの理由はそうなりましょう。ですが侍従様が本当に危険視しているのは幕府のようでございますな」

〝幕府〟、〝なるほど〟という声が上がった。

「足利と三好の争いに朽木が巻き込まれては堪らぬという事だな」

問い掛けると葉月が〝はい〟と頷いた。

なるほど、朽木は足利に忠義の家か。その朽木家が所領を拡大したとなれば……。

「ふふふふ」

思わず含み笑いが漏れた。組頭達が驚いた様に俺を見ている。

「足利と三好か。侍従様はいずれはぶつかる、今の和睦は長続きせぬ。京で争いが起きると見ているという事か……」

皆が顔を見合わせている。反対する声は無い、皆もそうなると見ているのだ。俺もそう見ていた。だがこの戦の結末がそこに関わるとは思っていなかった……。なんとも先を読まれる事よ。

「なるほどのう、巻き込まれぬように今から清水山城へ移るか。用心深いのう」

組頭達が頷いた。底が見えぬわ。ここまで戦が出来るとは思わなかった。だが用心深さも尋常ではない。そして果断さ、冷たさも……。あのお方、公家ではないな。中身は間違いなく武家よ。

「葉月、尾張の織田は如何かな?」

葉月が嫣然と笑った。

「そろそろ岩倉城も落ちましょう、もうどうにもなりませぬ」

「なるほど、今川を迎え撃つ準備は出来たという事か」

「……」

皆が押し黙っている。

「織田対今川、待ち遠しいわ」

皆が頷いた。

永禄二年（一五五九年）　五月中旬　　近江高島郡安井川村　　清水山城　　朽木藤綱

遠くで女の悲鳴が聞こえた。これで四人目だ、心が竦む。思わず目を瞑《つむ》った。越中の妻だろうか、或いは側室、娘か……。後で寺に手厚く葬らなければならぬな……。心の中で手を合わせているとガシャガシャと鎧の音と共に五郎衛門が現れた。

「殿、全て終わりましてございます」

「……そうか、……御苦労であったな」

労うと五郎衛門が〝はっ〟と畏まった。表情が暗い。

「嫌な仕事をさせた、済まぬな」

「いえ、そのような事は……」

五郎衛門が首を横に振ったが声には張りが無い。首を横に振る様子も力が無かった。鬱屈しているのだと思った。

高島越中の係累を捕え全て殺した。恨みを晴らすために殺したのなら気が晴れただろう。高島は兄の仇なのだ。だが殺した理由は六角の介入を防ぐため……。勝ったにも拘らず朽木は弱いのだと思い知らされた。介入を防ぐためには惨い事もせねばならぬのだと。それを怠ればこの勝利そのものが意味の無いものになりかねない。

「勝利というのがこれほど苦いとは思わなかったわ。勝っても弱いのだと思い知らされるとは……、惨めよな」

五郎衛門が片眉を上げた。

「……それでも負けるよりはましにござる。負ければ命を失う事にもなりましょう」

「……」

兄は高島越中と戦って死んだ。その越中は儂と戦って死んだ。負けるという事は命を失う事なのだ。苦いと思うのは勝った証、その苦さを喜ばねば……。五郎衛門は儂が甘いと諌めたのかもしれぬ。何を寝ぼけた事を言っているのかと……。

「そうだな、勝ったからこそ苦さを味わえる。その苦さを味わいたくなければ朽木自身が大きくならなければならぬ。そういう事だな、五郎衛門」

「はい」

五郎衛門が大きく頷いた。儂の事を頼りないと思っているのかもしれぬな。忸怩たるものが有った。

「先は長いのう、五郎衛門」

「真に」

何とか笑う事が出来た。五郎衛門も目を和ませている。そうだな、勝ったから笑えるのだ。苦いと嘆くのは贅沢でしかない。一つ息を吐いて気を取り直した。

「この清水山城は大きいな、五郎衛門」

「はい、大きいとは聞いておりましたが予想以上にございます」

この清水山城がこれから我らの居城になる。そう思うと素直に嬉しく思えた。五郎衛門が〝殿〟と呼び掛けてきた。

「何だ、五郎衛門」

五郎衛門は厳しい表情をしている。はて……。

「この城の直ぐ傍には越前へと続く北陸道が通っております。そして安曇川を利用して淡海乃海も使える」

「……そうだな」

「この清水山城は街道と川が交わる要衝の地に建てられた城、大きいのも当然でございましょう」

「うむ」

頷くと五郎衛門がずいっと近付いてきた。

「朽木はますます豊かになりますぞ。川と街道が使えるのですからな」

囁くような声だった。五郎衛門が儂を鋭い目で見ている。

「当然の事ですがそれを羨み狙う者も居る筈、油断は出来ませぬ」

「そうだな」

そうだな、高島領を得たとはいえ元の朽木領と合わせても精々二万石、勝ったとはいえ安全になったとは言えぬか……。

「厳しい事だな、五郎衛門」

「はい、厳しゅうござる」

何時かは、朽木が周囲に脅かされずに済む日が来るのだろうか……。

永禄二年（一五五九年）　五月中旬　山城国葛野・愛宕郡　平安京内裏　目々典侍

「まさか高島を滅ぼすとはの」

兄が首を横に振っている。

「驚かれましたか？」

「驚いたわ。朽木はこれで二万石か」

「はい」

兄がフーッと息を吐いた。兄に高島一族皆殺しの件、清水山城への移転の件を話すと首を横に振った。兄の顔は強張っている。

「公方は大分喜んでいると聞いているが……」

「朽木にとっては迷惑しかありませぬ。公方が朽木に期待する程三好の朽木を見る眼は厳しくなります」

「そうでおじゃるの」

高島一族は皆殺しにされた。六月になる前には清水山城へ居を移すと返事も来た。公方は知るまいが今回の戦の勝利で朽木家に対する侍従の影響力は更に強まった。

「目々よ、騒いでいるのは武家だけではおじゃらぬぞ」

「はい」

「公家も騒いでいる」

「女達もです」

二人で顔を見合わせて頷いた。

飛鳥井家は朽木家から援助を受けている。正確には侍従に送られた物だが侍従はそのうちの幾らかを飛鳥井家に入れている。それは決して小さなものではない。そしてその事は朝廷では皆が知っている。

「領地が倍になったのじゃ、援助も増えるだろうとな。妙な目で麿を見るわ、不愉快よ」

「こちらもです。露骨にあてこする者も居ます」

「皆、貧しいからの。やっかみが怖いわ」

「はい」

嫉妬程怖いものは無い。そして飛鳥井家はそれを恐れるだけの理由が十二分に有る。朽木家からの援助の事も有るが侍従に対する帝の御信任も厚い。異母弟の資堯は難波家を再興しその所領は日野家から百五十貫を分与された。それだけでも十分過ぎる厚遇だろう。その事を言うと兄が溜息を吐いた。

「その他にも帝の皇女の中で寺に入れられずにいるのは娘の春齢だけです。臣籍に落とされたとはいえ侍従との結婚が決まっています。他の皇女方の母親達にとっては不愉快でしかありますまい。それに、三好家、六角家から侍従に献上された領地は禁裏御料になったとはいえ春齢が代官になっています。そこからの税は半分を朝廷に収めていますが残りは全て春齢のものです。羨望以外の何物でもありますまい」

「厄介な事よ」

「はい」

兄が首を横に振って一つ息を吐いた。

「考えても仕方がないか、それにしても戦が出来るどころではないの、斬れ味が良過ぎるわ。三好筑前守が怯えるわけよ」

「帝に全てお伝えしました」

兄が眼を剥《む》いた。

「ただ勝ったなら時期を待ちました。ですがあそこまでとなれば隠してはおけませぬ。勿論、他言は無用にとお願いしております」

「帝は何と？」

「驚いておられました」

帝は頻りと〝武家の血か〟と呟かれ首を振られた。

「関白殿下は知らぬのだな？」

「知りませぬ、知れば越後へと伴いましょう」

兄が〝そうよな〟と言った。

「侍従は行きたがらぬか？」

「そのような事は」

首を振って否定すると兄が〝無いか〟と言った。

「となると殿下の越後下向は上手く行かぬという事かの」

「かもしれませぬ」

三好も殿下の越後下向に余り関心を示さない。殿下の越後下向の目的が関東の兵を率いての上洛に有るという事は三好も知っているだろう。妨害が無いという事は上手く行かないと見ているからに違いない。越後の長尾は甲斐の武田と戦っている。この上関東の北条と戦って関東を制する事等無理だと見ているのだ。

「侍従が今関心を示しているのは尾張です」

「尾張？」

兄が訝しげな声を出した。

「はい、尾張の織田弾正忠信長。先日、籠城《ろうじょう》している敵を滅ぼしたのだとか。侍従が祝いの文を出しておりました」

兄が〝ほう〟と声を上げた。

「織田弾正忠信長か、……そう言えば父上が山科権中納言殿を伴って尾張に行かれた事が有る。三十年程前になるかの。その時訪ねたのが織田備後守信秀じゃ。随分と朝廷に献金してくれたが亡くなってもうそろそろ十年になる」

「覚えております」

「弾正忠はその息子であろう、ウツケで有名であった。到底家を保てまいと言われていたが……」

兄が感慨深そうに言った。

ウツケか……。侍従が関心を持っているとなるとただのウツケとも思えない。それに十年もこの乱世で生きている。織田弾正忠信長、一体どんな男なのか……。


永禄二年（一五五九年）　五月中旬　山城国葛野・愛宕郡　平安京内裏　飛鳥井基綱

さて、如何したものかな？　関白殿下から奏上してくれと頼まれたが……。帝は楠木を許しても良いんじゃないかと考えているらしい。そんな事を殿下は言っていた。要するに殿下が望んでいるのは帝がこの件でイニシアティブを取るのは拙いから俺にイニシアティブを取れという事だろう。帝は俺の奏上に『良い意見だ、そうしよう』と言って終わらせるわけだ。

となるとだ、問題は反対意見だろう。足利に遠慮して反対する者も居るかもしれない。それに負けないだけの理論武装が必要という事になる。うん、こういうのは過去事例が有れば一番良い。かつては敵対したけど服属してからは有能で役に立ったと言えば良いんだ。良いの有るかな？　朝敵で降参して役に立った奴……。頼朝？　駄目だな、あいつは降参していない。尊氏？　これも駄目、北朝を利用しただけだ。大体足利なんて帝が嫌がるだろう。上が不愉快に思う様な事例は避けるべきだ。サラリーマンの鉄則だな。

「誰だ？」

いきなり視界が塞がれた。あのなあ、俺の部屋に入ってきてこんな事をするのは一人しかいないだろう。溜息が出るわ。

「なんで溜息を吐くの？」

視界が晴れた。振り返ると春齢が不満そうな顔をしている。

「さあ、なんででしょう。麿にも分かりかねます」

春齢が頬を膨らませた。

「子供みたいだと思ってるんでしょ」

「もう直ぐ大人になりますよ」

数えで十一歳なんだから子供で十分なんだよ。頬は膨らませても胸はペッタンコじゃないか。触らなくとも分かるぞ。……葉月、如何してるかな？　でも子供だと言うと煩いからな。子供じゃないが大人未満、そういう言い方で誤魔化す。ふふん、春齢は困惑している。最近は子供の扱いも慣れてきたわ。口には出せないけど。

「何を考えてるの？　さっきから唸ったり頷いたりしてるけど」

「関白殿下に頼まれた事が有るのです。それを考えています」

「楠木の事？」

思わず春齢の事を見た。

「何故知っているのです？」

「何故って皆知っているわよ」

春齢は何言ってんだみたいな顔で俺を見ている。

「兄様が楠木赦免のために動いているって」

「……」

殿下が誰かに言ったのかな？　そこから広まった？　でも妙だな、何で邪魔が入らないんだろう。昵懇衆は何故動かない？　日野家の養子問題の時は随分と動いたんだが……。

「如何したの？」

春齢が心配そうな表情で俺を見ている。……実母に似ているな。よくそんな顔をしていた。最初の頃だけだが……。

「兄様？」

「いえ、邪魔が入らないと思いまして」

俺の疑問に春齢が心得顔で〝ああ〟と言った。あれ、何か知ってるのか？

「広橋内府が隠居したからじゃないの」

「広橋内府が？」

「ええ」

春齢が頷いた。

内府が隠居したのは知っている。息子の権大納言に隠居してくれと頼まれたそうだが理由は日野家の養子問題で帝の御信任を失ったからだと聞いている。内大臣の辞任を願い出たが帝に慰撫される事無く受理された。こういうのは形だけでも慰撫が有るものだがそれが無かった。そして後任者も決まっていない。誰かを内大臣にしたくて受理したわけではないのだ。帝は広橋内府を不適任と見たのだろう。

「内府は足利贔屓だったでしょう？」

「まあ」

正確には足利贔屓というより義輝と組んで日野家の養子問題を広橋家に優位にと考えたのだろう。そうでなければ娘が松永弾正に嫁ぐ筈がない。

「内府が辞めたいと言った時、帝は内府を慰撫しなかった。だからね、足利に味方するのは危険だって皆思っているみたいよ。母様がそんな事を言ってたわ」

「なるほど」

得意げに言う春齢は如何見ても十一歳の子供だった。まあ可愛いけどな。……そうか、広橋内府の後任を決めないのは周囲に対する警告という意味も有るか。

「役に立った？」

春齢が俺を覗き込んでくる。困ったね。

春齢が嬉しそうにしている。そんな嬉しそうな顔をするなよ。頭を撫でたくなるじゃないか。でもそれをやると子供扱いするって怒るんだよな。女は難しいわ。特に子供はな。

「ええ、とても」

親足利派は邪魔をするのは危険だと考えている。だとするとだ、反対する方法は公の場で正論で俺を論破する事だろう。そうする事で楠木の赦免を阻止する、ついでに俺の顔を潰す。うん、益々過去の事例が必要だ。でもなあ、適当なのが無い。……いや、待て、過去事例は日本じゃなくても良いんじゃないかな。中国ならそんな事例は幾らでもある。敵対した人間を厚遇して役に立たせる。例えば斉の管仲とか、或いは唐の魏徴……。うん、行けるかな？　行けそうだな。さて、墨を磨って奏上文を書くとするか。

「如何したの？」

「……何です？」

春齢がニコニコしている。

「嬉しそうだけど」

「……そうですか？　春齢姫の方が嬉しそうだと思いますけど」

「うん、兄様が嬉しそうだから」

「……」

困った奴。……俺は表情が顔に出易いのかな？

永禄二年（一五五九年）　五月下旬　　近江高島郡安井川村　　清水山城　　朽木稙綱

「絶景じゃの」

思わず声が漏れた。清水山城の櫓台からは淡海乃海が見えた。陽の光を浴びて湖面が眩いほどにキラキラと光っている。淡海乃海がこれほどまでに美しいとは思わなかった。真、絶景よな。この景色をこれからはずっと、好きな時に見る事が出来るのだと思うと自然と顔が綻んでくる。抑えようとは思わぬがたとえ抑えても綻ぶのは止められまいな。それほどまでに美しい。

勝ったのだと改めて思った。高島を滅ぼしたのだと……。竹若丸の御陰じゃ、あの孫が居たから勝てたわ、この景色を見る事が出来た。何物にも替え難い贈り物よ。だが、寂しいのう……。あれが此処に居れば、共にこの景色を見る事が出来ればと思ってしまう。そうであればどれほど楽しかったか……。声を上げて笑い燥ぐ事が出来ただろう。……寂しいものよ……。

「御隠居様」

気が付けば左門が傍近くで片膝を突いて控えていた。

「如何した、左門」

「皆様、広間に御集まりでございまする。御隠居様にもお越しいただきたいと」

「……そうか」

はて、なんぞ起きたか。踵を返して城の中へと戻った。儂の歩く後を左門が付いてくる。曲がり角が見えてきた。広間か、はて、そこは真っ直ぐだったかの？　それとも……。途惑っていると左門が〝御隠居様〟と声を掛けてきた。

「そこを御曲り下さい。広間にはその方が近うございます」

「おお、そうか。……この城は広いの、年寄りには覚えるのが骨じゃ」

左門がクスクスと笑った。

「御隠居様だけではございませぬ。父も時折間違いまする」

「そうか、五郎衛門もか。ならば儂が途惑うのも無理はないのう」

声を上げて笑うと左門も笑った。

広間に入ると皆が儂を見てきた。倅の長門守、弟の蔵人、その息子の主殿、日置五郎衛門、宮川新次郎、倅の又兵衛、荒川平九郎、長沼新三郎、田沢又兵衛、守山弥兵衛。儂と左門が座ると長門守が話しかけてきた。

「随分と楽しそうでしたが？」

「なに、年は取りたくないという事よ。城の中で迷子になりかけた」

さざ波の様に笑い声が起こった。五郎衛門、そして新次郎が苦笑している。なるほど、迷うのは五郎衛門だけではないか……。

「確かにこの城は朽木城に比べれば随分と大きいですな。某も途惑います」

「ハハハハハ、儂を気遣わずとも良いぞ、長門守。……それで、何が起きたのだ？」

長門守が表情を改めた。はて……。

「朽木城の扱いを決めなければなりませぬ」

「……」

皆が訝し気な表情をしている。皆を集めるほどの大事ではない筈だが……。長門守が懐から書状を取り出した。

「その件に関連してですが公方様より文が来ております。清水山城に移るのは幕府にとって不都合であると」

「そうか……」

皆が渋い表情で押し黙った。話をした長門守も渋い表情をしている。

「左兵衛尉からも文が届きました。それによれば公方様だけでは有りませぬ、幕臣達にも強い口調で朽木を非難する者が少なくないと書いてあります。二万石では兵力は六百程でしかありませぬが京の傍に六百の兵が有るというのは心強い。万一の場合、頼りにする事が出来ると考えていたようで……」

「万一の場合とは？」

五郎衛門が問い掛けると長門守の表情が更に渋くなった。

「京を、三好から奪い返す」

皆が顔を見合わせた。

「真でございますか？　そのような事、可能とは思えませぬが」

新次郎が首を傾げている。長門守が一つ息を吐いた。

「三好が六角、或いは畠山と争う。両方というのも有り得よう。その時に朽木の兵を京に入れる。さすれば三好を慌てさせる事が出来る。京に居る三好勢が小勢なら撃ち破ることも出来ようとな」

〝馬鹿な！〟と蔵人が吐き捨てた。

「六角、畠山が勝てば宜しゅうござるが負ければ最初に潰されるのは我らにござるぞ！　六角、畠山のために使い捨てにされる事になる。とてもではないが受け入れられませぬな！」

「その通り！」

「蔵人様の申される通りじゃ。そんな戯けた話には乗れぬわ！」

田沢又兵衛、左門が喚くように蔵人に同意した。

「殿、左様な話、とても乗れませぬぞ」

五郎衛門が駄目を押すように反対した。長門守が溜息を吐いた。

「分かっておる。儂とて受けるつもりはない。だが公方様も幕臣達も朽木の兵を相当に当てにしているらしい」

「二万石なら動かせる兵は精々六百ですぞ。それに期待すると？」

平九郎が呆れたように声を上げた。長門守がまた溜息を吐いた。

「高島越中守を討ち、滅ぼしたからな。期待しているのよ。儂の事を中々の戦上手と褒める声も有るようだ。儂を朽木の当主にしたのは正しかったのだと公方様を褒める声も有る、公方様もまんざらではなさそうだと左兵衛尉の文にはあった。あれは侍従様の策なのだが……」

「……」

長門守の声が苦みを帯びている。

「左兵衛尉からの文にはその侍従様の事も関係しているのではないかとあった」

「それは？　殿、如何いう事でしょう」

五郎衛門の問いに長門守が溜息を吐いた。

「侍従様と公方様、幕臣の関係は悪化する一方なのだそうだ。公方様、幕臣達が朽木を使おうとするのは侍従様への当てつけも有るのではないかと。我らに不審を感じている可能性も有ると書いてあった。左兵衛尉は幕府の言いなりになるのは危険だと考えている。朽木を潰しかねぬとな」

息を吐く者、首を横に振る者、皆がうんざりしている。

「だからこそ朽木城を如何するか、今一度考えなければならぬ」

息を吐く音が幾つか聞えた。腹立たしそうな音だ。自分を落ち着かせようとしているのかもしれない。

「侍従の懸念が当たったの」

儂の言葉に皆が頷いた。朽木は京に近過ぎる。足利が利用しようとし三好が危険視すると文に書いてあったがこのような形で現実になるとは……。

「こうなった以上、清水山城を居城とする。これは譲れませぬぞ」

新次郎が儂と長門守を交互に見ながら言った。足利への配慮は捨てよと新次郎は迫っているのだと思った。〝父上〟と長門守が声を掛けて来た。

「正直に申します。某は清水山城を居城にする事に反対では有りませぬ。いや、平井、永田達の動きを逸早く知るためにはこの城を居城とすべきでしょう。五郎衛門とも話したのですが此処を起点に朽木は発展していくべきだと思います。しかし父上には朽木城に留まって貰った方が良いのではないかと思っておりました。何と言ってもこの地は代々高島氏が治めてきた土地です。領内が安定するには数年が掛かる。その間は父上に朽木をお願いしたいと思っていたのです」

皆が頷いた。

「ですがこうなってくると父上が朽木城に居る事は必ずしも最善とは言えませぬ。某が兵を出せぬと言えば幕府は父上に兵を出せとしつこく迫りましょう。度が過ぎれば三好もそれを放置は出来ぬと考えるやもしれませぬ」

「かもしれぬの」

長門守が気遣わし気に儂を見ている。公方様にほだされぬかと心配しているのだと分かった。

「居城は清水山城とし儂も清水山城に移ろう。案ずるな、最初からそう考えていたのだ。淡海乃海を毎日見られるからの。これは譲れぬわ」

皆が笑い声を上げた。だが力が無い。儂が無理をしていると思ったのかもしれない。心から喜べぬのだろう。

「朽木城だが蔵人に頼んでは如何かな？」

「某もそれを考えていました。叔父上、お願い出来ますな？」

蔵人が溜息を吐いた。

「分かりました。では某は朽木城の城代として詰める事に致しましょう。西山城は倅の主殿に譲ります」

主殿は眉を上げたが何も言わなかった。あくまで城代、そして西山城は息子の自分に譲る。周囲の妬みを買わぬ様にという配慮だと理解したのだろう。

「となると後は公方様への返事ですな」

新次郎の言葉に皆が顔を見合わせた。

「迷惑だと正直に答えては如何で？」

平九郎の言葉に彼方此方から笑い声が上がった。

「冗談では有りませぬぞ」

「……」

「公方様も幕府も余計な事しかしませぬ。恩賞らしい恩賞も貰った事は無い。もう沢山でござろう！」

平九郎が吐き捨てるとシンとした。否定する声は無い。確かに平九郎の言う通りよ。朽木が豊かになったのも領地を広げる事が出来たのも竹若丸の御陰じゃ。幕府の力ではない。

「平九郎、気持ちは分かるが幕府と決別は出来まい。それをやれば皆が朽木を狙おう。我らには自立出来るだけの力は無いのじゃ」

「……」

「今幕府から離れれば必ず六角、三好が従属を迫ってくる。むしろ今よりも面倒な事になりかねぬ」

儂が諭すと平九郎は不満そうな表情を見せたが反駁はしなかった。弱い、小さい、惨めじゃの。皆も遣り切れなさそうな表情をしている。咳払いが聞こえた。新三郎か……。

「平井、永田達との関係が思わしくない。そう言うしかありますまいな」

「まんざら嘘というわけでもない。高島の後ろには六角が居た。次に六角が朽木にちょっかいを出そうと考えれば永田達を使う筈だ。その動きには気を付けねばならぬ」

「となればやはり朽木城では遠いですな、清水山城を居城にすべきです。永田達への牽制にもなるでしょう」

新三郎、弥兵衛、主殿の言葉に皆が頷いた。

「では公方様にはそのように伝えよう。父上、宜しいですな？」

「当主はそなたじゃ。そなたが決めたのなら異存はない」

儂の答えに長門守が頷いた。……さて、儂は今一度櫓台に行くとするか。あの景色を見ればこの鬱屈も晴れるだろう……。


永禄二年（一五五九年）　五月下旬　尾張国　春日井郡　清洲村　清洲城　織田濃

ドンドンドンドンドンと足音が聞こえてきた。カラリと障子戸を開けると夫が部屋の中に入って来た。ドスンと音を立てて座った。

「どうぞ」

白湯とお茶請けを差し出すと夫が〝うむ〟と頷いた。でも手を伸ばさず懐から文を取り出すと読み始めた。あら、まあ……、今日のお茶請けは夫の好きな羊羹なのに……。

難しい表情で文を読んでいる。女子《おなご》ではない、家臣の誰かだろうか？　それともどこかの大名？　考えていると夫が〝フーッ〟と息を吐いた。そしてまた文を読みだした。何度か頷いている。また〝フーッ〟と息を吐くと文を懐にしまった。

「どなた様からの文でございます？」

夫が顔を顰めた。

「女子ではない」

「そんな事は分かっております。女子からの文なら貴方様は羊羹を食べてから読んだ筈でございます」

夫が〝であるか〟と言った。バツの悪そうな表情をしている。

「羊羹は召し上がらないのでございますか？　白湯が冷めますが」

「うむ」

夫が羊羹を手に取った。一口食べて満足そうな表情をする。白湯を一口飲んでから残りの羊羹を口に入れた。二口目はゆっくりと咀嚼する。嚥下するとまた白湯を飲んで〝ほーっ〟と息を吐いた。

「文は京の公家からの物だ」

「御公家様？」

「うむ、飛鳥井侍従からの物よ」

「まあ！」

思わず声が出た。飛鳥井侍従と言えば朝廷では帝の傍近くに仕える実力者の筈、そのお方からの文？　夫が少し得意そうな顔をしている。その事が可笑しかった。

「殿が侍従様と文を交わす仲だとは知りませんでした」

「うむ、今年の初めに上洛したがその時にな、親しくさせて頂いた」

「左様でございますか」

そう言えばあの上洛は殆ど成果は無かったと聞いた。それなのに夫は不満らしいものは示さなかった。侍従様と知り合う事が出来たからかもしれない。

「未だお若い方と聞きますが？」

「そうだな、若い。若すぎる程だ。だが中々の人物よ」

まあ、夫が褒めるなんて……。

「文にはどのような事が？」

「なに、岩倉を滅ぼした事への祝いよ」

そう言うと夫は〝美味かった〟と言って立ち上がった。またドンドンドンドンと音を立てて去ってしまう。

「嘘が下手」

思わず苦笑してしまった。祝いだけなら夫があんなに夢中になって文を読む事は無い。一体何が書かれてあったのかしら……。

淡路来《あわじらい》

永禄二年（一五五九年）　六月上旬　　山城国葛野・愛宕郡　　平安京内裏　　飛鳥井基綱

「此度は御力添え有難うございました。お蔭で河内守も晴れて楠木の姓を名乗る事が出来るようになりました」

「有難うございました。朝敵の御赦免《ごしゃめん》だけでなく河内守への任官、これ以上の喜びはございませぬ。

心から御礼申し上げまする」

男二人が頭を下げている。一人はニコニコ、もう一人は声が震えて泣きそうな表情だ。ニコニコは松永弾正久秀、泣きそうなのは大饗長左衛門正虎。今回楠木氏が朝敵から赦免された事、河内守に任官した事で楠木河内守政虎と名乗る事を許された男だ。

「そのように礼を言われるような事ではおじゃりませぬ。楠木一族は朝廷に敵対致しましたが至誠に溢れ最後まで節義を守り通した者達でおじゃりました。そのような者達を何時までも朝敵にしておく事が正しい事とは思えませぬ。これは麿だけではおじゃりませぬ。関白殿下も同じお考えでおじゃります」

ついでに言うと帝も同意見だった。楠木に対する反発は帝よりも足利の方が強い。何と言っても七度生まれ変わっても足利を討つと誓った一族だからな。そして帝はそんな足利に役に立たないと強い不満を持っている。楠木？　あれは足利の敵だろう、許してもいいんじゃない。そんな感じだ。

「ですが帝への奏上は侍従様によるものでございました」

弾正が幾分不満そうに言った。そうだよな、弾正の奥方は武家伝奏の広橋権大納言の妹だ。本当なら誰よりも弾正の為に赦免を願い出なくてはならない。だが権大納言は腰が退けていた。広橋は昵近衆で足利とも親しいからな。動けなかったんだろう。

関白殿下は帝から赦しても良いと聞いていたようだ。だが誰も弾正の為に動かない。それで俺の意見を求めたらしい。俺なら足利に遠慮せずに物を言うだろうと思ったからだ。そして俺に奏上させた。反対する奴は居なかったな。賛成する奴もいなかった。殿下が〝もっとも、もっとも〟って言っただけだ。そして帝が頷いて終り。だからね、あんまり感謝されても困るんだ。

「名文だったと聞いておりますぞ」

「……」

「斉の桓公は自分を殺そうとした管仲を用いて春秋五覇の筆頭となり唐の太宗も自分を殺せと言い続けた魏徴を用いて貞観の治と呼ばれる善政を世に生み出したと」

「いや、拙い文で恥じ入るばかりでおじゃります」

本当だよ、本当に恥ずかしかったんだ。でも弾正は楽しそうに笑い声を上げた。

「主修理大夫も大層喜んでおります。侍従様の御力添えで某も面目が立ちました」

三好修理大夫も喜んでいるか。そうだよな、足利の顔を潰す事が出来たんだから。弾正が〝河内守〟と声を掛けた。河内守が〝はっ〟と答えて背後から太刀袋を取り出した。

「心ばかりの物ではございますが御笑納頂きとうございまする。来国安、淡路来にございまする」

「いや、それは」

「侍従様、何卒。楠木の姓を誰憚る事無く名乗れる。某だけでは有りませぬ。楠木の姓を名乗った先祖達もどれ程喜んでいるか」

頭を下げて刀を差し出された。これは断れないな。

「分かりました。有難く頂戴致しまする」

「有難うございまする」

来国安か。淡路来というのは分からんが来派は有名な刀工集団だ。

「見ても宜しいかな？」

「どうぞ」

河内守に断ってから太刀を袋から出した。ふむ、道誉一文字、藤次郎久国に比べれば短いな。二尺と言ったところか。それに結構反《そ》りが強い。太刀を抜いた。身幅が広いな、重ねも厚い。その所為かな、短い割に重い様な気がする。

「如何《いかが》でございましょうか」

気が付けば河内守が心配そうに俺を見ていた。太刀を鞘《さや》に納めた。

「良い太刀でおじゃりますな。長さは二尺程、反りも強い。抜き易そうです。それに身幅が広く重ねも厚い。観賞用ではおじゃりませぬな、人を斬るために作られた太刀だと思いました」

河内守が〃おお〃と声を上げた。

「大事に使わせてもらいまする。きっと磨を守ってくれましょう」

弾正が笑い声を上げた。

「河内守、言ったであろう。侍従様ならこの太刀の良さを分かって下されると」

「はっ、殿の申される通りでございました」

何だろう、主従二人で喜んでいるんだけど。

「いや、河内守は侍従様に太刀を贈って良いものかと悩んでいたのでございます。某が侍従様は兵法も嗜《たしな》む、心配する事は無いと言いますと今度はこの太刀を気に入って頂けるかと」

「はて？」

良く分からんな。困惑していると弾正が更に笑った。

「来国安は必ずしも名高き刀工ではございませぬ。むしろ同名の弟子の方が千代鶴派の祖として名が高い。そのため気に入って頂けるかと。某は侍従様ならこの太刀の良さをきっとお分かり下さると申したのです」

「なるほど、そういう事でおじゃりましたか」

なんだかなあ、二人で喜んでいる。でも悪い感じはしない。

「麿は公家としては些《いささ》か変わり者でおじゃります。飾りにしかならぬ太刀など要りませぬ。この来国安、気に入りました。礼を言いますぞ」

「喜んで頂けました事、幸いにございます」

太刀を袋に入れて脇に置いた。敵が多いからな、多分この太刀を使う事になるだろう。

「ところで関白殿下が越後へ下向されるのは何時頃になりましょうか？」

「さあ、はっきりとは分かりませぬが雪が降る前、秋頃になるのではないかと思います」

「殿下は足利をお見限りなのかと思っておりましたが……」

探る様な弾正の視線を感じた。もしかすると此処に来たのはこれが本題かな？　それにしても俺と同じような事を言っているな。まあ関白としては朝廷第一、でも近衛家としては足利を捨てきれないというところだろう。妹を義輝に嫁がせているからな。

「殿下の御心に有るのは天下が安定し朝廷が安定する事におじゃります。それ以上では有りませぬ」

「……」

納得してないな。

「足利の天下が限界に来ている事は殿下も認識しておられます。公方は武家の棟梁としては適任とは言えませぬ。しかし足利が滅べば天下が混乱するとも見ておられる。本来なら公方が三好修理大夫殿と協力出来れば天下は安定しましょうがそれは難しい。ならば他に公方を支えられる人物は居ないかとお考えのようです」

弾正が〝なるほど〟と頷いた。河内守は無言で控えている。

「越後の長尾ならその任が務まるということですな。しかし関東制圧、なりましょうか？」

弾正の此方を見る眼が鋭い。うん、戦国武将らしい眼だ。

「難しいと思います。敵は北条だけではない、甲斐の武田もいる。簡単には行きますまい。おそらくは無駄でおじゃりましょう」

その事は三好修理大夫も理解している。だから殿下の越後下向を止めない。

「冬になる前に出立と聞きましたが御止めしませぬので？」

「止めませぬ。足利の権威は関東でも崩壊しつつある。その事を殿下が自らの眼で確認するのは無駄ではないと思います」

史実では越後から戻った後、近衛家は足利とは距離を置き始める。義輝が永禄の変で三好に殺されても殿下は目立った動きは見せない。その所為で義昭からは三好に通じたと疑われた程だ。そして信長が足利義昭を追放した後、その天下取りに殿下は積極的に協力している。関東に行って足利では駄目だとしっかりと理解したのだろう。だとすれば無駄じゃない。

「なるほど、甘いと言うわけですな。現実を見て来いと。侍従様はなかなか手厳しい」

弾正が大きく頷いた。河内守は首を横に振っている。それを見て弾正が〝ははは〟と笑い声を上げた。

「驚いたか、河内守。侍従様は斯様な御方じゃ。冷静沈着、世の中をしっかりと見据えておらえる。武将であられれば天晴名将となられた御方よ。いや公家でも名将であられる」

「……」

おいおい、変な事を言うのは止めてくれ。

「朽木長門守殿が高島越中を滅ぼしましたな。民部少輔殿が病、朽木は混乱していると思わせて引き摺り込んで越中を討ち取った。いや、見事。あれは侍従様の策ではございませぬかな？」

弾正が笑みを浮かべながら俺を見ている。

「何故そのような事を？」

「朽木の方々は皆々実直で嘘を吐けぬ方々と見ております。此度の戦振り、些か腑《ふ》に落ちませぬ」

「それでは朽木の者は知恵が無いと言っているように聞こえます」

弾正が手を振って〝いやいや〟と否定した。

「しかし某の邪推《じゃすい》でしょうか？」

困ったな、なんて答えよう。

「困りましたな。三好家には血の気の多い御方がおられる。妙な噂が流れてはまた麿を殺せと騒ぎましょう」

「御安心を、これは某一人の邪推にございます」

弾正がにんまりと笑った。

「それを聞いて安堵しました。当分は弾正殿一人の邪推でお願いします。いずれ本当の事を口に出来る日も来ましょう」

弾正がウンウンと頷きながら〝いや、御尤も。良く分かりました〟と言った。河内守が眼を丸くしているがまあ大丈夫だろう。弾正が口止めする筈だ。

「そうそう、忘れておりました。筑前守様が侍従様にお会いしたいと申しております」

「ほう、筑前守殿が」

弾正が頷いた。筑前守というのは三好義長、長慶《ちょうけい》の嫡男で跡取りだ。確か未だ二十歳にはなっていない筈だ。

「如何でございましょうか？」

「願っても無い事、楽しみでおじゃります」

「有難うございまする、そのように伝えまする」

その後、新しく立てている邸の事等を少し話して弾正達は帰っていった。弾正が帰ると直ぐに春齢がやって来た。俺の隣に座る。前じゃなく隣に座りたがるんだな。そして肩を寄せてくる。

「あら、刀じゃない。弾正から貰ったの？」

「河内守からです。赦免の一件の謝礼でおじゃります」

春齢が〝ふーん〟と言った。そして妙な眼で俺を見た。

「本当は弾正、ううん、三好なんじゃない。兄様と繋がりを持ちたいと思ってる」

「……」

「母様から聞いたけど関白が帝に言ったのでしょう？　自分が居ない間は兄様を傍に置いて万事につけて相談するようにって」

最近春齢は養母に色々と聞いているらしい。俺と足利の因縁とか朽木を取り巻く環境とかだ。俺の傍に居るなら無知は許されないと考えたようだ。或いは養母が鍛《きた》えようとしているのか。

春齢の言った事は事実だ。殿下は俺を自分の代理にしたいらしい。変な奴に朝廷を牛耳《ぎゅうじ》られては困るという事だ。帝もそれを望んでいる。理由は関白が居なくなればまた足利と三好が勢力争いをするんじゃないか、それによって公家達が右往左往するんじゃないかと不安なのだ。俺が傍に居ればそういう連中に睨みが効くだろうと考えているらしい。何と言っても悪侍従だからな。……俺は番犬かよ。

「かもしれませぬが狙いは他にもあったようです」

「なあに？」

「先日の朽木と高島の戦い。磨が策を立てたのではと疑っておりました。いや確信していました」

春齢の顔が強張った。

「大丈夫なの？」

「ま、大丈夫でしょう」

三好修理大夫は関白殿下の越後下向を上手く行かないと見ている。だが俺が如何思うかを重視した。自分に見えないものを俺が見ているんじゃないかと考えたわけだ。そこで修理大夫は弾正を使って探らせたのだろう。弾正は俺も上手く行かないと見ていると知って安心した。おまけに手伝おうとしない。更に安心だ。

問題は朽木の件だ。かなり詳細に調べている。俺が関わると見たのだろう。もしかすると重蔵達の存在に気付いたかもしれない。朽木への文は桔梗屋《ききょうや》を使うのは控えよう。俺が直接御爺、長門の叔父に出した方が良い。ふむ、弾正が朽木の件に触れたのは俺に対する好意かな？　こっちは此処まで知っていますよ。あまり派手に動いては駄目ですよ。三好孫四郎が騒ぎますよ。そんなところかもしれん。

その事を伝えると春齢が〝ふーん〟と言った。

「兄様、怖がられてるの？」

「……」

「調べるって事は怖いからでしょ？」

「かもしれませぬ」

不愉快な話だよな。俺は領地も無ければ兵も無いんだ。そんな怖がらなくても良いんだけど。

「私は怖くないわよ。兄様が怖い事を言うのはそれが必要だからだって分かったから」

「……」

「困ってるでしょ。兄様って困ると無言になるのよね。可愛い」

「可愛いのは春齢だ」

耳元で囁いてやると春齢は真っ赤になって〝兄様の馬鹿〟と言って出て行った。フン、参ったか。だてに五十年以上生きてきたわけではないのだよ、春齢君。

まあ確かに怖がられている部分は有るかもしれない。筑前守義長の件も次期当主の義長と俺を結び付けようと考えた可能性は有るな。そうする事で俺を親三好派にしようとしているのか。ふむ、もしかすると修理大夫の考えかな。

長門の叔父は高島一族を根絶やしにした。そして清水山城に移り平井、永田、横山、田中、山崎との関係を深めようとしている。上手く行きつつあるらしい、今のところ六角が動く気配は無い。今回の一件はあくまで朽木と高島の問題で朽木は宮内少輔の仇を討ったという形で収まりつつある。なんとか年内を上手くやり過ごして欲しい。年が明ければ野良田の戦いが起きる。浅井が六角に反旗を翻すのだ。六角も朽木に関わっているような余裕は無くなる筈だ。そして観音寺騒動が起きる。その後は六角は下り坂だ、恐れる必要は無い。だが浅井が高島郡に手を伸ばしてくる。その前に高島郡を押さえるべきだが……。なかなか厳しいな。銭で兵を雇えと言ったが何処まで領内を豊かに出来るか……。

義輝と幕府は朽木が大きくなった事で大いに喜んだらしい。だが叔父が居城を清水山城に移した事には不満タラタラだそうだ。如何見ても朽木は京では無く近江を重視していると見えるからだろう。その通りだ、三好を刺激せず身を守るにはそれしかない。実際に弾正から警告を受けた。幕府も義輝もその辺りが分かっていない。その分だけ朽木は危険だ。

信長はとうとう岩倉を滅ぼした。祝いの文を送ったが信長からは今川が明年兵を起こすのは確実

らしい、岩倉を片付ける事が出来たのは幸先が良いと返事が有った。岩倉を包囲しつつも今川の動きを探っていたのだろう。今川は一年遅かったな。三河の混乱を治めるのに手間取り過ぎた。足元を固めるのを優先したのだろうが先に尾張を攻めて信長にダメージを与えた方が良かった。まあそれも結果が分かっているから言えることだ。いや、この世界ではどうなるかな？　桶狭間が起きるのか、信長が勝てるのか……。

これから暫《しばら》くは畿内も東海道も眼を離せない時代が来る。さて、俺は剣の練習でもするか。この国安の太刀を使って抜打ちの練習だ。

災厄の臭い

永禄二年（一五五九年）　六月中旬　　山城国葛野郡　　近衛前嗣邸　　飛鳥井基綱

「じゃんけん、ぽん」

良し！　勝った！

「あっち向いてホイ！」

右だ！　ゲッ、この親父、天井を向きやがった。

「じゃんけん、ぽん」

負けた！　どっちだ？

「あっち向いて……」

右？　左？　えい、下だ！

「ホイ！」

「ほほほほほ、麿の勝ちでおじゃるのう」

「……負けました」

「ほほほほほほ、そろそろ下を向く頃だと思った。侍従はなかなか手強い。楽しめましたぞ」

満足そうに笑っているのは関白殿下の父、太閤近衛稙家だ。この親父、強い！　俺も弱くはないんだが十回やって二勝八敗、圧倒的に負けた。もしかすると山科の大叔父よりも強いかもしれない。一度二人が戦う所を見てみたいものだ。宮中最強決定戦とか命名して大体的にやったら受けそうだな。

一息入れようという事になって太閤が侍女に白湯《さゆ》を用意させた。美味いわ、興奮したからな、喉が渇いた。関白殿下に太閤殿下の相談相手になってくれと言われてから今日で会うのは四回目だ。最初は気が進まなかった。何と言っても相手はバリバリの親足利だからな。俺に好意を持っているわけがない。そう思ったんだけどこの親父さん、面白いんだよ。

これまで四回、生臭い話はそれほど出ていない。良く朽木に滞在中の事を話すんだが安曇川で釣りをしたとか温泉に入ったとか楽しい話ばかりで如何見ても亡命生活をエンジョイしてきた。いやエンジョイし過ぎて来たとしか思えない。俺は朽木に居る頃は幼かったから安曇川で釣りも温泉にも入っていない。羨ましい話だよ。今度一緒に行くか、なんて話もしている。勿論、亡命じゃなく遊びでだ。

まあこちらの警戒心を解そうとしているんだと思う。今日も訪問するなりあっち向いてホイをやろうと言い出したからな。俺みたいな子供にそういう気遣いをしてくれるんだから嫌いにはなれない。関白殿下と三人で話す事もあるが政治情勢の他にも鷹狩、馬術、剣術の他に有職故実《ゆうそくこじつ》の事とか話題が豊富だ。特に有職故実、これが勉強になるんだ。さすが近衛家だなと思う。

「ところで、侍従が三好筑前守と会うと聞いたが真かな?」

「良くご存じでおじゃりますな。松永弾正殿から筑前守殿が麿に会いたがっていると聞きましたので会う事に致しました。三日後にございます」

〝ほう、左様か〟と太閤殿下が頷いた。ふむ、ようやくこっちの話になったか。

「良くご存じでと言うがなかなかの評判じゃ。京で知らぬ者は居らぬのではおじゃらぬかの。おそらくは箔付でおじゃろうが」

「はて、箔付でおじゃりますか?」

太閤殿下が笑い出した。

「侍従は宮中の実力者でおじゃるからの、次期三好家の当主がその実力者と親しいとなれば家中での評価も上がろうというもの。そうでおじゃろう」

「……」

「おそらくは修理大夫は筑前守にそろそろ家督を譲ろうと考えているのではないかと思う。そのためにもという事でおじゃろう」

「……なるほど」

言ってる事は分かるんだが俺が宮中の実力者っていうのがピンとこないわ。

「殿下は筑前守殿に会った事はおじゃりますか」

殿下が首を横に振った。

「いや、おじゃらぬ。修理大夫の自慢の息子とは聞いている」

「麿もそのように聞いておじゃります」

三好筑前守義長、三好修理大夫長慶の嫡男だ。つまり三好家の跡取り息子なんだが父親の修理大夫に劣らず智勇に優れた人物と将来を嘱望《しょくぼう》されている。三好家も将来は明るいと……。

「どのような人物か、後で教えてくれぬかな、侍従」

「それは構いませぬがやはり御気になりますか？」

問い掛けると太閤殿下が頷いた。

「いずれは三好家を率いるのじゃ、その為人は知っておきたい」

「分かりました」

まあ、無駄になる可能性が高いがな。三好家を継ぐのは修理大夫の実子じゃない、養子の義継だ。つまり筑前守義長はここ四、五年の内に死ぬ筈だ。もっとも歴史が変わる可能性も有る。無駄になる可能性は高いが無駄とは言い切れない。

「弾正は関白の事を何か言っていなかったかな？」

心配そうな表情だ。本当に知りたいのはこちらかな。

「関東下向の件が話題になりましたが余り気にしていないようでおじゃります」

「ふむ、三好は上手く行かぬと見ておるか」

「はい、そのようで」

太閤殿下が頷いた。余り落胆は無いな。まあ関白殿下も簡単ではないと分かっていた。太閤殿下も認識は同じなのだろう。

「関東が治まれば、そこから先は一息なのじゃが……」

「……」

太閤殿下が此方を見て軽く笑った。

「麿の娘が朝倉に嫁いでおる。加賀の一向一揆がおじゃるからの、単独では動くまいが関東を制した上杉が動けば朝倉も動く筈じゃ、さすれば浅井、六角、畠山も動く……」

壮大な話だな。あれ？　朝倉って細川晴元の娘を娶《めと》ってなかったっけ。御爺の文にそんな事が書いてあったと思ったが……。確認すると晴元の娘は女児を生んだ後、死んだらしい。その後添えに嫁いだのが太閤殿下の娘なのだそうだ。

なるほどなあ、幕府から見れば朝倉は親足利の有力大名か。義輝が頼りにする筈だな。関白殿下が関東に下向しようと考えるのも関東を制すれば後は難しくないと考えているからだろう。それに上洛軍に自分が居た方が朝倉を動かし易いと考えたのだ。しかしなあ、関東制圧は簡単じゃない。

「関東制圧は簡単ではおじゃりませぬぞ」

「分かっておる。関白は上杉が関東を制する可能性を十の内二か三で有ろうと言っていた。自分が協力する事で三か四まで上げたいとな」

成功率は三十～四十パーセントか。少し高いかな？　いや、そんなところだろう。史実では失敗した。だが良いところまで行ったのも事実なのだ。

「それと、朝倉でおじゃりますが頼りにはなりませぬ」

「……」

「朝倉宗滴存命中の朝倉は確かに強大でありましたが宗滴死後の朝倉は全く振るいませぬ。かつての朝倉を基準に考えてはなりませぬ」

殿下が〝なるほど〟と言って頷いた。頼りにならない味方って本当に厄介なんだよ。気遣いだけが必要で役に立たない。疲れるだけだ。

「あら、お客様ですの」

声が聞こえた。部屋の入口に若い女性が居る。太閤が〝また来たのか〟と言った。口調が苦い。でも女は気にする様子も無く部屋に入って来て座った。興味深そうに俺を見ている。年の頃は十六から十七、目鼻立ちのはっきりした中々の美人だ。印象的なのは眼だな。活力に溢れている。太閤が溜息を吐いた。

「娘の毬《まり》じゃ、公方の許《もと》に嫁がせた」

ゲッ、義輝の正室かよ。世間一般には御台所と尊称される女性だ。

「飛鳥井基綱におじゃります」

名を名乗ると相手は〝ウフフ〟と笑った。また太閤が溜息を吐いた。正直怯んだ。危なそうな匂いがプンプンする女だ。

「悪侍従って言われているからどんな殿方かと思ったけど結構可愛いのね」

はあ？　可愛い？

「本当に糸千代丸を打ちのめしたの？」

覗き込んでくる毬を太閤殿下が〝毬〟と窘めた。でもね、効果無いんだ。相手は太閤を無視してこっちを見ている。

「けじめを付けただけでおじゃります」

毬が〝ふーん〟と言った。

「けじめなんて公家らしくないのね」

「好い加減にせぬか、毬！　済まぬのう、侍従。不愉快であろう」

「いえ、そのような事は……」

不愉快じゃないんだよ。でも厄介では有るな。

「公方に嫁がせたのでおじゃるが三日と空けずに帰って来る」

え、そうなの？　毬の顔を見ると〝ウフ〟と笑った。慌てて顔を背《そむ》けた。

「少しは御台所として自覚を持たぬか」

「詰まらないんですもの」

あっけらかんとしている。思わず太閤を見た。苦りきった表情だ。毬が俺を見た。

「私ね、強い殿方が好きなの」

「……公方は新当流を学んで相当の腕前と聞きますが」

毬が首を横に振った。

「そういう強さじゃないわ。私が言っているのは心よ」

「……」

太閤は困った様な顔をしている。

「公方様は心の弱い人よ。何時も誰かに頼っているわ。そして誰かに慰められている」

軽蔑する様な口調だ。実際軽蔑しているのかもしれない。太閤が何か言おうとしかけて止めた。

「そういう殿方が好きだという女《ひと》も居るわ。春日局とか小侍従とか。まるで二人とも母親よ。でも私は御免だわ」

一人は乳母で一人は側室か。義輝が嘆き二人が慰める。眼に浮かぶな。

「だからと言って室町第を抜け出して良いという事にはなるまい。公方の心が弱いと思うならそなたが支えてはどうだ」

「公方様も私が居ない方が気が楽そうなの。私が実家に帰ると言っても誰も止めないもの。私と慶寿院様は煙たいらしいわ」

太閤が表情を曇らせた。政略結婚で嫁がせたが上手く行かない夫婦を作ってしまった。何処かで娘に詫びる気持ちが有るのかもしれない。しかしなあ、誰も止めないって拙いだろう。誰かが止めるべきなのに……。

「春日局が恨んでいるわよ、侍従殿の事を」

毬が面白そうな表情でこちらを見ている。

「日野家の所領が削られた事なら帝の思召《おぼしめ》しでおじゃります。麿は関係ありませぬ」

毬が〝ウフフ〟と笑った。頼むから笑うな、寒気がする。

「残念だけど誰もそう思ってはいないわ。侍従殿が帝に働きかけたと思っている」

自業自得だろう、馬鹿共が。俺のせいにするんじゃない。逆恨みも甚だしいわ。

「ねえ、今度室町第に遊びにいらっしゃいよ」

はあ？　と思った。恨まれてるって言ったのは誰だ？　なんで眼をキラキラさせている？

「麿が行っても誰も歓びませぬ」

「その通りだ。それに君子危うきに近寄らずとも言う」

太閤の言う通りだ。あの連中は信用出来ない。

「そんな事は無いわ。私と慶寿院様は歓迎するわよ。それに侍従殿には何も出来ないわ。次に何か有れば将軍職を解任されかねないもの」

妙な事を言う。太閤の顔を見たが太閤は訝しげな表情をしている。

「知ってるのよ、私。以前そういう話が有ったのでしょう？」

太閤をもう一度見ると首を横に振った。

「麿もその話は関白から聞いたが毬には話しておらぬ。毬、誰から聞いた？」

毬がちょっと困惑を見せた。

「誰って……、松永弾正よ。私の所に御機嫌伺いに来たの。この話は侍従殿も知ってるって……」

太閤と顔を見合わせた。太閤は深刻な表情をしている。同感だ、厄介な事になったかもしれない。

「それは何時の事でしょう？」

問い掛けると〝あれは〟と宙を見た。

「侍従殿が糸千代丸を打ちのめした後よ」

「三好修理大夫が幕臣から人質を取る前でおじゃりますか？　それとも後？」

「後よ、うん、後」

「毬、公方には話したのか？」

「話したわ。幕臣達の前でね。皆真っ青になっていた。初耳だったみたいね」

多分、いい気味だとでも思ったんだろうな。

「いけなかった？」

恐る恐るといった感じで俺と太閤を見ている。溜息が出そうだ。太閤は溜息を吐いた。

「如何思う、侍従」

「それに答える前に今一つ御台所に伺いたい事がございます。人質を取られた後、公方と幕臣達は三好を討つと言っておられましたか？」

「言っていたわ。私の前では言わないけれど分かるのよ、そういうのって」

不愉快そうだな。ふむ、多分彼女が公方の部屋に行くと急に話を止めるとかわざとらしく笑うとか有るのだろう。もしかすると顔を背けられるのかもしれない。或いは彼女のために働く者が居るのかもしれない。太閤、関白も室町第の情報は欲しいだろう。人を入れた可能性は有る。

「脅しでおじゃりましょうな」

太閤が頷いた。

「そうでおじゃろうの」

人質を取った以上、そう簡単に反三好運動なんて出来ない筈だ。だが義輝にはその辺りの認識が希薄なのだろう。反三好の言葉を吐き幕臣達は出来ないと分かっていてそれに迎合した。要するに遊びなのだ。

だが三好修理大夫にとっては面白くなかったのだろう。京に戻してやったのにふざけるな、朝廷の信任は足利では無く三好に有る。その辺りを義輝と幕臣達に思い知らせようとした。そんなところの筈だ。その事を言うと太閤が大きく頷いた。

「磨もそう思う。楠木の一件もそれでおじゃろう。では毬を使ったのは何故でおじゃろうな」

太閤がジッと俺を見た。おいおい、俺を試す気か。いや、許ろうとしているのか……。

「公方と御台所の不仲を知った上での事でおじゃりましょうな」

太閤がウンウンと頷いた。

「毬が公方に話すと思ったか」

「時期は分かりませぬが何時かは話すと思った筈。それもその時だけでは無く何度か話すのではないかと思ったのでおじゃりましょう。三好の者では無く近衛家から迎えた御台所が公方を脅す。警告としては十分でおじゃりましょう」

「そうじゃの」

「公方も幕臣達も面白くありますまい。そしてそれが理由で公方と御台所の仲がさらに悪化すれば足利と近衛の関係にも影響が出る、その辺りが狙いやもしれませぬ」

太閤が頷いた。毬は顔を強張らせている。

「関白の越後下向、三好は気にしていないように見えたがそうでもないのかもしれぬな」

太閤が呟いた。そうかもしれない。少なくとも面白くは思っていないのは事実だろう。

「毬よ、余り思慮の無い事をしてはならぬ。そなたはもう御台所と呼ばれる立場なのじゃ」

「何もせず大人しくしていろと？」

不満そうだな。口を尖らせている。

「そなただけの問題では無いのでおじゃるぞ」

駄目だな、不満そうな色は消えない。余程に義輝に対して、いや今の自分の立場に不満が有る。足利と近衛を結び付けるどころか地雷みたいな存在だ。

「太閤殿下、抑え付けるのが得策とは思えませぬが？」

「しかし」

「不満が溜まり過ぎれば抑えが利かなくなりましょう。そうなっては却って危険ではおじゃりませぬか」

太閤が渋い表情で〝うむ〟と頷いた。別に義輝に味方するわけじゃないが京で騒乱は困る。

「三好が公方の動向を気にしていると分かった以上、御台所には公方と幕臣達の動きに行き過ぎた部分が有った時は抑えて貰った方がよろしいのではおじゃりませぬか」

「しかしのう、毬にそれが出来るか……」

「出来るわよ」

毬が自信満々で答えたが太閤は顔を顰めた。信用が無いな、まあ俺も難しいと思う。如何見ても
この女はトラブルメーカーだ。この女に比べれば春齢なんて素直で可愛い女にしか見えない。

「他にも抑え役が要りますな。誰かが公方と御台所を抑える……」

毬が必要無いと文句を言ったが太閤は溜息を吐いた。

「そうでおじゃるの、……慶寿院に頼むしかないか」

まあ妥当な線だな。太閤が俺を見た。え、何？　何で笑うの？

「侍従にも抑え役を頼みたい」

「はあ？」

さっき君子危うきに近寄らずって言ったよね？　毬が眼を輝かせた。

「公方と御台所の二人では慶寿院も手に余ろう、そうは思わぬかな？」

「かもしれませんが磨よりも太閤殿下の方が適任ではおじゃりませぬか？」

子供の面倒は親が見るべきだろう。他人を捲き込むなよ。こいつは足利と近衛の問題だ。飛鳥井
は関係無い。

「勿論磨も抑え役になる。その上での頼みじゃ」

「それが良いわ！　賛成！」

黙ってろ！　このトラブルが！　眼を輝かせて喜ぶんじゃない！

「麿が室町第に行っては却って面倒な事になりかねませぬ。それに足利の為に動くなど御免でおじゃりますな」

太閤が頷いた。

「分かっている。足利の為では無く近衛の為じゃ。公方の前には出ずとも良い。毬の相談相手になって欲しい。麿と関白がそれを頼んだという事にする。公方にも幕臣達にもそう伝えよう。如何かな?」

「しかし」

「麿も既に五十を過ぎ六十に近い。あとどれだけ生きられるか……。関白が越後に下向している間に世を去る事もおじゃろう。関白も毬の事は心配していた。毬をしっかりとした人物に頼みたいのじゃ」

何でそんな縋る様な眼をするかなあ。大体俺は未だ十一歳だよ。トラブルメーカーの御守りとか勘弁して欲しいわ。でも近衛との関係を断つのは面白くない。……義輝の阿呆！　お前が役に立たないから俺に負担が掛かる！　打倒三好よりも女房の面倒を見ろ！　まあ俺だってこの女に関わるのは嫌だが……。

「月に一度で良ければ……」

「三日に一度よ！」

変な声が聞こえたが無視！

「月に三日では如何かな？」

「……」

「二日じゃ」

「それで良ければ」

太閤が〝良し、決まりだ〟と満足そうに頷いた。毬は不満そうな顔をしている。お前よりも俺の方が不満だ！

永禄二年（一五五九年）　六月中旬　山城国葛野郡　近衛前嗣邸　近衛前嗣

「ではそなたは知っておったのか」

父が呆れたような声を出した。

「はい、公方から解任とはどういう事かと問われましたので」

「なんと……」

「済んだことだと伝えました。侍従が三好を止めた。だからそなたは征夷大将軍として此処に居ると」

父が呆れたような顔をした。

「まあ嘘ではないが……、納得したのか？」

「さて……」

何度も何度も問い掛けてきた。納得はしていないだろう。その事を伝えると父が大きく頷いた。

「まあ、そうでおじゃろうの。しかし六角も畠山も公方に解任の事を伝えようとはしなかった。話せぬか」

「はい、話せませぬ」

話せば動揺するだろう、何を考えるか。それに……。

「公方の周囲には三好に通じる者が居る可能性があります」

「……」

父が顔を顰めた。

「そしてその事を指摘したのも侍従です。公には出来ませぬ」

「厄介よの」

父の呟きに自然と頷けた。もし間諜が居ると話せば室町第は疑心暗鬼の巣窟となるだろう。場合によっては刃傷沙汰が起きかねない。その方が危険だ。

「何故父には教えぬ」

「申し訳ありませぬ。しかしどうしようも有りませぬ。父上なら良い手がおじゃりますか？」

父が苦虫を潰したような表情をした。

「解任の事なら磨にも無い。だが三好の狙いは足利と近衛の間を裂く事でおじゃろう。そうは思わぬか？」

父が感心しないというような表情をしている。

「磨は協力しております、父上も。越後へ下向の話も有ります」

「それはそうだが」

「それにどこかで公方を抑える人間が要りましょう。あまり無思慮になられては困ります」

各地の大名が上洛している。その事で浮かれてもらっては困る。彼らの多くは公方への忠誠からではなく三好の勢威と幕府の実情を見に来たのだ。その事を言うと父が〝ふむ〟と鼻を鳴らした。

「それで毬に抑えを？　兄妹で役割を別けようというのか？」

「まさか、そこまで毬を頼りにはしておりませぬ。ですが警告にはなるかと思っております」

また父が鼻を鳴らした。

「感心せぬのう。このままでは毬は狙われるぞ。それで良いのか？」

「……まあ、その辺りは父上、叔母上にお願いしようかと」

父が溜息を吐いた。

「磨と慶寿院だけでは足りぬぞ。侍従にも毬の後見を頼んだ」

「真でございますか？」

思わず声が上ずった。父がニヤリと笑った。

「この父を侮るでないわ。ま、月に二日ではおじゃるがの。毬の許に伺候する事を約束させた」

「それはそれは、御見事におじゃります」

褒めると父は〝フン〟と鼻を鳴らした後、表情を改めた。

「足利のためではなく近衛のため、磨も年だから助けて欲しいと頼んだのよ」

「なるほど」

「渋々では有るが受けてくれた。冷徹では有るが冷酷ではおじゃらぬの。意外に情に脆い所が有る」

「そうでおじゃりますな、春齢様の事も有ります」

父が〝うむ〟と頷いた。

過激なところも有る。だが筋の通らぬ事は好まない。そして冷徹で思慮深い。味方に付ければ頼もしい存在だろう。その事を言うと父も頷いた。

「だからの、巻き込んだ。まあ侍従自身は近衛のためと自身を納得させておろうな……」

「父上も人が悪い。しかし月に二日、後見になりましょうか？」

父が笑い声を上げた。だが目は笑っていない。

「難しかろうな。だが毬の傍には侍従が居る、それが大きい。関白、そなたはそうは思わぬか？」

「……」

「室町第では毬を疎んじる者が多いようでおじゃるの。まあ公方も毬を避けておる。慶寿院に押し付けられたと思っているのかもしれぬ。毬がこの邸へ戻りたがるのも室町第に居辛いのでおじゃろう」

「かもしれませぬ。それで侍従を？」

父が頷いた。

「自分が一人ではない、頼りになる味方が居ると思えれば……」

「多少は落ち着くとお考えになられたのですな？」

父が頷いた。沈痛と言って良い表情だ。父には毬を不幸にしてしまったという思いが有るのかもしれない。そういう思いは自分にもある……。

毬は必ずしも公方に嫁ぐ事を望んでいなかった。それを説得して公方の許に嫁がせた。叔母の要請を断れなかった。叔母は近衛と結ぶ事で朝廷と足利の関係を改善しようとした。朝廷に足利の力を及ぼそうとした。だがその想いを公方が理解しているとも思えぬ。毬は室町第では浮いたままだ。

「それにの、公方や幕臣達が侍従を上手く使おうと考えてくれれば、そう思ったのよ」

「なるほど、そうなれば毬の立場もかなり良くなりましょう。しかし上手く行きましょうか？　公方も幕臣達も侍従には相当に不満が有りますぞ」

父が頷いた。

「分かっておる。味方にしろとは言っておらぬ。利用出来る者は利用しろという事よ。それならば公方や幕臣達を説得しやすかろう」

「……」

「少しずつで良い。幕府のために、足利のために侍従を利用する。三好は筑前守が侍従と会うそうじゃ。三好はやっておじゃるぞ」

「……」

その辺りの割り切りが三好には出来る。三好孫四郎は侍従を危険視しているが修理大夫は抑えている。だが公方や幕臣達にそれが出来るのか……。

「まあそういう事での、そなたにも公方や幕臣達の説得を手伝ってもらうぞ」

「分かりました。しかし気が重いですな」

父が一つ息を吐いた。

「そう言うな、毬のためじゃ」

ハッとした。

「そうですな、毬のためですな」


永禄二年（一五五九年）　六月中旬　　山城国葛野・愛宕郡　　平安京内裏　　目々典侍

「室町第に出仕する？」

私が問い掛けると侍従が〝いえ〟と首を横に振った。娘の春齢は不安そうな表情をしている。

「公方の許に出仕するわけではおじゃりませぬ。月に二度、御台所の御機嫌伺に行くだけでおじゃります」

不安そうなところは無い。大した事ではないと思っているのだろうか？

「ですが室町第に行くのでしょう」

「まあ、それは」

「大丈夫なのですか？」

私が問うと侍従が困ったような表情を見せた。

「太閤殿下、そして関白殿下が公方と幕臣達を説得する事になっています。それにあの一件は朝廷を巻き込む大騒ぎになりました。幕臣達も懲りたと思います。先ず心配は要らないでしょう」

溜息が出た。本当に懲りたのだろうか？　幕府では侍従に強い敵意を持つ者が少なからず居ると聞く。

「何故そんな事になったのです？」

問い掛けると侍従がまた困ったような表情を見せた。

「御存じかどうか、公方と御台所の仲は必ずしも良くはないようです」

「そのように私も聞いています」

私が肯定すると侍従が訝しげな表情をした。

「養母上は御存じなのですか？」

「有名ですよ。公方は側室の小侍従を寵愛して御台所の許には殆ど行かないと聞いています。その事で太閤殿下、関白殿下は頭を痛めているそうです」

「私も聞いた事が有るわ」

私と春齢の言葉に〝そうでしたか〟と侍従が頷いた。どうやら侍従はあの二人の不仲を知らなかったらしい。

「三好家はそれを利用して足利、近衛の仲を引っ掻き回そうとしたようです。両家の分断を狙ったのでしょう。太閤殿下から御台所の相談相手になって欲しいと頼まれました。足利では有りませぬ。近衛のためにと」

なんと……。溜息が出た。あの二人の仲は相当に悪いのだろう。そして足利、近衛の関係にも影響を与えかねないと太閤殿下は見ている。逆に言えば公方と御台所は三好家から見て付け込める隙に見えたという事……。攻防は激しくなるだろう。

「近衛家のためですか」

「はい、御台所の相談に乗って欲しいとの事でしたが本当のところは抑え役でしょう。麿が言うのもなんですが公方も御台所も未だ若い。余程に不安なのだと思います。それに京がざわついては関白殿下も安心して越後へ下向する事は出来ませぬ」

「……」

公方も御台所も若いと言うけれど侍従はもっと若い。それなのに抑え役とは……。

「では断る事は出来ませんね」

「はい、断るのは拙いと思います」

周囲からは侍従は関白殿下の懐刀と見られている。此処で近衛との関係が拗れるのは望ましくないと見ているのだろう。実際飛鳥井に敵意を持つ人間は少なくない。足利や幕臣だけではない、朝廷にも居る。二条様や広橋様、日野家も難波家の所領の問題で侍従を恨んでいるだろう。それに新大典侍、勾当内侍……。私に敵意を持つ者も侍従を敵視するに違いない。

「三好家は大丈夫ですか？」

「……」

「そなたが抑え役になればそなたを敵視するのではありませぬか？　三好孫四郎の事もありますが……」

春齢が不安そうな表情を見せた。

「三好が本当に目障りと思っているのは足利でおじゃりましょう」

「……」

「朝廷の信任は三好にある。にも拘らず武家の棟梁は自分だと言って公方は三好を敵視する。不快なのだと思います。ですが殺そうとはしていませぬ。修理大夫は自分に自信が有る。殺すまでも無いと思っているのでしょう」

「つまり自分も大丈夫だと？」

侍従が〃そう思います〃と言って頷いた。

「それに今度筑前守殿と会います。その時にもこちらの立場を伝えましょう。それならば大分違う筈でおじゃります」

この子も苦労する。有能過ぎる事で周りがこの子を放っておかない。そう思うと溜息が出た。

「厄介な事ですね」

「已むを得ませぬ」

「帝には私から伝えておきましょう」

「有難うございます、養母上」

侍従が頭を下げた。

「嫌だな」

娘がボソッと呟いた。

「我儘をいうものでは有りませぬ。侍従殿も好きで行くのではないのですよ」

「でも、美しいのでしょう？　御台所は」

焼き餅？　侍従が〃はあ〃と声を上げた。そして私を見た。困ったような表情をしている。

「美しいのですか？」

「美しいとは思いますが麿は養母上の方がずっと美しいと思います」

あら、そうなの？　春齢が頬を膨らませた。まあ、はしたない。後で注意しなければ……。

会見

永禄二年（一五五九年）　六月中旬　　山城国葛野・愛宕郡　　四条通り　　三好邸　　飛鳥井基綱

「お招き有難うございまする。飛鳥井侍従基綱にございまする」

「良く来てくれた、侍従殿。三好筑前守義長にござる」

十代後半の青年がにこやかに俺を迎えてくれた。三好筑前守義長、現在従四位下、筑前守の地位にある。体格は良い、鎧姿が似合うだろう。色白だが眉が濃いのが目立った。凛々しいと言って良い顔立ちだ。若い娘に騒がれるだろう。元々の名は慶興だったのだが義輝との謁見後、義の字を与えられて義長と名乗る事になった。

これ、大事な事だ。本来義の字は足利家に伝わる字で義晴、義輝、義昭など名前の前に来る。家臣達もそれを知っているから義の字は使わない。将軍が家臣に偏諱《へんき》を与える時は名前の後ろの字である晴、輝、昭なのだ。毛利輝元、上杉輝虎（謙信）の輝は義輝の輝だ。義輝が義長に義の字を与えたのは特別待遇と言える。義輝は三好の事等嫌いだろうがそれでもそこまで配慮せざるを得ない。それが現実だ。そして三好筑前守義長も辞退しなかった。三好家内部にはそれを当然と受け取る風潮が有る。

「以前から侍従殿には会いたいと思っていた。父上を震え上がらせ、そこな弾正を何度も驚かせた侍従殿にな」

脇に控えていた松永弾正が苦笑を浮かべた。

「困った事におじゃります。ほんの少し驚かせた事が震え上がらせた等とは……。修理大夫様も迷惑されていましょう」

筑前守義長が笑い出した。

「隠す事はあるまい。父上御自身が侍従殿には何度もキリキリ舞いさせられた、寿命の縮む思いをさせられたと申しておられる。そうであろう、弾正」

松永弾正が苦笑しながら〝はっ〟と畏まった。

「私は父上を天下第一等の武将だと思っている。その父上をキリキリ舞いさせるとは如何いう人物なのか、ずっと興味が有ったのだ」

義長が此方を笑顔で見ている。うん、悪い笑顔じゃない。好感の持てる笑顔だ。

「いやいや、キリキリ舞いさせられたのはこちらでおじゃります。何度も試されました。つい先日も酷い目に遭いました。弾正殿、覚えが有りましょうな。御台所の耳に妙な事を吹き込まれた」

弾正の苦笑が益々大きくなった。〝それは〟なんて言っている。

「おかげで麿は月に二日、御台所の許へ御機嫌伺いをせねばならなくなりましたぞ」

とうとう声を上げて笑い出した。あのなあ、俺は困っているんだぞ。養母は心配するし春齢は焼餅を焼くし大変なんだ。

「御迷惑をおかけしました。しかし侍従様が頼りになると思われての事でしょう、某だけの責任ではございませぬ」

「それは一体如何いう話なのだ？」

義長が興味津々といった表情で問い掛けて来たが後で弾正に確認してくれと答えて納得してもらった。まあここで室町第への訪問の件を話しておけば後々三好家で問題になる事も無いだろう。

「御台所か、ふむ、室町第に関わりの有る事の様だが侍従殿は今、室町第で何が話題になっているか、御存じかな？」

「関東の事でおじゃりますか？」

「いや、それは大方片付いたようだ。それ以外でだが」

「いいえ、存じませぬ」

知らない、あの連中に関わりたくないんだ。何か有るのかな。義長と弾正が顔を見合わせているが二人とも笑っている。

「九州探題で頭を悩ませている」

「九州探題？……なるほど、九州探題でおじゃりますか……」

俺の言葉に義長が頷いた。

「そう、既に渋川氏は滅んでいる。それで新たに九州探題に大友を任命しようという事らしい」

渋川氏というのは足利氏の一門なのだが九州探題職及び肥前守護職を世襲し御一家の家格を有した一族だ。この御一家というのは渋川氏の他に石橋氏、吉良氏が居るのだが足利将軍家の同族の中でも征夷大将軍の継承権を持った家とされている。本家が絶えれば跡を継ぐ家なのだ。

三管領の細川、斯波《しば》、畠山も足利氏の支流だが彼らには継承権は無い。あくまで彼らは家臣だ。要するに徳川政権で例えれば御三家、御三卿と親藩の関係に等しい。しかし現代人に戦国時代の渋川、石橋、吉良を知っているかと訊いても多くの者は首を傾げるだろう。吉良って吉良上野介の吉良？　と逆に訊かれるかもしれない。そのくらいパッとしない。

「毛利を抑えるためでおじゃりますか？」

「そのようだな。ついでに大内氏の家督を大友に与えようと考えている」

「では大友と毛利の激突は必至でおじゃりますな」

「そうだな。だが毛利は讃岐《さぬき》で豊前の叔父上と敵対している。公方としては痛し痒《かゆ》しだな、迷っている様だ」

義長が笑うと弾正も笑った。俺も笑った。そんな簡単に大名を利用出来ると思うんじゃない。そんな思いが有るのだろう。俺も同感だ。

「まあ毛利は永禄の改元にも素直に従わなかった。公方の背を押してやりたいほどだな」

更に笑い声が上がった。あの件は俺も苦労した。素直に従わなかった毛利には当然だが反感が有る。義輝がもっとも期待しているのは大内氏だった筈だ。大内氏は将軍の要請に応えて上洛した事も有る。だが大内氏は陶晴賢《すえはるかた》の謀反で上洛など出来る状態では無くなった。もう十年近く前の事になる。義輝が大内氏の代わりを期待したのが尼子氏だ。尼子氏は出雲《いずも》・隠岐《おき》・伯耆《ほうき》・因幡《いなば》・備中《びっちゅう》・備後《びんご》・備前《びぜん》・美作《みまさか》の守護に任じられた。陶晴賢は自分の事で手一杯だし尼子は大内よりも京に近い。義輝の期待は大きかっただろう。三好も終わりだと大喜びで祝杯でも挙げたかもしれん。

しかし世の中そんなに甘くは無い。厳島の戦いで毛利元就が陶晴賢を滅ぼし急速に毛利が勃興する。大内と尼子の仲は悪かったが毛利と尼子の仲はもっと悪かった。不倶戴天《ふぐたいてん》の仲といってよい。忽ち毛利、尼子は戦争を押っ始める。この戦争は史実では十年続いた筈だ。史実通りならあと五年か六年くらいは続く。上洛など不可能だ。しかし義輝は諦めきれない。という事で大友を使って尼子を助けようとしている。大友に大内の家督を与えるというのは九州、山陰、山陽に有った大内の領地は大友に与えるという事になる。嫌でも毛利と大友は争い始めるだろう。しかし毛利は讃岐方面で三好と敵対し始めた。となると大友に九州探題を与えるのは拙くない？　と義輝は悩んでいるらしい。

「まあ九州探題など昔から何の役にも立っておりませんでした。今更大友に与えても役に立つとは思えませせぬ」

弾正が言うと義長も俺も頷いた。足利尊氏は九州に落ちそこから勢力を盛り返して天下を獲った。そのため九州は北朝の勢いが強かったと思いがちだが実際は違う。九州は尊氏の上洛後、征西大将軍懐良親王と親王を奉じた菊地氏の活躍で南朝の勢いが強かった。

それを何とか抑え九州を平定したのが今川了俊だが了俊は中央の受けが悪く失脚してしまう。了俊の後に九州探題に任じられたのが渋川氏だ。九州は半島、大陸に近く旨味の多い土地だ。要するに苦しい時は了俊と九州の武士達に任せていて落ち着いてから渋川氏は九州探題になったのだ。当然反発が起きた。

渋川氏が周囲の大名、武士達に九州探題である自分に従えと言ってもそっぽを向かれた。渋川氏は九州において政治的な中核にはならなかった、なれなかったのだ。それどころか九州は大友、大内、伊東、島津などの独立色の強い大名が割拠する土地になった。関東公方を中心に纏まった関東とは違う。九州探題の名にどれだけの意味が有るのかという弾正の言葉はそれを表している。

「弾正は手厳しいな、しかし公方にはそのぐらいしか手が無いのも事実だ」

「左様ではございますが九州探題は渋川氏以前は今川、斯波、細川、一色など足利一門にのみ許された職でございました。それを大友に許すとなれば足利氏の家格を公方自ら失墜させる事になりましょう」

これもその通りだ。どうせ渋川氏など何の役にも立っていなかったし九州探題も意味は無かった。それならば大友には大内の家督だけを認めるという手も有った。大友家当主の大友宗麟は陶晴賢に殺された大内義隆の甥なのだ。十分に根拠は有る。そうすれば足利の家格の低下は避けられただろう。

「奥州探題も足利一門の大崎氏から伊達氏に代わった。公方がそれを行った。足利家の家格の失墜等という事は分かっておらぬのだろうな」

義長が憐れむ様に言った。奥州探題が大崎氏から伊達氏に代わったのは四年前の弘治元年だった。義輝は朽木に居たから自分が将軍であるという事を示すために行ったのかもしれない。だが弾正や義長の言う通りなのだ。義輝のやった事は足利の血が衰えているという事を認めた事であり血統よりも実力を重視した事になる。それは下剋上を認め三好の肯定に繋がるのだ。まあそんな事は分かっていないだろうがな。

永禄二年（一五五九年）　六月中旬　山城国葛野・愛宕郡　平安京内裏　飛鳥井基綱

宮中に戻ると早速養母と春齢に捕まった。

「如何でしたか、筑前守は？」

二人とも興味津々だな。まあ天下の三好家の跡取りが如何いう人物かは誰でも知りたがるだろう。多分養母は帝に報せるのだろうな。

「なかなかの人物と見ました。修理大夫が自慢するのも道理かと思います」

話しをしたが嫌なものは感じなかった。落ち着いているし虚勢を張る様なところも無い。聡明だとも思った。あれなら家臣達も安心して仕えられるだろう。しかしなあ、父親同様苛烈《かれつ》さは感じなかった。外から見れば甘いところのある人物に見えなくもない。

「では三好家の将来は安泰ですか？」

「そうですね、特に不安は感じませぬ」

養母が頷いている。寿命の事は言わなかった。史実では早死にしたがこの世界では分からないのだ。早死にしたら惜しい人物を亡くしたと嘆けば良い。変な事を言うと人の寿命が分かるのかなんて畏れられかねない。

「幕府から報せが来ましたよ」

「と言いますと？」

「西洞院大路に建てていた邸が九月になる前に出来上がるそうです。移る準備をして欲しいと」

「なるほど」

引っ越しの準備か。何が要るんだろう？　生活用品というか日常用品が要るな。それに食糧も要る。なんで近くにスーパーとかデパートが無いんだろう。あ、使用人も要るな。

「私も移るの？」

春齢が訊いてきた。養母はちょっと困ったような表情をしている。

「それは駄目です。結婚は十三歳になってから、二年後です。それまでは宮中で待つ事になります」

不満そうな表情だが養母は頷いている。

「二年経ったら迎えに来ます」

「寂しいな」

ちょっと胸が痛んだ。これまでずっと一緒に居たからな。

「邸を持っても泊まりに来れば良いでは有りませんか」

「宜しいのですか？」

「勿論です。侍従殿は私の息子なのですから」

嬉しかった。養母は間違いなく俺の母親だと思った。春齢も喜んでいる。

「養母上も私の邸に宿下がりしてくださいｏ 私の邸は養母上の邸でもあるのですから」

養母が瞬きした。

「有り難う、そなたは優しいのですね」

「……」

答えられなかった。春齢が〝兄様、困ってる？〟と言って俺を冷やかした。うん、そうだ、困ってる。養母の部屋も要るな。どんな邸が出来上がるのかな、大凡《おおよそ》の事は聞いているが一度見に行くか。養母の部屋は日当たりの良い部屋にしよう。きっと喜んでくれる筈だ。


永禄二年（一五五九年）六月下旬　山城国葛野郡　近衛前嗣邸　長尾景虎

「色々と御配慮頂き有難うございました。御陰でこれ以上は無い程の待遇を許される事になりました」

礼を言うと関白殿下が〝いやいや〟と言いながら首を軽く横に振られた。

「そなたはいずれ山内上杉家を継ぐ事になる。その前準備じゃ。当然の事よ」

「畏れ多い事にございまする」

頭を下げると殿下が満足そうに頷かれた。

公方様に拝謁し帝にも拝謁した。公方様からは足利一族、管領家に準ずる待遇を受けた。関東管領上杉憲政様の処遇についても一任された。つまり山内上杉家を継ぎ関東管領として関東を治めよとの事。そして信濃の諸侍に対する指揮権も与えられた。上洛は大成功よ。いずれは関東を制し信濃から武田を追い払う。その後は上洛という事になろう。その時は殿下も一緒の筈だ。

「そなたが来てくれて良かった」

「と申されますと？」

問い掛けると殿下が微かに笑みを浮かべられた。

「公方の表情が明るくなった。余程にそなたの事が気に入ったのでおじゃろう」

「……」

何と言えば良いのか……。言葉を探していると殿下が困ったようにお笑いになった。

「そなたも公方の立場が相当に悪い事は分かっておじゃろう」

「それは……」

口籠ると殿下が頷かれた。

「公方や幕臣達は三好の増長が原因だと言っているようでおじゃるの」

「はい」

「だが事は左程に単純な話ではない。公方にも非は有るのじゃ」

「……御大喪、御大典でございますか」

「うむ」

殿下が渋い表情をしている。

「麿は公方の従兄弟ではあるが関白でもある。どちらを優先させるかと言えば廟堂の第一人者として帝をお支えする事を優先せねばならぬ」

「もっともな事かと」

答えると殿下が頷かれた。人それぞれに拠って立つ場が有る。それを外れる事は出来ぬ。それを外れるから天下が乱れるのだ。

「あの時、麿は足利は頼りにならぬと見て三好を頼った。いや、頼らざるを得なかった。その事を後悔してはおじゃらぬ。三好を頼ったから御大喪と御大典は滞りなく行われた。だが……」

殿下が一つ息を吐いた。

「その事は改元にまで繋がった。帝は足利の無責任さが許せぬ、武家の棟梁としては不満であるとお考えになられた。そして改元は三好と相談して行う事になった。公方にとっては屈辱でしかあるまい。自分を否定されたと思った筈じゃ。その屈辱と不安は今も続いておじゃろう」

「……御大喪から改元迄、飛鳥井侍従殿が随分と働かれたと聞きますが」

殿下が〝うむ〟と頷かれた。

「侍従のおかげで朝廷は醜態を晒さずに済んだ」

殿下がまた一つ息を吐いた。そして儂を見た。

「そなたは侍従と公方の因縁を知っているかな？」

「朽木家の事なれば存じております る」

答えると殿下が〝そうか〟と呟かれた。

「公方は幼児に当主は無理と見て長門守を朽木家の当主にした」

「間違ってはおりますまい。長門守殿は領地を増やしております」

八千石から二万石に領地を増やした。決して簡単な事ではない。長門守は中々の人物と見てよい。

「だがその所為で宮中に化け物を産んでしまった」

「……化け物……」

殿下が頷かれた。

「御大喪から改元まで麿が頼ったのが未だ十歳にもならぬ侍従でおじゃった。侍従の打つ手に誤りは一つとして無かった。足利、三好、六角を自在に操ったわ。そなたは信じられるか？」

「……」

信じられるだろうか？　無理だ、とても信じられまい。首を横に振ると殿下が頷かれた。

「ならば麿が侍従を化け物と呼ぶのも分かる筈じゃ。まあ侍従本人には野心は感じられぬ。毒は無い。それが救いでは有るが……」

殿下が一つ息を吐かれた。

「だが公方と幕臣達にとっては侍従は心許せる相手ではない。侍従本人は帝の御為を思って行った事だが結果は公方の顔を潰す事になったのでおじゃるからの」

公方様が長門守を朽木の当主にしなければ侍従が朽木の当主だった。そうであればどうだったのだろう。侍従は公方様のためにその智謀を振るったのかもしれぬ。

「楠木の事も大分御不満を漏らしておられました」

儂の言葉に殿下が顔を顰められた。

「南北が合一してもう百五十年ほどになろう。楠木も没落してかつての勢いはおじゃらぬ。帝は赦しても良いとお考えになられた。まあ公方にとっては面白くないかもしれぬ。しかしの、三好からそういう願いが有った以上、朝廷も無視は出来ぬ。公方がどれほど悔しがろうと朝廷は三好を無視は出来ぬのだ。それが現実。そして赦しても良いと判断出来るだけの理も有った……」

「……」

「その三好も侍従を重視しておる。嫡男の筑前守が侍従と会談した」

「洛中では大層な評判と聞いております。三好家の嫡男と宮中の実力者が会ったと。いずれは二人が天下を動かす事になると」

殿下が苦笑を浮かべられた。

「天下を動かすか。三好も小細工をするの」

「はい」

本来なら天下を動かすのは公方様と宮中の実力者の筈、その公方様の名を筑前守に代える事で武家の棟梁は三好だと言っている。或いは公方様をもう相手にする必要は無いと無視しているのかもしれぬ。

「天文二十二年、今から六年前に上洛した時の事でございますが、某は侍従殿を宮中にて見かけました」

殿下が儂を見た。

「そうか、……如何見た？」

「庭で木刀を振っておりましたな。公家の子というよりも武家の子に見えました」

「そうか、そうでおじゃろうの。麿にも武家に見える」

武家か、武家が公家として生きる。それは如何いう事なのか……。

「侍従殿に会えましょうか？」

殿下が首を横に振った。

「それは止めた方が良い。公方や幕臣達がそなたに不信を抱きかねぬ」

「……」

「これからそなたは越後に戻り関東に攻め込む。幕府との齟齬は可能な限り避けなければ……」

そこまで軋轢が酷いのか……。

「それにの、会えばそなたも心穏やかではいられなくなる」

「それは？」

殿下が儂を見て微かに笑みを浮かべた。

「魅かれるか、或いは憎むか……」

「魅かれるか、憎むか」

呆然としていると殿下が声を上げてお笑いになられた。そして真顔になって儂を見た。

「人は自分の理解出来ぬものを見るとな、魅かれるか、憎むものよ」

「……」

「両方というのもおじゃろうな」

永禄二年（一五五九年）　七月下旬　　近江高島郡安井川村　　清水山城　　朽木稙綱

「旧高島領は稲の成長は良くありませぬ。村を見回った者からはそのような報告が上がってきております」

長沼新三郎の言葉に彼方此方から溜息が聞えた。

「戦が影響したか」

倅の長門守が問うと新三郎が〝はい〟と答えた。

「戦に駆り出された百姓が大勢死にました。人手不足が影響しているようです」

また溜息が聞えた。

「勝ち過ぎたかの？」

儂の言葉に力の無い笑い声が上がった。

「そうですな、少々勝ち過ぎました」

日置五郎衛門が答えるとまた力の無い笑い声が上がった。

「綿の栽培も思うようでは有りませぬ。戦が五月でした、落ち着いたのは六月です。種蒔《たねま》きの時期は些か過ぎておりましたし種の準備も出来ていなかった。高島領での栽培はごく僅《わず》かです。本格的に栽培出来るのは来年からという事になりましょう」

宮川新次郎の倅の又兵衛が答えた。また溜息が聞こえた。やれやれよ、高島領を得て初めての評定だというのに……。

「関を廃しましたので商人達が来始めましたがやはり朽木谷に比べれば物の売買は活発では有りませぬ。理由は売り買いするものが無い、百姓に銭が無いからです」

「それでも石鹸が少しずつですが出回り始めております。儲かるというのが分かれば百姓達も力を入れる筈です」

荒川平九郎と宮川又兵衛の言葉を皆が渋い表情で聞いている。

「商人達もがっかりしていような」

長門守が息を吐いた。公方様の滞在中は熱心に領内を見ていた。それだけに内政には詳しくなっている。現状の旧高島領は満足出来るものではないのだろう。

「まあ商人達も直ぐに朽木谷のようになるとは思ってはおりますまい。今は安曇川ですな。商人達は安曇川を自由に使える事を喜んでおります。物を運ぶのには川を使うのが効率的です。澄み酒の製造所も作り始めましたし本当に賑わうのは来年以降と見ておりましょう」

宮川新次郎が長門守を宥《なだ》めると長門守が頷いた。

「それに林与次左衛門が配下になった事で水軍が使える様になりました。朽木家として商《あきな》いが出来ます。儲かりますぞ」

宮川又兵衛の言葉に皆が笑い声を上げた。林与次左衛門員清、高島越中配下の水軍の将だったが高島の敗死後は朽木に仕えている。以前から物の売買に力を入れたいと思っていたらしい。だが越中はそれには関心を示さなかった。与次左衛門は不満だったし朽木の賑わいに羨望を感じていた。何の抵抗もなく朽木に降った。

「しかしな、又兵衛殿。船を買わねばならん。銭が掛かる」

「その分儲かるのじゃ、無駄な費えではあるまい」

「それはそうじゃ、そうでなければ船など買わぬわ」

平九郎と又兵衛の遣り取りに彼方此方から笑い声が上がった。

「となると兵を銭で雇う事は難しいか？」

儂が問うと笑い声が止んで皆の視線が平九郎に向かった。平九郎が迷惑そうに顔を顰めた。

「年内は何かと物入りにございます。秋になれば酒造りのために米を買わねばなりませぬ。雇えぬとは言えませぬが二百が限度にございましょう。来年以降になれば雇える人数は徐々に増やせまする」

〝二百か〟と呟く声が聞えた。五郎衛門が渋い表情をしている。朽木の兵を全て銭で雇うのは難しいと思ったのだろう。

「如何する、長門守。雇うか？　それとも待つか？」

問い掛けると長門守が〝さて〟と言って考え込んだ。

「……雇いましょう」

「雇うか」

「はい、但し百人だけ」

百人？　皆が訝し気な表情をしている。

「銭で雇った兵というのが如何いうものか、分かりませぬ。先ずは百人程雇って知るべきかと思いまする。調練もしなければなりませぬし武装を如何するかという問題も有ります」

なるほどと思った。

「来年以降のためにか？」

「はい」

うむ、派手さは無いが堅実では有るな。皆も頷いている。平九郎も不満そうな表情をしていないから負担は少ないという事なのだろう。

「皆、異存はないか？」

長門守が問うと皆が頷いた。うむ、公方様の滞在中に内政を任せた事は良かったのかもしれぬ。戦で高島越中を討ち取った事で自信も付けたようだ。苦労はしたが身に付いたようじゃ。良い事よ……。

一人勝ち

永禄二年（一五五九年）　八月上旬　山城国葛野・愛宕郡　室町第　飛鳥井基綱

「暑いわねえ」

御台所毬がバタバタと扇子を扇いでいる。そりゃ暑いだろう、そんな何枚も文祚を掛けていたら。毬が不思議そうな表情で俺を見た。

「侍従殿は暑くないの？」

「暑いです」

その暑い中をわざわざ来たんだ。少しは感謝しろ！

「でもあまり汗をかいてないわね」

「そうですか」

首筋を濡れた布で冷やしながら来たからな。多少は違う。

今日でご機嫌伺いは四度目だ。大体半刻ほど室町第に居て帰る。もう小半刻は過ぎたからあと小半刻だ。我慢、我慢……、我慢出来るか！　うんざりだ！

来る度に幕臣達に胡散臭そうな目で迎えられる。摂津糸千代丸は噛み付きそうな目で俺を見る。多分今も誰かが俺と毬の会話に聴き耳を立てているに違いない。何考えてんだか、お前らがこの女の相手をまともにしないから俺が来る事になったんだろう。俺はお前らの尻拭いをさせられてるんだ。少しは感謝しろ！　室町第には感謝の気持ちの無い奴が多過ぎる！

毬によると室町第での俺の評価は三好筑前守義長との会談以降、更に悪くなる一方なのだそうだ。俺が義長を高く評価した事が面白くないらしい。確かに褒めたよ、なかなかの人物だってな。しかし京の街中では次期三好家の当主に相応しい逸材だと俺がべた褒めしたと言われているらしい。多分、三好側の宣伝工作だろう。会談をセッティングしたのは松永弾正だった事から察すると弾正がやっているのだと思う。

何故ならだ、俺は公方に会っても一言も褒めなかったという噂も流れているからだ。三好の次期当主は出来物だが公方は盆暗だと俺を使って比較しているのだと思う。もう一つ、妙な噂も流れている。三好筑前守義長が俺の事を若年ながら知力、胆力に優れた人物だと褒めているという噂だ。これも宣伝工作の一つだろう。互いに認め合ったと言いたいに違いない。もしかすると三好孫四郎への対策かもしれない。だとすると孫四郎は未だ俺を危険視しているという事になる。少ししつこいな、あの親父。

「最近兄上がいらっしゃらないの。越後への下向の準備で忙しいみたいね」

「磨もそのように聞いております。なんでも九月の中頃には京を出るとか。色々と準備が有りましょう」

ちょっと寂しそうだ。普段煩《うるさ》いくらいに活気のある人間が沈んでいる、そういう姿を見ると可哀想だなと思う。その時だけだけどな。

「重陽の節句が済んでからね」

「はい」

沈んでいた毬が不意に邪悪な笑みを浮かべた。良からぬ事を企んだな。嫌な予感が……。

「九日にいらっしゃいよ。菊の着綿で身体を拭いてあげるわ」

「馬鹿な事を申されてはなりませぬ。御台所が拭くのは公方の身体でおじゃりましょう」

「良いのよ、公方の身体を拭きたがる人は他にもいるの。それに私が拭くと言っても公方が嫌がるわ」

重陽の節句、九月九日なのだがその前夜に菊の花の上に真綿をかぶせると翌朝には夜露と菊の香りが染み込む。これを菊の着綿といってその真綿で身体を拭い無病息災と不老長寿を願う。元々は宮中の習慣だったんだが今では公家や上級の武家達が自分達の家で行っている。養母が俺の身体を拭きたがるんだ。嫌なんだけど無病息災と不老長寿を願っての習慣だから断れない。そうすると春齢も一緒に拭こうとする。勘弁して欲しいよ。許嫁だけどそっちは主筋の娘なんだから。俺はそんなに図太くない。

「……たとえそうでも言うべきでおじゃります」

本当なら強く言うべきなのだろう。だが言えなかった。強がっていても何処かに寂しさが有る。毬は室町第で自分の居場所が無いと感じているのかもしれない。近衛の家に帰りたがるのもその所為だろうな。いかんな、はっきり言わなければ。

「御正室である御台所を差し置いて公方の身体を拭くなど僭越以外の何物でもありますまい。左様な振舞いを許すべきではおじゃりませぬぞ！」

「……でも」

「もし、公方やその周辺が嫌がるようならはっきりと申されませ。上の者が秩序を守らぬのなら下の者に秩序を守らせる事は出来ぬと。天下の乱れを嘆く資格もなければ三好の専横を不満に思う資格も無いと！」

「……」

「それでも貴女様を蔑ろにするようなら足利は近衛を必要としていないという事でおじゃりましょう、離縁して近衛家にお戻りなされよ！　関白殿下も越後下向など御止めなされましょうぞ！」

思いっきり声を張り上げて怒鳴る様に言った。聴き耳を立てている奴にも聞えただろう。

「……有り難う。やっぱり侍従殿は悪侍従だわ」

如何いう意味だ、それは。

「わざと大声で言ってくれたんでしょう、周りに聞かせるために。優しいのね」

戯っぽい笑みを浮かべながら毬が俺の顔を覗き込んだ。

「……腹が立ったから声が大きくなっただけでおじゃります」

「まあ」

毬が声を上げて笑い出した。そして〝嘘が下手ね〟と笑いながら言う。可愛くないな、可哀想でもない。なんでさっきは可哀想なんて思ったんだろう。騙されたな。

「そうね、言ってみるわ」

「それが宜しゅうおじゃります」

毬がジッと俺を見た。

「兄上が言っていたわ。侍従殿は思慮深く才知に優れるが情も有れば実も有るって……」

「……」

「春齢様が羨ましい」

「……馬鹿な事を」

ポツンとした声だった。思わず俺も声が小さくなった。阿保、騙されるな！　こいつは現代に生まれていればオスカーだって取れそうな役者なのだ。

「ホホホホホ」

明らかに嘲笑と分かる声が聞えた。廊下に女が立っていた。春日局、義輝の乳母だ。うんざりだな。

「まあまあ、何とも仲睦まじい。年少の侍従殿と御年上の御台所様。まるで源氏の物語のような。……なれど少し控えて頂かなくては、……妙な噂が流れかねませぬ」

悪意が声に満ち溢れてる。流れかねないっていうよりも流したそうだぞ。お前が監視役か。それにしても源氏物語って俺が光源氏で毬は藤壺の女御とでも言いたいらしいな。俺はそんな美男じゃないんだが。いや、その前に毬は如何見ても藤壺の女御には見えない。……なんで毬は嬉しそうな顔をしてるんだ？　ここは怒るところだろうが！　このトラブル女！

「良く分かりませぬが妙な噂とは何でおじゃりましょう」

敢えて惚けて聞くとまた〝ホホホホホホ〟と春日局が嘲笑した。この女、細面で眼が細い、狐顔だな。これからは春日局じゃなくて春日狐《かすがのきつね》と呼ぼう。

「それはもう、男女の仲になるという事でございます。お分かりでございましょう？」

勝ち誇るな、阿呆。

「ホホホホホホ、麿は未だ十一歳でおじゃりますぞ。春日局殿は想像力が豊か、いや豊か過ぎるようでおじゃりますな。日々そのような事ばかり考えておられますのか？」

〝ホホホホホホ〟ともう一度笑う。狐の顔が引き攣った。毬は勝ち誇ったような顔をしている。なんか不本意だ、お前も勝ち誇るな。はっきり言っておこう。

「御心配には及びませぬ。麿にも好みというものがおじゃります。麿は心映え優しく情愛の深い女性が好きです。例えば麿の養母のような。騒々しく問題ばかり起こすような女性は好みませせぬ」

チラリと毬を見ると毬が〝何で私を見るのよ〟と文句を言った。自覚が無いのか？　少しは自覚しろ！

「ましてや僻みっぽく妄想癖の有る御婆殿とあっては……、ああ、盗み聞きが得意というのも有りましたな」

〝ホホホホホホ〟と笑いながら狐に視線を送ると〝ぶ、無礼な！〟と声を張り上げた。あらあら、プルプル震えているぞ。眼も吊り上がっている。益々狐になって来た。

「おお、怖い怖い」

笑ながら扇子で口元を抑えた。うん、公家の厭らしさが爆発だな。毬ににっこりと笑いかけた。毬が嬉しそうにした。

「御台所、お気をつけなされませ。貴女様と春日局殿は良く似ておじゃりますぞ。ああなってはまるで鬼女、いや鬼婆じゃ。怖い怖い」

春日局が〝こ、この餓鬼！〟、毬が〝こんなのと一緒にしないでよ！〟と叫んだ。狐が〝何ですってー！〟と金切り声を上げた。あ、怒った？　怒ったのね。

「ホホホホホホ、御機嫌を損ねたようですので麿はこれにて失礼致しまする」

言い捨てて後ろへ向かった。

「待ちゃれ！」

「待ちなさいよ！」

「ホホホホホホ、待てませぬ。ああ怖や、室町第には鬼が出る。おお怖や、室町第には鬼が出る。

ホホホホホホ」

歌いながら小走りに玄関へと向かった。後ろから衣擦れの音が聞えたが直ぐに〝ドスン〟という音と〝何するのよ!〟、〝そちらこそ何をなされます!〟という叫び声が聞こえた。互いに相手の裾でも踏ん付けたのだろう。襖でもぶち抜いたかもしれんな。

玄関に行くと糸千代丸が居た。こいつ、待ち伏せかと思ったが武家伝奏広橋権大納言も居る。なるほど、出迎えか。俺を睨む糸千代丸を無視して権大納言に声を掛けた。

「権大納言様、御用でおじゃりますか?」

「うむ、公方にちょっと。侍従殿は御台所へのご機嫌伺いかな?」

「はい」

権大納言の表情が硬い。なんだかなあ、親父の前内府とは揉めたがあんたとは揉めていないぞ。そんな警戒しなくても良いのに。あ、騒がしくなってきたな。どうやら毬はトラブルメーカーの本領を発揮しつつあるらしい。いや、本領発揮は狐の方かな。権大納言、糸千代丸も訝し気な表情をしている。

「糸千代丸殿、何をしておじゃる」

「はあ?」

いきなり名前を呼ばれて糸千代丸が困惑している。

「あの騒ぎが聞えぬのかな? 権大納言様に見苦しいところをお見せしてよいのか? 公方の威信にも関わりますぞ、早う行って騒ぎを収めなされ」

糸千代丸が〃失礼致しまする〃と言って慌てて奥へと走った。頑張れよ、糸千代丸。その若さで女の争いを収められれば君は間違いなく出世するぞ。……無理だろうがな。

「では麿はこれで」

広橋権大納言に声を掛けると権大納言は曖昧な表情で頷いた。次は半月後だ、その頃には喧嘩も収まっているだろう……。


永禄二年(一五五九年) 八月上旬　山城国葛野・愛宕郡　平安京内裏　飛鳥井雅春

〃ホホホホホホ〃と笑い声が聞えた。一つではない、複数。声のした方を見れば勧修寺権中納言、徳大寺権中納言、四辻権大納言が庭を見ながら扇子で口元を押さえて笑っている。

「広橋権大納言殿の話によれば二人とも取っ組み合ってあられもない姿であったとか」

「ホホホホホホ、それではまるで御台所と春日局が侍従を奪い合ったようではおじゃりませぬか」

「真に。侍従は艶福家でおじゃりますな、羨ましい事で」

また三人が声を合わせて笑う。やれやれよ。溜息を堪えてその場を離れた。妹の所へ行かねば……。

「居るかな?」

声を掛けて妹の部屋に入ると〃いらせられませ〃と答えが有った。妹の目々典侍と姪の春齢姫がそこに居た。座ると妹が麦湯を用意してくれた。美味い、暑い時にはこれに限る。

「侍従は?」

「桔梗屋へ行っております。西洞院大路に移るとなれば色々と揃えなければなりませぬから」

妹が答えた。姪の春齢は不満そうだ。離れ離れになるのが嫌なのだろう。

「なかなかの邸じゃ」

「左様でございますか、侍従からも聞きましたが真に？」

訝しそうな表情をしている。幕府が侍従のために邸を建てる。嫌々の筈であり大したものではないと思っていたのだろう。

「余り粗末な邸を建てては幕府の沽券に関わるからのう」

〝なるほど〟と妹が頷いた。

「何処に行っても例の話で持ち切りでおじゃるの」

「室町第の騒ぎでございますか」

妹は可笑しそうだ。姪は面白くなさそうな表情をしている。はて……。

「大騒ぎになったと聞きましたが？」

「御台所と公方の乳母が取っ組み合いの大喧嘩をしたのじゃ。皆止める事が出来ずおろおろしていたと聞く。室町第でも前代未聞の騒ぎでおじゃろう」

妹がクスクス笑い出した。

「そなたは笑っているが慶寿院が一喝してようやく収まったのだぞ」

「公方は？」

「止めたが無視されたようじゃ、二人にの」

「……あまり良い事ではございませんね」

「そうでおじゃるの」

無力さだけが際立ってしまう。

「事の発端は春日局が御台所と侍従の間柄を邪推したからだと聞きますが？」

妹の問いに姪の不満そうな表情が更に強まった。なるほど、焼餅か。

「そのようでおじゃるの。だが侍従は未だ十一歳じゃ。ちと無理が有る。そこには裏が有ると見なければなるまい」

「裏？」

姪が不思議そうな声を出した。

「太閤殿下と関白殿下が侍従に御台所を見舞ってくれと頼んだのは公方の御台所への扱いに不満が有ったからよ。近衛家は公方の流浪中に足利のために動かなかった。その事に対する不満は相当に大きい。それが御台所への扱いに出た。当然だが太閤殿下も関白殿下もその事は分かっていた筈じゃ。後見とまでは言わぬが宮中の実力者である侍従を御台所の傍に置く事で公方と幕臣達を牽制したのだと麿は見る。侍従もその辺りは分かっていた筈じゃ」

妹と姪が頷いた。関白の留守中はその代わりに帝の傍に侍るのだ。無視は出来まい。

「実際騒ぎの前に侍従が公方と幕臣達の振舞いを強い声で非難したらしい。これ以上蔑ろにされるくらいなら離縁して近衛家に戻れと侍従が御台所に迫ったと聞く」

「何と、真でございますか？」

妹と姪が驚いている。

「真じゃ。関白殿下も越後下向を取り止めるだろうとな、脅したのよ。春日局が出てきたのはその直後じゃ。となれば邪推も侍従が邪魔だからという事でおじゃろう。余計な事を言うと侍従を遠ざけようとしたのよ」

「……」

「太閤殿下、関白殿下、慶寿院、何処からも侍従を非難する声は無い。騒ぎに対して不満は有ろうが自分達の言いたい事を代弁した、そう思っているのだと麿は思う」

妹と姪が溜息を吐いた。思ったよりも複雑な事情が有ると分かったのだろう。

「兄上、その話を何処から」

「広橋権大納言よ」

妹が〝なんと〟と呟いた。

「権大納言は周囲には面白可笑しく御台所と春日局が大喧嘩をしたとしか言っておらぬ。おそらくは必要以上に足利と近衛の不仲を広めるべきではないと考えたのでおじゃろう。笑い話として収めようという肚じゃ。麿に話したのは侍従が話すと思ったのでおじゃろうな。広橋家は松永弾正とも繋がりが有る。弾正にはその辺りは伝えておじゃろう。そこから三好家にも伝わる筈じゃ」

また妹と姪が溜息を吐いた。やれやれよ、少しは心を軽くしてやるか。

「典侍、皆が言うておるぞ」

「何をでございましょう」

「此度の喧嘩、典侍の一人勝ちじゃとな。心映え優しく情愛の深い女性だと侍従が絶賛したからのう」

妹が〝まあ〟と言って嬉しそうにした。姪は不機嫌そうだ。母親にまで焼餅か、女というのは難しいものよ……。

五畿内《ごきない》

永禄二年（一五五九年）　八月上旬　　山城国葛野郡　　桔梗屋　　飛鳥井基綱

「鍋や釜、それに食器、他にも夜具、姿見など色々と用意しております」

「済まぬな。掛かりはどのくらいになるかな？」

〝ほほほほほほ〟と巨乳が揺れた。これは眼福、いや眼の毒だわ。俺も〝ほほほほほほ〟と笑いたくなった。

「それには及びませぬ」

「そうはいかぬ。桔梗屋は商人であろう。きちんと銭は請求せねば」

また葉月が笑った。俺も笑いたくなった。

「侍従様は律義な。……分かりました、後程詳細な掛かりを内裏の方へお届けします」

「うむ、頼む」

「ところで、御雇いになる方は?」

「うむ」

そうなんだな、一応二百貫ある。石高なら四百石くらいだ。武家なら十人から十二人程の兵力を出す事になるが……。

「戦に行くわけではないからな。供侍は四人程で良いと考えている。ただ腕が立って信頼出来る者が必要だ。他に家の中を頼める人間を六人から八人程。これには当然だが女も要る」

葉月が頷いた。

「左様でございますね。御本家から人をお出しして頂いては如何でございます?」

葉月の言葉に苦笑いが出た。

「まあ難しいだろう。難波家を継いだ叔父も飛鳥井の本家からは人を貰えなかったと聞いている。今の公家に他所に出せる程の人を雇う余裕は無い」

「では朽木家は?」

思わず顔を顰めた。

「朽木家は避けたい。麿と朽木家に強い繋がりが有ると幕府に知られるのは面白くないのでな」

葉月が〝そうでございますね〟と言った。俺の所為で左兵衛尉の叔父御達も辛い思いをしているだろう。俺と朽木が密接に繋がっているとなれば今以上に辛い思いをする筈だ。

「ならば私達から人を入れませぬか?」

「何人かは頼もうと思っていた。……全部か?」

葉月が〝はい〟と頷いた。

「邸を持つとなれば必ず侍従様の動向を探ろうとする者が現れましょう。忍び込むか、或いは内通者を作ろうとするか。或いは暗殺という事もございます。安易に人を雇うのは危険にございます」

なるほどな、確かにそれは有るな。しかし暗殺か……。うむ、三好孫四郎の事も有る。用心は必要だ。

「分かった。そちらに頼もう。だが若い女は駄目だぞ。春齢が煩いからな」

「まあ」

〝ホホホホホホ〟と葉月が口元を抑えて笑い出した。いや、冗談じゃないんだよ、焼餅が凄いんだ。会った事は無い筈なのに毬の事を目鼻立ちのはっきりした美人だって知っているんだから。それに俺が養母を褒めた事にも目くじらを立てる。あのなあ、母親を褒めるのは当然だろう。と言いたいんだが本人は何で自分の名前を出さないんだとおかんむりだ。

「ところで松永様は大和《やまと》に攻め入るそうでございますね」

「そう聞いている。大和は分裂しているから攻め易いと見たのだろうな」

「ですが大和は興福寺の勢力が強く治め辛いのではございませぬか?」

葉月が首を傾げている。ちょっと可愛いな。

「その事は弾正も三好修理大夫も分かっているだろう。だがな、葉月。三好修理大夫は五畿内を治めているのは三好家だと言いたいのだと麿は思う」

葉月が〝なるほど〟と頷いた。

義輝が京に居る、だからこそ三好は五畿内を自分の力で支配したがっている。義輝が京に居るから五畿内が安定しているのではない、三好が居るから安定しているのだと言いたいのだ。幸い大和は分裂し争っている。此処に攻め込んで安定させれば五畿内が安定しているのは義輝の力では無い、三好の力によるものだと示す事が出来る。そして武家の棟梁は義輝では無い、三好修理大夫だと示す事が出来るのだ。それは義輝の権威を、足利の権威を貶める事になる。

「となればいずれは河内もという事になります。河内は畠山様の勢力下にございますが……」

「だから大和なのだ。大和の北部を押さえなければ河内で優位に立てない、河内を得ても安定しないと見たのだと思う」

葉月がジッと俺を見た。

「……畠山様との関係が悪化しますが？」

「三好にとって何かと気を使わなければならない畠山は六角と共に邪魔だ。大和の北部が有れば摂津《せっつ》、大和、和泉《いずみ》の三方向から河内を牽制出来る。大和制圧後は徐々に河内へと勢力を伸ばすだろう」

「……」

三好の勢力は既に山城、丹波、和泉、摂津、阿波、淡路、讃岐、播磨《はりま》に及ぶ。五畿内の内山城、和泉、摂津は勢力下に有る。勢力下に無いのは大和と河内だ。五畿内を安定させてこそ天下人、三好修理大夫長慶は天下人を目指しているのだ。

「それにな、興福寺は藤原氏の氏寺だ。興福寺の別当は一乗院門跡と大乗院門跡が交互につくらしいが一乗院は近衛、鷹司《たかつかさ》の子弟が、大乗院は九条、二条、一条の子弟が門主となる」

「つまり、五摂家を押さえようと？」

驚いた様だな、声が高い。

「無いとは言えまい。……一乗院の門跡は覚慶というのだが公方の弟だ」

「……」

「近衛の血を引いているし近衛家の猶子となって一乗院に入った。そちらを押さえて公方を牽制しようというのかもしれん」

「なるほど」

「まあ色々と狙いは有るだろうな。それにあそこは豊かだ。そういう意味でも欲しい土地だ」

〝左様でございますね〟と葉月が頷いた。

色々な意味で大和は大事な土地だ。そういう面から考えると松永弾正久秀が大和制圧を命じられたのはそれだけの信頼と実績が有るからという事になる。親族でもなく譜代でもない事を考えれば三好家内部における弾正の存在は大きい。織田政権で言えば秀吉、光秀のような立場だろう。後年、三好三人衆と敵対するのはその辺りも有るからかもしれない。嫉《ねた》まれたのだろうな。


永禄二年（一五五九年）　八月下旬　　山城国葛野・愛宕郡　　室町第　　飛鳥井基綱

「良く来てくれました、侍従殿」

「いえ、御台所への御機嫌伺いは太閤殿下との約束、そのように慶寿院様に礼を言われるような事ではおじゃりませぬ」

俺が答えると慶寿院がニコリともせずに頷いた。あのね、もう少し愛想を良くしても良いんじゃないのかな。

室町第へ御機嫌伺いに来たらいきなり慶寿院の所に連れて行かれた。そしてその場には毬と春日狐、いや春日局も居る。二人とも神妙な表情だ。この前の騒動を怒っているのかな？　でもね、あれは悪いのは毬と春日局だ。俺は関係無い。大体この件は太閤殿下、関白殿下も余り気にしていない。俺が報告したら関白殿下は俺と一緒に〝ああ怖や、室町第には鬼が出る。おお怖や、室町第には鬼が出る〟と歌い太閤殿下はそれを聞いて膝を叩いて喜んでいた。二人とも笑い話にしか思っていない。

「先日の一件、この二人には厳しく注意しました」

「左様で……」

二人を見たが能面のように無表情だ。胃が痛くなってきたな。

「盗み聞きをするのも御台所に敬意を払わぬのも許す事は出来ませぬ」

「……」

「そして御台所として自覚の足りぬ行動も許せませぬ」

もう一度二人を見た。大人しく座っている。余程に怒られたらしい。

「それもこれも公方に自覚が足りぬからです。公方にもその事を厳しく言いました」

うん、じゃあ終わりだ。もう帰っても良い？　そう聞けたらなあ……。

「ですが公方の心に届いたとは思えませぬ。公方の頭の中に有るのは越後の長尾の事だけです。長尾が関東を制すればその兵を使って三好を討つ……。それだけで浮かれています」

「左様でございますか」

冷笑が出ないようにするのが難しいわ。武力が無いのは仕方ない、でも他力本願で有頂天になるなよ。

「笑止、と思っておられるようですね、侍従殿」

慶寿院がジッと俺を見ている。

「そのような事は……」

「良いのです、私も簡単ではないと思っています。しかし公方とその周りはそうでは有りませぬ。もう関東制圧は成ったも同然と思っています」

少し寂しそうだな。頼り無いと思っているのだろう。

「御台所、公方を此処へ呼んでください」

毬が躊躇っていると春日局が〝私が〟と言って立とうとした。

「控えなさい、春日。私は御台所に言っているのです」

大声ではないのだが冷たく押さえつけるような口調だった。春日局が顔を強張らせてノロノロと腰を下ろすと毬がそそくさと席を立った。怖いわ、人を支配する事に慣れている声だ。こんな母親は持ちたくない。義輝は母親を無視しているんじゃなくて逃げているんじゃないかと思った。慶寿院がまたジッと俺を見た。

「公方に侍従殿の思うところを話しては貰えませぬか？」

「……麿は足利は好みませぬ。公方も」

「分かっています。……この室町第には公方に厳しい事をいう者がおりませぬ。兄や関白殿下が言っても公方はそれを真摯に受け止めようとしませぬ」

春日局は大人しく座っている。面白くない話の筈だが大人しくしているという事は余程に慶寿院が怖いのだと思った。

「公方に現実を見せろと？」

「そうです。兄に聞きました。侍従殿は決して楽観視していない。自分達よりも遥かに厳しく見ている。長尾の上洛は我らが思うよりも難しいのかもしれぬと」

空気が重いな。この重さは慶寿院の義輝への想いの強さだと思った。しかし現実を見せろか……。そんな簡単な事じゃないんだが……。

「……人は現実を見るのでは有りませぬ。見たいと思う現実を見るのでおじゃります」

「……」

無言、反応無し、やり辛いわ。

「例えば、ここに一輪の花がおじゃります。これを美しいと見るか、一輪しかなく寂しいと見るかはその人次第。麿がどれほど厳しい事を言っても本人がその厳しさから眼を背ければ意味はおじゃりますまい」

忠告を無視して滅びる奴なんて幾らでもいる。そいつらには忠告者の見えたリスクが見えなかったのだ。そして願望だけに眼を向けた。美しく華やかな願望だけに……。

「失礼致しまする」

声と共に襖が開いて義輝が入って来た。その後ろから毬が、更にその後ろから男が入って来た。誰だ？　慶寿院の表情が厳しくなった。

「美作守、そなたは呼んでおりませぬ。下がりなさい」

美作守と呼ばれた男が立ち止まった。義輝が〝母上〟と言うと慶寿院が厳しい眼で義輝を睨んだ。

「公方様、美作守に下がる様に貴方様から命じてください」

「……美作守、ここは良い。下がっておれ」

「はっ」

義輝の愛妾、小侍従の父親が進士美作守晴舎だったな。婿が心配か？　美作守にとっては近衛家出身の正妻と母親は敵なのだろうな。義輝が弱いから皆が義輝を心配している。自分こそが義輝の事を一番思っていると思うのだ。その事が勢力争いになっている。

美作守が立ち去り義輝が座り毬が座った。空気が重いわ。

「侍従殿、貴方の見る現実を公方にも見せてください」

幕府は滅ぶと思った。俺に頼むという事は幕府内部には義輝に現実を見せる人間が居ないという事だ。本当の意味で義輝を、幕府を思う人間が居なくなっている……。

「……公方、長尾の関東制圧も間近とお喜びと慶寿院様より伺いました。慶寿院様はその事を案じておられる。磨にそう簡単にはいかぬと諭して欲しいと頼まれました」

義輝の顔が歪んだ。面白くないのだ。

「如何なされます？　聞きたくない、聞く必要は無いとお考えなら席を立たれませ。磨は少しも構いませぬ。磨も貴方様のため、幕府のために無駄な時間など使いたくはおじゃりませぬ」

「……いや、聞こう」

「分かりました。ならばお話し致しましょう。ですがその前に……」

席を立って襖を開けた。美作守が控えていた。狼狽している。慶寿院の表情が厳しくなった。

「そこな春日局殿といい、室町第では盗み聞きが流行っているようでおじゃりますな」

「……」

「それもこれも公方、貴方様が弱いからでおじゃります」

「何を言う」

不満そうだな、だがお前には不満に思う資格は無い。

「貴方様が強ければ誰も心配など致しませぬ。磨と御台所が話をしても、貴方様が慶寿院様に呼ばれても不安に等思いますまい。慶寿院様が貴方様を案じるのもそれ故の事、違いますかな？」

「……」

「貴方様は弱い、頼り無いのです。だから室町第は混乱するのです。それが現実でおじゃります。その事を先ずは自覚なされた方が良い」

義輝の顔が歪んだ。

「美作守殿、お入りなされ」

美作守が驚いたように俺を見ている。

「この室町第には思慮の足りぬ愚か者が多い。後々何を話したかと変に邪推されては迷惑でおじゃります」

噯うと美作守が顔を強張らせた。侮辱されたと思ったか？　だがな、それが事実だろう。糸千代丸は俺を殺そうとしたのだ。

早く入れと促すと美作守がノロノロと中に入って座った。襖は閉めなかった。隠さねばならない事等何もない。

「長尾の関東制圧、上洛はもう成ったも同然とお考えのようですが麿は難しいと思います」

「そんな事は無い。予は上杉に数々の許しを与えた。関東では多くの者がそれに驚き太刀を献上する者も居ると聞く。そうであろう、美作守」

「その通りにございます」

義輝も美作守も自信満々だな。

数々の許しか、俗にいう上杉の七免許だ。白傘袋《しろかさぶくろ》、毛氈鞍覆《もうせんくらおおい》、裏書御免《うらがきごめん》、塗輿御免《ぬりごし》、菊桐《きくきり》の紋章、朱塗柄の傘、屋形号。このうち白傘袋と毛氈鞍覆は長尾景虎を越後守護に認めた時に許したものだから十年ほど前に与えたものだ。今回の上洛で与えたのが裏書御免、塗輿御免、桐の紋章、朱塗柄の傘、屋形号。それに関東管領上杉憲政の進退を任せる事、つまり上杉家の家督と関東管領職を継ぐ事を認めた事と信濃国の諸将に対し意見を加えるべしという信濃出兵の名分を与えた事だ。

裏書御免と言うのは書状を包む封紙の裏側に記す官職名や名字を省略出来る事でこいつは三管

領・相伴衆、足利一族のみに許された特権だ。塗輿御免は、網代輿《あじろごし》に乗る資格で、これも同レベルの特権。桐の紋章も足利家が天皇より貰った紋だからそれを与えるのは特別な大名だけだ。そして朱塗柄の傘、こいつも武勇に優れた大名にだけ許されるもの、屋形号も幕府が信頼する大名に与えるもの、まあ権威と待遇の大盤振る舞いだな。関東管領というよりも関東公方に匹敵する扱いだろう。

しかしな、その足利の権威その物が揺らいでいるんだ。その事に気付いていない、いや気付いていないとは思えない。そこから眼を背けている。そしてそれ以上に義輝と幕臣達には見えていない物が有る……。長尾の関東制圧、上洛が上手く行かないのはそれが理由だ。

遊子吟《ゆうしぎん》

永禄二年（一五五九年）八月下旬　山城国葛野・愛宕郡　室町第　慶寿院

義輝と美作守が得意げな表情をしています。春日局も得意そうです。そして侍従はそんな三人を憐れむように見ていました。

「関東管領は関東公方を補佐するのが役目、そして関東公方が統括するのは関八州に伊豆、甲斐、陸奥、出羽を加えた十二カ国、でおじゃりましたな」

「そうだ。弾正少弼には信濃への介入も認めた。弾正少弼が差配するのは十三カ国だ」

義輝の得意気な表情は止まりません。そして侍従の憐れむ様な表情も変わりません。

「関東を制圧するとなればそれに抵抗するのは北条氏、そして北条氏と同盟を結ぶ武田氏、今川氏でおじゃりましょう。公方、貴方様が彼らに付いて、彼らの治める領国について知っている事を麿に教えては頂けませぬか？」

義輝が訝しげな表情を浮かべました。義輝だけでは有りません。美作守、春日局、毬も訝しげな表情をしています。

「武田は新羅三郎義光の血を引く甲斐源氏の嫡流だ。当主信玄は甲斐一国から信濃の大部分を攻め取り当代の名将として名が高い」

「他には？」

義輝が〝他？〟と困惑した声を上げました。

「有りませぬか、では北条は？」

「今から百年程前、幕府の御家人であった伊勢新九郎が駿河の今川氏の混乱を収めそれ以来関東に勢力を伸ばす様になった。十五年程前には扇谷上杉家を滅ぼし山内上杉家を越後に追った。それ以来関東を我が物顔に支配しておる。許せぬ奴よ」

「……」

「今川は御一家吉良氏の分家じゃ。代々駿河の守護を務め駿河、遠江、三河に勢力を伸ばす足利の一門じゃ。今は武田、北条と盟を結んでいるが弾正少弼が関東を制すれば必ずこちらに味方しよう」

「なるほど」

侍従が私を見ました。

「慶寿院様、言葉は飾りませぬがよろしゅうおじゃりますな？」

「……構いませぬ」

一瞬躊躇いました。それが分かったのでしょう、侍従が一つ息を吐きました。

「伊勢氏が何故北条の姓を名乗ったか？　伊勢氏は関東では余所者、京からの流れ者と蔑まれたからでおじゃります。関東で生きて行こうとした伊勢氏にとっては伊勢の姓は不都合でおじゃりました。だから伊勢を捨て北条を名乗りました。かつて鎌倉幕府の執権として関東を制した北条の名を……」

「……」

「そして古河公方を擁し関東での勢いを強めつつある。彼らは自分達をかつての北条氏になぞらえているのです。北条氏の当主氏康殿は相模守を、先代の当主氏綱殿は左京大夫を名乗りましたがいずれも嘗ての執権が好んで名乗ったものでおじゃります。お分かりでおじゃりますかな、公方？　関東は古河公方と執権である北条氏が治める。関東管領などは必要ないと言っているのです。関東管領職の任命権は公方におじゃりましたな。しかし彼らはその関東管領を否定しているのです。当然ではおじゃりますが貴方様の事等認めてはおじゃりませぬ」

義輝が唇を噛み締めました。

「そして武田家の事、貴方様は何も御存じない」

「何を知らぬというのだ」

押し殺した声です。余程に怒っているのでしょう。ですが侍従は反発も怯えもしませんでした。微かに口元に笑みが有ります。苦笑でしょう。

「甲斐が貧しいという事でおじゃります」

「……貧しい……」

義輝が呟きました。訝し気な表情をしています。侍従が何を言いたいのか分からないのでしょう。

「そう、甲斐は貧しいのです。山国で天候不順による旱魃《かんばつ》、冷害、河川の氾濫による被害が非常に酷い。例年の様に不作、凶作が発生しておじゃります。当然ですが百姓達は酷く貧しい。食えずに餓死する者も居れば生まれて来る子を間引く親も居る」

〝間引く？〟と春日局が呟きました。

「殺すのです。生まれて来た子を水に流す、土に埋める。……惨い事でおじゃります。しかし食べる物が無く育てる事が出来ぬのです。自らも餓死しかねぬ程に食べる物が無いのです。それほどまでに貧しい」

シンとしました。皆が顔を強張らせています。私も強張っているでしょう。不作、凶作という言葉の意味は分かりますが実感は湧きませんでした。しかし餓死、生まれて来た子を間引く、その言葉には言いようのない重苦しさが有りました。甲斐は貧しいのだとはっきりと実感しました。

「甲斐には食べる物が無い。ならば如何するか？　簡単な事でおじゃります。食べる物が有るところから奪えばよい。武田が信濃に攻め込んだのはそれが理由でおじゃります。大きくなるためでも強くなるためでもなかった。武田は甲斐の領民を食わせるために信濃に攻め込んだのです。そして信濃の国人達からその領地を奪った」

「……」

「簡単な事ではおじゃりませぬぞ。大敗を喫し重臣達が何人も討ち死にした事もおじゃります。兵も大勢死んでいるのです。しかし武田も甲斐の領民達も信濃攻略を諦める事は無かった。貧しさと餓えから抜け出すために死に物狂いで戦ったのです。そして北信濃へ攻め込み長尾弾正少弼殿と対峙する事になった……」

侍従が義輝に〝お分かりかな？〟と問いかけました。優しげな声でしたが眼には刺すような光が……。義輝が怯みを見せると侍従が低い声で笑いました。

「武田は弾正少弼殿の関東制圧など認めませぬ。もし弾正少弼殿が関東を制圧すれば次は自分だと分かっているからでおじゃります。信濃を攻め取られれば武田はまた飢えと貧しさに喘ぐ事になる。武田には受け入れられぬ事におじゃりましょう。弾正少弼殿が関東に攻め込めば必ずや武田は北信濃で事を起こしましょうな。越後へ攻め込む姿勢を見せるやもしれませぬ」

義輝が、美作守が呻きました。

「北条も諦めますまい。武田が居る以上、北条は孤立していないのです。むしろ好機と思うやもしれませぬ。長尾を打ち払えば関東管領の権威を打ち砕けるのですから」

関東管領の権威を打ち砕く、つまりそれは足利の権威を打ち砕くという事でしょう。益々呻き声が強くなりました。

「今川も当てには出来ませぬ。公方、今川仮名目録を御存じでおじゃりますか？」

「今川仮名目録？　今川氏が領内を治めるために作った法であろう」

義輝が答えると侍従が頷きました。

「先年、治部大輔殿が条目を追加しました。その中には幕府が義務付けた守護不入を否定する条目もおじゃります」

侍従の言葉に義輝と美作守が〝なんと〟、〝まさか〟と声を上げました。侍従が笑い出しました。声を上げて笑っています。嘲笑では有りません、憫笑でした。侍従は義輝の無知を笑っていました。

「今川は足利の一門、自分の頼みを聞いてくれるだろう等という甘い考えはお捨てになる事です。むしろ今川でさえ幕府を否定したと考えられた方が良い」

「……」

「貴方様は弾正少弼殿に数々の特権をお与えなされた。しかしその特権を認めぬ者達が居る。それが現実でおじゃります」

「しかし、信濃の者達の中には弾正に太刀を献上する者も居ると聞いた。弾正が予に嘘を言う筈が無い！」

義輝の言葉に侍従がまた笑いながら首を横に振りました。

「身代の小さい者は身代の大きい者の機嫌を常に取ろうとするのでおじゃります。それに北条の勢威を憎み余所者と蔑む者もおりましょう。そういう者達は喜びましょうな。幕府のため、貴方様の為ではおじゃりませぬ。そして太刀を贈ったからと言って味方になると決まったわけでもない。判断を誤れば家を滅ぼす事になるのです、好き嫌いで決める事が出来ると御思いか？　例え嫌いでも頭を下げる、そうでなければこの乱世を生き残れませぬ」

「……」

「北条、武田、今川、いずれも自分に利が有るとなれば貴方様の命に従いましょうがそうでなければ平然と無視致しましょう。そしてそれは北条、武田、今川に留まりませぬ。多くの者が同じでおじゃります」

「……」

侍従が笑うのを止めました。そして私を見ました。

「これでよろしゅうございますか？」

「有り難うございました」

「太閤殿下とは月に二回、御台所のご機嫌伺いに室町第へ赴く約束でおじゃりましたが今日で最後とさせて頂きます」

毬が声を上げましたが〝静かにしなさい〟と窘めました。

「分かりました。兄には私からその事を伝えましょう」

侍従が頷きました。

「それと西洞院大路の邸でおじゃりますが麿は遠慮致しますので誰か適当な方にお与え下さい」

侍従が義輝に視線を向けると義輝が無言で頷きました。室町第への来訪の取り止めも邸の辞退も幕臣達が危険だと思ったのでしょう。多分、義輝達は納得せず不満を皆に漏らすと思ったのです。その不満を聞いた者達が如何思うか？　第二、第三の糸千代丸が現れる事を怖れた……。

「ではこれにて失礼いたしまする」

「玄関まで送りましょう」

侍従が眼元に笑みを浮かべました。

「お気遣い、忝のうございまする」

私が先導して玄関へと向かいました。

「侍従殿、御身お大切になされませ」

「貴女様がそれを申されますか？」

背後から苦笑いが聞えました。しかし声に咎める色は有りませんでした。

「済まぬ事をしたとは思います。しかし公方の目を覚ますには他に手が……」

「……磨よりも貴女様がお気を付けられた方が良いでしょう。口煩い母親というものは何処の家でも疎まれるものです」

「……そうかもしれませぬ」

寂しい事です。義輝の事を思えば思う程距離を感じてしまう自分が居る……。

歩いているうちに玄関に着きました。幕臣達が何人か居ます。私の姿を見て気まずそうにしました。来て良かった。この者達は侍従に危害を加えるか、或いは侮辱を加えようとしたのでしょう……。侍従がクスッと笑いました。

「御見送り、有り難うございました。この御好意、決して忘れませぬ」

「いえ、礼を言うのはこちらでございます。有り難うございました」

互いに顔を見合わせました。或いはこれが最後となるかもしれませぬ。会った回数は少ないですが私は侍従を忘れる事は無いでしょう。いえ、死ぬまでこの少年を忘れる事は無いと思います。

「失礼致しまする」

侍従が去っていきます。部屋に戻ろうと思った時声が聞えました。

〝慈母　手中の線　遊子　身上の衣〟

遊子吟です、胸を衝かれました。息子を思う母の気持ち、その母を思う息子の気持ちを述べた詩……。義輝に私の気持ちは通じなくても侍従には通じている。涙が眼に滲みました。

〝行に臨んで密密に縫い　意は恐る　遅遅として帰らんことを　誰か言う　寸草の心　三春の暉に報い得んと〟

堪りませぬ、嗚咽が漏れ涙が零れます。自然と頭が下がりました……。


永禄二年（一五五九年）　八月下旬　山城国葛野郡　近衛前嗣邸　近衛前嗣

室町第での事の次第を伝えると父が〝そうでおじゃったか〟と言った。

「叔母上が父上に詫びておられました。父上の配慮を無にする事になってしまったと」

〝已むを得ぬ事よ〟と父が首を横に振った。

「公方に状況の厳しさを教えるにはそれしかないと思っての事でおじゃろう。麿も同じ事を何度か考えた。慶寿院を責める事は出来ぬ」

慈母手中の線
遊子身上の衣

「はい」

毬を足利家に嫁がせたが毬と公方の仲は必ずしも睦まじくはない。むしろ二人の溝は広まりつつある。父にとっては誤算であっただろう。侍従を傍に置いたのは奔放な毬への抑えも有ったが公方や幕臣に毬を蔑ろにさせぬ事、侍従を利用して朝廷工作をさせるのが目的であった。そういう方向にもっていく、少しずつ少しずつ侍従と足利の距離を縮めるのが狙いであったが……。上手く行かぬ、幕臣達の侍従を敵視する姿勢は強い。侍従を朽木家から追ったという事で恨まれているという不安が強いのかもしれぬ。

「毬の事は麿が何とかしよう」

「御心労をお掛け致しまする」

父が苦笑を浮かべた。

「なんの、子の面倒を見るのは親の役目よ。そなたが気にする事は無い。それより公方の事、如何でおじゃった」

思わず溜息が出た。

「以前に比べれば、楽観の度合いは減ったと思いまする」

「そうか……」

父が頷いた。

「なれど関東制圧は成るという想いは強いと見ました。麿は必ずしも簡単ではないと強く諭しましたが……」

「納得はしなかった、そうだな?」

「はい」

父が渋い表情をしている。自分も同様だろう。

この一月、公方と幕臣達が浮かれまくった。関東制圧は成ったも同然、三好を討ち果たし積年の恨みを晴らす日も近いと燥《はしゃ》ぎまくった。そして六角、畠山、朝倉に文を出した。弾正少弼が上洛するときは呼応して三好を討てと……。余りにも軽率に過ぎる。三好は関東制圧は成らぬと見ている。なればこそ放置しているが危ういと疑念を持てばどうなるか……。

「関東制圧が成ったとして父上は本当に三好を討つつもりでおじゃりますか?」

父が首を横に振った。

「畿内で大戦を起こすべきでは無かろう。それでは応仁・文明の乱同様畿内は荒れ果てかねぬ。磨が考えているのは上杉と三好、それに六角、畠山、朝倉が協力する事で天下を安定させ幕府を再興する事だ。そう、必ずしも上杉が上洛する必要は無い。その可能性が有るというだけで三好は公方を蔑ろには出来ぬ筈だ」

「……」

「勿論、上洛して公方を助けるというなら重畳よ。公方も心強かろう。昔のように大名達が在京し公方を助けるというようになるやもしれぬ。そのためにも三好を追い払うのではなく幕府の中に取り込むべきだと磨は思う」

ゆっくりとした口調だ。或いは自分の考えを確かめながら喋ったのかもしれぬ。しかし大名達が在京する？　なかなかに難しいだろう。

「公方は三好を討つ事を諦めますまい。それに三好も公方を忌諱しておじゃります。あれは自らが武家の棟梁となる事を望んでおりましょう」

「……」

「父上のお考えのようにはならぬやもしれませぬ」

多分ならない。畿内は戦で荒れる……。

「かもしれぬの、そなたは如何思うのだ？」

父が私をジッと見た。

「分かりませぬ。戦は避けるべきだとは思いまするが可能とも思えませぬ。如何すればよいか……」

父が〝フフフ〟と笑った。

「やれやれよな。関東制圧どころか未だ下向もせぬというのに……」

「左様でおじゃりますな。問題ばかりが山積みで」

二人で声を合わせて笑った。

「分らぬ事ばかりよ。先の事を悩むよりも眼の前の事を一つづつ片付けるべきでおじゃろう」

「その通りかと思いまする」

「室町第の事は良い、後は麿が引き受ける。越後へ下向する準備は出来たか？」

「はい、秋の除目も漸く纏まりました」

父が〝ほう〟と声を上げた。

「遅れていたが漸く纏まったか」

「はい、月が変われば公になります」

本来なら八月の内に行うものだったが……。

「目玉は？」

「飛鳥井侍従基綱を従五位上、右近衛権少将へ。同じく飛鳥井侍従雅敦を従五位上、左近衛権少将へ」

父がまた〝ほう〟と声を上げた。

「それに飛鳥井左衛門督を権中納言へ」

「ほほほほほほ、飛鳥井一門は目覚ましい出世じゃな」

「皆が羨みましょう」

侍従にはこれからも力を貸して貰わなければならぬ。このくらいはせねば……。父も笑い声を上げているが眼は笑っていない。

「近衛と飛鳥井を結び付けるか。しかし、そなたの留守を預かるには少々役不足よ」

「……」

「今一つ、工夫が必要じゃのう」

父がニイッと唇の端を上げて笑った。

菊の真綿

永禄二年（一五五九年）　八月下旬　　山城国葛野郡　　近衛前嗣邸　　近衛前嗣

「侍従は邸を要らぬと言ったと聞いたが？」

「はい、叔母上の依頼とはいえ公方を貶める形になりました。幕臣達をこれ以上刺激すべきではないと考えたのでおじゃりましょう」

父が〝ふむ〟と鼻を鳴らした。公方はそれを受け入れた。その事も叔母は不満だった。公方は関東制圧を否定されて不愉快だったかもしれない。しかし公方以上に侍従は不愉快だっただろう。何故侍従を労《ねぎら》う事が出来なかったのかと……。

「その邸、朝廷に献上させては如何でおじゃろうの」

「なるほど、帝から侍従へという事でおじゃりますな？」

父が〝うむ〟と力強く頷いた。

「帝から右少将への昇進祝いとして下賜するのよ。いずれはそこで春齢姫と暮らせとな」

「良き思案とは思いまするが幕臣達の反発を如何抑えます？」

〝ほほほほほほ〟と父が笑い出した。

「侍従の立場を強化出来なければ後が不安で越後へは下向出来ぬと言えば良かろう」

「……」

「宮中で三好の勢力が強まっても良いのかと言うのよ。侍従は足利の味方ではないが三好の専横も許さぬぞ。日野家の跡目相続の事を考えれば分かる筈じゃ、そうでおじゃろう」

「確かに」

「三好が侍従を気にかけるのも敵に回られては厄介と思っているからでおじゃろう。三好孫四郎が侍従を危険視するのもその所為よ。その辺りを上手く説けばの……」

父が意味有り気に私を見た。

「上手く、でおじゃりますか。簡単ではおじゃりませぬぞ」

「かもしれぬ。しかし関東制圧に比べれば楽でおじゃろう」

「はてさて……、酷い比較でおじゃりますな」

父が笑い出した。釣られて自分も笑ってしまった。一頻《ひとしき》り笑うと父が表情を改めた。

「ところでの、関白。一つ気になった事が有る」

「……」

「侍従の事じゃ。少し諸国の事情に明る過ぎはせぬか、些か腑に落ちぬのだが……」

父が首を傾げている。

「麿もその事は気になりました。三好や六角ならばともかく遠方の武田、北条、今川の事も随分と詳しい。腑に落ちませせぬ」

「そうよの、……朝倉の事も詳しかった」

父が顎髭《あごひげ》を扱《しご》き出した。考え事をするときの父の癖だ。

「侍従のために動く者達が居るのかもしれませぬ。御大葬の件で芥川山城へ赴いた帰りの事でおじゃりますが妙な者共、おそらくは三好の手の者で有りましょうが襲われかけた事がおじゃります」

父の手が止まった。

「ほう、それで？」

「何者かがその者達を襲い混乱している隙に逃げました」

「なるほど」

父がまた顎髭を扱き出した。

「朽木かもしれませぬ」

「かもしれぬの」

侍従と朽木が密接に繋がっている事、侍従が朽木に対して強い影響力を有している事は御大葬から御大典、改元の事で分かっている。しかし表面上、その繋がりは殆ど見えない。幕府には侍従の叔父達が出仕しているが繋がりは全くないのだ。それに父は朽木に滞在中、侍従の事はまるで気付かなかったと言っている。朽木は侍従の事を表に出さなかったのだ。侍従も朽木もその繋がりを隠そうとしているとしか思えない。多分、幕府に知られても三好に知られても碌《ろく》な事にはならないと思っているのだろう。

「朽木は高島を滅ぼしたが……」

父が顎髭を扱くのを止めた。

「侍従が無関係とは思えませぬ。どこかで絡んだでしょう」

〝そうでおじゃるの〟と父が頷いた。

「幕府では親足利の朽木が勢力を拡大したと歓迎しましたが居を清水山城に移した事には大分不満の声が上がりました」

「そうでおじゃろう。京から離れようとしているように見える」

そこに侍従の意向が有ったとすれば京ではなく足利から離れようとしたのかもしれない。その事を言うと父が〝有りそうな事でおじゃるの〟と頷いた。

「麿は朽木に滞在中、民部少輔とは親しく接した。実直で信頼出来る人物と見た。息子の長門守にも悪い印象は持たなかった。公方も朽木を信頼しているが……」

「……」

「民部少輔は二歳の侍従に道誉一文字を与えた。侍従を憐れんでの事ではなくその器量を見込んでの事とすれば朽木を動かしているのは侍従なのかもしれぬ」

「かもしれませぬな」

侍従は足利を信用、いや評価していない。となればいつの日か、朽木が足利を見限る日が来るのかもしれない。


永禄二年（一五五九年）九月上旬　山城国葛野・愛宕郡　平安京内裏　勧修寺晴豊

「慈母　手中の線　遊子　身上の衣」

甘露寺権右中弁殿が左近の桜を見ながら呟くように詠う。

「行に臨んで密密に縫い　意は恐る　遅遅として帰らんことを」

私が後を続けると権右中弁殿が顔を綻ばせた。

「誰か言う　寸草の心　三春の暉に報い得んと」

最後は二人で声を合わせて詠った。

「紫宸殿《ししんでん》で詩《うた》を詠うなど不謹慎では有りませぬか」

声がした。声がした方を見れば右近衛権少将正親町季秀と侍従庭田重具が居た。はて、どちらが言ったのだろう？　この二人、姓は違うが兄弟だから声も良く似ている。途惑っていると甘露寺権右中弁殿が〝失礼しましたな〟と穏やかに言った。

「以後は気を付けましょう」

右少将と侍従が〝フン〟と忌々しそうな表情で立ち去った。

「何でしょう、あれは？　別に大声で詠ったわけでもないのに……。それに権右中弁殿に対して無礼ではありませぬか。十以上も年下のくせに……」

権右中弁殿がクスクスと笑った。

「そう言えば勧修寺右少弁は麿より九歳年下でしたな」

「麿は権右中弁殿に対して無礼など働きませぬ」

今度は権右中弁殿が声を上げて笑った。

「面白くないのでおじゃりましょうな」

「面白くない？」

私が呟くと権右中弁殿が頷いた。そして私を見た。

「分かりませぬか？」

「……はい」

権右中弁殿が笑みを浮かべた。

「右少弁殿は今十六歳でしたな」

「はい」

「未だ若い。麿は今年二十五になります。右少弁殿よりも人間というものを少しだけ知っています」

「……」

私が途惑っていると権右中弁殿が軽く笑い声を上げた。

「あの二人が面白くないのは麿でも右少弁殿でもおじゃりませぬ。分かりませぬか？」

「……それは……」

なんとなく分かる様な気がする。権右中弁殿が頷いた。

「ええ、そうです。我らが詠った游子吟、そして游子吟で評価を上げた人物が面白くないのでしょう」

飛鳥井右少将に対しての不満という事か。

「しかし、何故でしょう？　あの二人が飛鳥井右少将と不仲だとは聞いた事はおじゃりませぬ」

権右中弁殿が〝麿もおじゃりませぬ〟と言った。では？

「あの二人の父、庭田権中納言殿は若い頃に近衛中将と蔵人頭を兼任して頭中将《とうのちゅうじょう》として帝の御傍に侍った方でありました」

思わず〝あ！〟と声が出た。権右中弁殿が私を可笑しそうに見ている。恥ずかしかった、顔が熱い、多分朱に染まっているだろう。

「まあ気付かぬのも無理はおじゃりませぬ。ここ最近、頭中将は任命されておりませぬからな」

「はい」

蔵人頭は通常二人任命される。一人は文官である弁官から選ばれ頭弁《とうのべん》と呼ばれる。もう一人は武官である近衛中将から選ばれ頭中将と呼ばれる。もちろんその役割は違う。頭中将は宮中において帝の側近として仕え様々な雑務、或いは御下問に答える。一方頭弁は帝と太政官の間で政務を円滑に進める事が主たる任務になる。

しかし最近は権右中弁殿が言った通り頭中将は任命されていない。理由は頭弁が雑務を熟《こな》す様になったからだった。そのため頭弁は殿上管領頭と称され雑務の責任者とされている。つまり頭中将は必ずしも必要とされていないのだ。

「頭中将は以前ほど重視されておりませぬ。しかし帝の御傍に侍るのですから御信任を頂く機会は多い。当然ですが以後の出世にも影響するでしょう。それに庭田家はここ数代に亘って頭中将を務めているのです。自分こそが頭中将にと思っているのでしょう」

「特に庭田家の跡取りである侍従殿は、でおじゃりますね」

問い掛けると権右中弁殿が頷いた。

「あの二人にとって飛鳥井右少将は強力過ぎる競争相手です。帝の御信任が厚く関白殿下も信頼しています。帝から邸まで頂いたのですからね。勿論能力は言うまでもおじゃりませぬ。それに三好家も認めています。欠点があるとすれば皆から恐れられている事、幕府と険悪な事、そんなところでおじゃりましょう」

「磨もそう思います」

素直に頷けた。飛鳥井右少将には矯激と言われるほどの激しさがある。武家の血の所為だと言う者も居る。

「ですが今回の室町第での事で右少将は慶寿院様になんとも暖かい気遣い、労わりを示しました。それも詩に託してです。心遣いもそうですがその雅《みやび》さを皆が褒めています。あの二人にとっては腹立たしい事でしょう」

「そうですね」

私の言葉に権右中弁殿がクスッと笑った。

「他人事ではおじゃりませぬよ」

「と言いますと？」

権右中弁殿が私を可笑しそうに見ている。

「磨も右少弁殿も蔵人を兼任しています。右少将が頭中将になれば、我らは一緒に仕事をすることになるのですから」

「それは……」

思わず口籠ると権右中弁殿が私を見ながら声を上げて笑った。

永禄二年（一五五九年）　九月上旬　　山城国葛野・愛宕郡　　持明院大路　　持明院邸

持明院綾

「母上」

息子が甘えるように手を伸ばしてきた。

「如何したのです、安王丸殿」

声を掛けると息子が嬉しそうな表情を見せた。可愛いと思う。そしてあと三月もすればもう一人子が生まれるのだと思った。男か、女か、夫はどちらでも良いと言っているけど心の中では男子をもう一人と思っているのは分かっている。後を継ぐ男の子が安王丸だけでは不安だと思っているのだ。私も男の子が欲しい。やんちゃで腕白で男の子は何と可愛いのか。

安王丸が抱きついてきた。

「まあ、如何したのです」

息子が私の顔を見てニコッと笑う。

「あらあら、甘えて。もうすぐ弟か妹が出来るのですよ。困ったこと」

息子が笑い声を上げげた。私も釣られて笑う。なんて幸せなのか。

〝殿様のお戻りでございます〟と声が聞こえた。夫が戻ってきた。

「さあ、安王丸殿。お父上が戻られましたよ」

息子を立たせ私も立つ。そして玄関へと向かった。息子が走る、その後を追う。転ばないかしら。そんな心配をよそに息子は〝父上〟と夫を呼びながら玄関へと向かう。玄関から〝安王丸か〟と声が聞こえた。安王丸がまた〝父上〟と声を上げた。夫の笑い声が聞こえる。いつもの事だ、でもそれだけで心が温まる。

夫が玄関から屋内に入って来た。出迎えた安王丸を笑いながら抱き上げる。私が近付くと私を見て〝綾〟と呼んだ。

「安王丸は重くなったな」

「昨日もそのような事を」

夫が笑い声を上げた。

「そうだったか、そなたは大事ないか？」

「はい、有りませぬ」

答えると夫は〝うむ〟と頷いて歩き出した。

夫の部屋に行きその着替えを手伝う。その合間にも安王丸が夫に纏わりつく。笑い声が絶えない。着替えが終わって夫が座ると安王丸は胡坐をかいた夫に抱き上げられた。

「安王丸は腕白だな、そなたも手を焼いているのではないか」

「そのような事は」

「無いか」

「はい」

答えると夫が〝うむ〟と頷いた。

「もう直ぐ重陽の節句だな」

「はい、綿を用意しなければ」

「そうだな。……幸せか？　綾」

少し恥ずかしかったけど〝はい〟と答える事が出来た。夫が頷いた後、一つ息を吐いた。

「聞いているかな？　室町第の事を」

「……はい」

直ぐには返事が出来なかった。夫は私を労わる様に見ている。先月の末、あの子は慶寿院様に呼ばれ室町第に行った。理由は公方様を諫めるためだと……。

「宮中では評判じゃ、皆が口にする」

「左様でございますか」

口が重い、いや重いのは心かもしれない。何が有ったのかは分からない。だがあの子が遊子吟を詠って慶寿院様を労わったと聞いた。慶寿院様は嗚咽を漏らしその場に崩れ落ちたと。

「今日、右少将殿と宮中で話をした。そなたの事を案じていたぞ」

「私の事を？」

驚いて問い返すと夫が頷いた。安王丸がむずかると夫が頭を撫でて落ち着かせた。

「御腹の子は順調なのかとな」

「……」

夫が気遣わし気に私を見ている。

「情が無いのではなく情が見え難いだけなのかもしれぬぞ」

「……左様でしょうか？」

「今も時折文が来る。私が返事を書いているが偶にはそなたが書いてみては如何かな？」

「……」

黙っていると夫が一つ息を吐いた。

「気が進まぬか。……そなたの気持ちは分かっている。右少将殿とは親子の絆を結べなかった、そう感じている事はな。だがな、いずれ安王丸、そして生まれてくる子が成長すれば必ず右少将殿の事をそなたに訊ねよう。その時、そなたが苦しむ事になるのではないかと思ってな」

……そうかもしれない。安王丸は自分の名が呼ばれた事に不思議そうな表情をしている。

「右少将殿と直接文を交わすのが気が進まぬというなら目々典侍殿に訊ねては如何かな？」

「……そうですね」

これまでは訊ねる事をしなかった。でも安王丸のため、お腹の子のために少しずつでも距離を縮めた方が良いのかもしれない……。


永禄二年（一五五九年）　九月上旬　　山城国葛野・愛宕郡　　平安京内裏　　飛鳥井基綱

「さあ、早く服を脱いで」

「いや、しかし」

「さあ」

養母が菊の真綿を持って早くしろと迫った。仕方ないな、胸紐を外し胸元を寛《ひろ》げた。腕を服の中に入れて胸元から出す、諸肌脱ぎになった。何か切腹でもしそうな感じだ。養母が〝まあ〟と嬉しそうな声を上げて背中に廻った。

「暫く見ないうちにまた逞しくなったのでは有りませぬか？　背中が少し大きくなったような」

「さあ、麿には分かりませぬ」

「腕も太くなったようです。特に二の腕が」

養母がしげしげと俺を見ている。あー、その、困るんだな。女官達が笑っているのが見える。また言われるぞ、目々典侍は養子に夢中だって。

パタパタパタパタと足音が聞えた。頭が痛いわ……。

「あ！　私にも拭かせて」

部屋に春齢が飛び込んできた。

「なりませぬ」

「良いでしょう？　許嫁なんですもの」

「なりませぬ。許嫁では有りますが貴女様は帝の御息女、臣下の身体を拭かせる等許される事ではおじゃりませぬ。というより麿の裸を見る事も許される事ではおじゃりませぬ。席をお外し下さい」

春齢が頬を膨らませた。養母と女官達が可笑しそうにしている。

「母様は良いの？」

「養母上ですから」

「私だって従兄妹だけど」

「貴女様に身体を拭かせたら増長していると言われかねませぬ。そうでは有りませぬか、養母上」

「まあ、そうですね。色々と御配慮頂いていますから」

養母が頷くと春齢も渋々では有るが頷いた。春齢が納得している内が勝負だ。

「さあ養母上、早く」

養母が〝そうですね〟と言って俺の身体を拭き始めた。肩の肉が盛り上がっているとか肩甲骨がしっかりしているとか嬉しそうに言う。春齢がその度に〝ふーん〟、〝ホントだ〟とか言う。まるで珍しい動物にでもなった気分だ。

従五位上、右近衛権少将に任じられた。そして帝から邸も貰った。幕臣達を刺激したくないから辞退したんだけどな。関白殿下が義輝と幕臣達を説得した。帝からは春齢を頼む、関白の留守中は頼りにしていると言われた。ここまで配慮してるんだから近衛に協力しろよ、という事だな。伯父も権中納言に昇進したし従兄弟も従五位上、左近衛権少将に昇進した。協力せざるを得ない。まあそれは良いんだけどね、問題は近衛への協力が足利への協力になりかねない所だな。その辺りは注意しないと。

「あと十日もすれば邸へ移るのですね」

「はい、そうなります」

その頃には殿下も越後へと向かう筈だ。

「そうなればこうして身体を拭く事も出来なくなりますね」

「……」

寂しそうな声だ。何を言えば良いのか分からない。春齢が〝寂しいな〟と言った。

「養母上、……来年もお願いします」

「良いのですか？」

「ええ、春齢姫を娶るまでは養母上にお願いします」

「楽しみですね。一年後にはどれだけ成長しているか……」

声が弾んでいる。春齢が〝いいな、母様狡い〟と言っている。なんか言わされた感じだけど仕方ないな。養母が居るから今の俺が居るんだから。それに養母は間違いなく俺の母親だ。親孝行の一つだと思おう。

「養母上、もうよろしいですか？」

「ええ、良いですよ」

「有難うございました」

腕を服の中に入れ胸紐を結んだ。これで無病息災で過ごせるだろう。

「以前にも言いましたが私の邸は養母上の邸でもあります。遠慮せずに利用してください。宿下がりだけでなく宮中を下がる時も私の邸へ」

「ええ、そうさせて貰います」

少し涙ぐんでいるな。なんだかなあ、もう会えないわけじゃないんだが……。

「兄様、毎日出仕するのでしょう？」

「出来る限り出仕します」

「私の所に来てくれるわよね？」

そんな身を乗り出して迫るなよ。

「出来る限りは」

「きっとよ」

「……ええ、出来る限りは」

「きっと！」

「……きっと……」

予定というのは確定ではない。そして人生はアクシデントで満ちているんだけど……。


永禄二年（一五五九年）　九月上旬　　山城国葛野・愛宕郡　　平安京内裏　　小萩

朝の掃除も終わり女官仲間である、八重、奈緒、麻里達と一息入れていると糸がクスクスと笑いながら部屋に入ってきた。

「如何したの？　楽しそうね」

問い掛けてもクスクスは止まらない。

「日々典侍様がね、右少将様のお身体を菊の真綿で拭いていたの」

〝まあ〟、〝あらあら〟と声が上がった。

「それじゃあ、大変ね」

問い掛けると糸が〝ええ〟と頷いた。

「春齢様が頬を膨らませていたわ」

皆が笑い声を上げた。右少将様のお世話は養母の典侍様が自ら行う。たとえ娘の春齢様でも触らせない。右少将様も帝の姫君である春齢様には遠慮して触らせない。でも春齢様にとってはそのことは除け者にされているようでお冠だ。

「典侍様は肩の肉が盛り上がったとか腕が太くなったとか大喜びよ」

〝やっぱり〟、〝そうよね〟、そんな声が上がった。

「衣装の上からでも身体がしっかりしてるのが分かるわよね」

「そうね、今十一歳なんだけどその御歳にしては背中が大きいわよね」

「鍛えてるもの。剣術でしょ、弓。元々武家のお生まれだから関心があるのね」

私の言葉に皆が頷いた。

糸が〝十一歳か〟と呟いた。

「あと二、三年もすればずっと大人びてくるわね。背も伸びるでしょうし」

「楽しみよね、どんな殿方になるのか」

八重の言葉に皆が笑い声を上げた。

「なあに、興味有るの？　ちょっと前までは怖がってたのに」

冷やかすと八重が困ったように笑った。

「それは怖い所もあるけど、でも殿方はそのくらいの方が頼れそうな感じがするわ。そうでしょう？」

皆がウンウンと頷いた。そうよねえ、顔は良くても頼りないんじゃ……。

「優しい所だってお有りよ。慶寿院様にはお気遣いをされたわ」

「それに裕福だし帝の御覚えも良いし」

「そうよね。ああ、春齢様が羨ましいわ。もう少しで尼寺に行く所を妻に欲しいなんて、……まるで物語よね」

「物語よね。愛する従妹姫を助けるために危険を顧みずに芥川城にいく。私にもそんな人が現れないかしら」

〝無理無理〟、〝諦めなさい〟と声が上がった。そうよね、無理よね。どこかに良い男が居ないかしら……。


永禄二年（一五五九年）　九月中旬　　山城国葛野・愛宕郡　　平安京内裏　　飛鳥井基綱

「もうこうして添い寝することも出来なくなるのですね」

養母が寂しそうに言った。うん、ちょっと返事に困るな。何と言っても俺は養母に抱かれるような感じで横になってるんだ。良い匂いがする。柔らかくて暖かくて俺は養母に包み込まれるように抱かれている。

こういう時は何と言えば良いのだろう？　俺ももっとこうしていたいと言うのは変なのかな？

「明日になればそなたは宮中から出て行ってしまう」

明日か、明日になれば宮中を出て用意された邸に移る。六年だ、六年を宮中で過ごした。静かに養母の匂いを吸い込んだ。この匂いだ、この匂いに俺は守られてきた。

「養母上、有り難うございます。麿がこうして明日を迎える事が出来るのも養母上のおかげです。養母上が居なければ麿は殺されていたかもしれませぬ」

養母が俺を優しく抱きしめてくれた。お世辞じゃ無い、本当にそう思う。よく生き延びたものだ。

「楽しかったですよ」

「養母上」

養母が少し離れて覗き込むように俺を見ている。笑顔だ、愛おしむように俺を見ている。胸が締め付けられるような気がした。

「そなたを育てるのは本当に楽しかった」

「……」

「春齢は娘ですからね。自分も女ですから育てていて何となく分かってしまうのです。でもそなたは違う。男の子とはこういうものかと驚く事ばかりでした」

「……」

「それにそなたは頼りになるかと思えば突拍子も無い事をするので目が離せませぬ」

「申し訳ありませぬ。御心配をお掛けしました」

養母がコロコロと笑った。

「謝ることはありませぬ。楽しかったと言ったでしょう。そなたは私の大事な、自慢の息子なのですから」

「養母上」

実母は俺から離れていった。冷たいとは思わない、仕方がない事だと思う。実母は俺を可愛がりたがっていたが俺にはそれに付き合う余裕は無かった。戦国時代に放り込まれたのだ、如何生きれば良いのか、この先何が起こるのか、一つ間違えれば死ぬ事になる。俺は怯えながらも興奮していたのだろう。

実母は俺との間に母子の絆を作れなかった。だから去って行った……。考えてみれば母親に甘えない転生者の息子など不気味なだけだろうな。でも養母は俺を受け止めてくれた。ありのままの俺を。この女性《ひと》が居たから俺は孤独では無かった。

「寂しくなりますね」

「はい」

今度は素直にはいと言えた。俺の方から養母の胸元に顔を寄せた。養母が優しく抱きしめてくれる。俺は養母の前では息子でいられるのだと思った。

「養母上、麿は養母上の御陰で一人では有りませんでした。孤独ではなかったのです。その事がどれほど有難かったか……」

「……右少将殿……」

養母の声が震えている。

「養母上、養母上は本当に自分の母上です」

養母が強く俺を抱きしめてきた。咽び泣く声が聞こえる。養母上……、俺のために泣いてくれるのだと思った。

永禄二年（一五五九年）九月下旬　山城国葛野・愛宕郡　西洞院大路　飛鳥井邸
飛鳥井基綱

「良い御邸でございますな」

「畏れ入ります。幕府の方々が力を入れてくれましたので」

「そのようですな」

〝はははははは〟と声を上げて笑ったのは坊主頭の老人だった。宮中を出てこの邸に引っ越してから十日、毎日客が来る。目の前の老人は六十の半ばを超えているだろう。無人斎道有というのだが元は甲斐の国主で武田陸奥守信虎と名乗っていた。つまり武田信玄の父親だ。クーデターで甲斐を追い出された悪逆無道な男、それが後世の評価だが会ってみれば気の良い元気な爺さんでしか無い。

「以前から右少将殿とは会いたいと思っておりましてな」

「左様で」

「飛鳥井権中納言様とは親しくさせて頂いておりますので残念に思っておりました」

そうなんだな、この爺さんは伯父と親しくしている。和歌の手直しとか頼んでいるようだ。蹴鞠も遣るというから元気ハツラツお爺ちゃんだな。国を追い出されて此処まで生き生きしている爺さんも珍しいだろう。

「よろしいのでおじゃりますかな、そのようなことを言って。室町第では麿は嫌われておりますぞ」

また爺さんが〝はははははは〟と笑った。

「邸を建てておきながら祝いに来ないとは、せっかくの関係改善の機会でござろうに、なんとも拙《つたな》い事で」

まあ俺もそう思うけどね、でも室町第の連中はそういう連中なのだ。俺は気にしていない。

この爺さん、追放されてからしばらくは駿河に居たのだが一年程前から京に邸を構え室町第に出仕している。もちろん駿河と関係が途切れたわけじゃ無い。行ったり来たりしている。俺は何度か室町第に行った事があるがその時は駿河に帰っていた時期だったようだ。爺さんはそれが残念だったらしい。

この爺さんが京に邸を構えたのは今川のためじゃない。まあ皆無ではないのだろうが駿府に居ても暇なだけだから京に行って余生を楽しもうという事がメインのようだ。幕府だけじゃ無く公家とも積極的に交流を持っている。伯父だけじゃ無い、山科の大叔父とも親しい。ここに挨拶に来たのも純粋に俺と会いたかったという事らしい。

義輝も前守護が出仕してくれるということで大切にしている。相伴衆に任じているくらいだ。もっともこの爺さんが義輝を高く評価しているとは思えんな。幕臣に対する評価の低さからそのあたりは推察出来る。

「ところで、麿は地方に行った事が無いのでおじゃりますが駿河は良いところでおじゃりますかな?」

問い掛けると爺さんが顔を綻ばせた。

「それはもう。富士の山もあれば海もある。風光明媚、良い所でございますぞ。食べる物も美味い」

嬉しそうだな。この爺さん、元は貧しい山国育ちだからな。駿府に追放されて食に目覚めたのかもしれない。

「治部大輔殿は京の文化を取り入れるのも積極的と聞いております。駿府は京のようだとか」

「それはもう」

満足そうに爺さんが頷いた。『それはもう』が口癖なのかもしれない。

「京ほどでは有りませぬが中々雅なところですぞ」

「なるほど」

爺さんは京文化に憧れがあるらしい。京に出てきたのも駿府じゃ満足出来なくなったからかもしれん。この様子じゃ甲斐に復帰なんて事は考えていないだろう。

この時期の駿府は周防の山口、越前の一乗谷と並んで京文化の取入れに積極的だった場所だ。もっとも山口は大寧寺の変で京文化の受け入れは止まった。俺が三歳の時だから八年前になる。一乗谷も朝倉が滅んで終わる、駿府も今川が滅んで終わりだ。つまりこれから約十年程で終わるという事だ。この爺さん、悲しむだろうな。大体駿府の京文化を終わらせるのは息子の信玄なのだ。他人事だけど心配になって来た。

「一度行ってみたいものでおじゃりますな」

「是非是非、その時は某が案内致しましょう」

「それは楽しみでおじゃります」

社交辞令なんだけどな。爺さんは凄く喜んでいる。なんか俺って凄く悪い奴みたいだ。気が引けるわ。

この爺さんの悪行伝説、つまり妊婦の腹を裂いたなんて話は嘘だと思う。暴君伝説じゃありふれた話で信用出来ない。信玄はクーデターで甲斐を奪い父親を追い払った。已むを得ずに行ったのだろうが親不孝な話で自慢出来る話じゃない。国人衆を調略するにも信玄は非道な男だなんて噂が立っては簡単にいかない。クーデターを正当化するために父親を悪逆非道の君主にする必要が有ったのだろう。領民のために已むを得ず立ち上がった弱い者の味方なのだという形式をとったのだ。

もちろん、目の前の爺さんに非が無いとは言わない。クーデターは無血クーデターだった。つまり重臣達から反対者は出なかったのだ。一部の重臣の造反ではなく全ての重臣達の総意だった。目の前の爺さんは重臣達から統治者としては不適格と判断されたという事になる。信虎は外征が多かった。貧しいから外に出る事で活路を見出そうとしたのだろうが度が過ぎて領民、家臣、国人衆の方が耐えられなくなったのだろう。

家臣の意見を無視、或いは反対者を許さず手打ちにしたという話がある。クーデターが無血だった事を思うとこっちは或る程度本当かもしれない。信虎にしてみれば自分だって無理している事は分かっている。だがここで無理をしなければ甲斐はどうにもならない。詰まらない文句は言うな、そんな感じだったのかもしれない。だが家臣達は俺達は道具じゃない、人間なんだと反発しただろう。信玄が合議を重んじたのも父親の二の舞を恐れたからだろうな……。

永禄二年（一五五九年）十月上旬　山城国葛野・愛宕郡　西洞院大路　飛鳥井邸

飛鳥井基綱

「漸く落ち着いて来たな」

俺の言葉に皆が頷いた。山川九兵衛長綱、間宮源太郎時貞、穴戸三郎康近、久坂小十郎雅昭、戸越忠蔵幸貞、石動左門景光、柳井十太夫貞興、麻倉清次郎隆行、小雪、志津の十人。俺に仕える者達だがいずれも鞍馬《くらま》忍者だ。

家の中の事は山川九兵衛がまとめ役となる。九兵衛は四十歳、落ち着いた聡明そうな男だ。とても忍者には見えない。九兵衛の下で間宮源太郎、穴戸三郎、久坂小十郎、小雪、志津が動く。間宮源太郎は三十半ばだが穴戸三郎、久坂小十郎は未だ三十歳には間が有るだろう。小雪は九兵衛の、志津は源太郎の妻だ。二人とも三十代半ばといったところか。

九兵衛と小雪には三人、源太郎と志津にも三人の子が居るそうだが鞍馬忍者の里で暮らしているらしい。戸越忠蔵、石動左門、柳井十太夫、麻倉清次郎の四人が俺の供侍として護衛に付く。戸越忠蔵は三十代だが石動左門、柳井十太夫、麻倉清次郎は二十代だ。いずれも屈強な身体をしている。頼りになりそうだ。

「思ったよりもお客様が多うございました」

九兵衛の言う通りだ。忙しかったわ、西洞院大路の邸に引っ越すと色んな客が祝いにやって来た。近衛家からは太閤殿下、左大臣西園寺公朝、右大臣花山院家輔、左大将今出川晴季、右大将久我通堅という大物の他に勧修寺、万里小路、甘露寺、中山、持明院、山科、葉室、庭田、柳原。変わった所では広橋、烏丸、高倉が揃って祝いに来た。日野家の事では色々と有ったけどこれからは仲良くしよう、そんなところだろう。

武家は三好筑前守、松永弾正、それに内藤備前守宗勝が来た。備前守は弾正の弟だ。武将としての力量は弾正以上と言われている。丹波を平定し三好修理大夫の信頼も厚い。兄の弾正が大和、弟の備前守が丹波、どちらも畿内を押さえるには重要拠点だ。それを任されているのだから修理大夫の松永兄弟への信頼の厚さが分かる。ちょっと面白かったのは弾正が同道した家臣が柳生新左衛門宗厳だった事だ。剣術談議で大いに盛り上がった。

「しかしそれなりに得るところも有りました」

「まあそうだな」

源太郎と九兵衛の遣り取りに皆が頷いた。実際得るところは有った。六角家、畠山家から使者が来た。六角家からは平井加賀守《かがのかみ》、畠山家からは山本治部少輔忠朝がやって来た。平井加賀守からは娘が左京大夫の養女になった事、浅井猿夜叉丸との結婚が決まった事を教えてもらった。年が明ければ輿入《こしい》れらしい。小夜、と言ったな。可愛らしい少女だった。残念だが幸せには成れん。浅井は六角から離反する。小夜も離縁されて送り返される筈だ。

山本治部少輔は弾正が大和に攻め込んだ事をかなり気にしている。畠山家の河内支配が揺らぎかねないと見ているようだ。俺も同感だ。畠山家の当主、畠山尾張守高政も同じように見ているとなればいずれは三好との間で戦が起きるだろう。朽木からも日置五郎衛門と宮川新次郎が来た。御爺も来たかったようだが足利が煩いからな。春齢を邸に迎えた時に来るそうだ。

妙な人物も来た。武田陸奥守信虎、甲斐を追放された信玄の父親だ。駿河に居るのかと思ったら京と駿河を行き来しているらしい。京に邸も有るようだ。幕府に出仕し相伴衆に任じられている。飛鳥井の伯父とも交流が有ると聞いた。吃驚《びっくり》だ。

祝ってもらったからには当然だが御返しが要る。出費だが義理と褌は外してはならない。きっちりとお返しはした。武家はともかく公家は飛鳥井は銭が有ると感心しているだろうな。その事を言うと皆が頷いた。

「問題はこれからだ。何時までも朽木からの援助に頼る事は出来ん。何とか銭を得る手段を考えなければならん」

また皆が頷いた。

「いずれは書道と蹴鞠で多少の銭は入るだろう。しかしずっと先の話だ。それにそれだけでは到底足りん」

「如何なされます？」

九兵衛が問い掛けてきた。

「そうだな、手は有る。だが磨だけが儲けたのではやっかみを受ける。そこを考えなければならん。それにこの話は三好、足利の了承が要る。それも厄介なところだ」

まあ利を食わせれば問題は無いだろうとは思うが……。

「誰か来ましたな、裏門です」

石動左門が緊張した声を出した。俺を除いた十人が身構えている。この邸、正門、裏門に工夫がしてある。門を開けようとすると邸内に音と振動が伝わる様になっているそうだ。最初に振動、次に音。俺が此処に移ってから九兵衛達が改造した。その音で正門か裏門かも判断出来る。もっともかなり微かなもので俺は殆ど分らない。今も分からなかった。何と言っても敷地だけで四百坪、家屋が二百坪は有るのだ。正門から家屋までは相当な距離が有る。しかしな、もう亥の刻を過ぎている。現代なら夜の九時過ぎだがこの時代には街灯が無い。それを考えれば深夜と言って良い。正門ではなく裏門にやって来た。一体誰が……。しまったな、丸腰だ。

「一人ではないな。何人か居る。……はて、躊躇っているな。無理に開けようとはせぬ」

「しかし九兵衛殿、声も上げませぬぞ」

源太郎の言う通りだ。尋常な訪ね人なら正門から来るし閉まっているなら声を上げて人を呼ぶだろう。

「油断するな、配置に着け。源太郎、三郎、出迎えに行け。右少将様は奥の隠し部屋へ。志津、小雪は少将様の御傍に」

九兵衛の言葉で皆が動き出した。

俺も志津、小雪と共に隠し部屋へと急ぐ。直ぐに部屋に着いた。三畳ほどの小さな部屋だが屋内からは部屋とは見えないようになっていて外に出られるようになっている。門同様この屋敷に移ってから九兵衛達が改造した。まあ現代で言うとパニックルームだ。初めてこの部屋を知った時は忍者屋敷だと可笑しく思ったが本当に使う事になるとは思わなかった。部屋に入ると小雪がつっかえ棒をした。この部屋の戸は鉄製だ。これで簡単には入ってこれない。志津が蝋燭に火を附けた。流石忍者だ、暗闇なのに手際が良い。

部屋には武器も置いてある。志津と小雪が短刀を取った。俺も一尺五寸ほどの短刀を取る。屋内で闘争となれば獲物は短い方が良い。暫くの間無言で待った。数を数える、五十を数えた頃、足音が聞えた。志津と小雪が短刀の鯉口を切った、俺も切った。足音が近づく、止まった。

「右少将様、源太郎にございます」

落ち着いた声だ、危険は無いらしい。志津と小雪が緊張を解いた。

「訪ね人は誰だ?」

「女人にございます」

女? 志津と小雪が妙な眼で俺を見た。なんでそんな眼で俺を見るんだ? 俺は疚しい事はしていないぞ。それにしても夜中に訪ねて来るなんて如何いう女だ?

「何者だ?」

「将軍家の乳母、春日局と名乗られました」

はあ？　春日局？

「……狐顔の女か？」

戸の向こうからクスクスと笑う声が聞えた。志津と小雪が今度は呆れたような顔で俺を見ている。何で？　人相を確認するのは当然だろう。丸顔の女だったら春日狐じゃない、春日狸だ。狐に化けて俺を殺そうとしているという事になる。

「細面の御方にございます」

短刀を仕舞いつっかえ棒を外して外に出た。小雪と志津も俺に続いて外に出てきた。源太郎は膝を突いて俺を見上げている。

「如何なさいます？」

こら、面白がるな。

「会わぬわけにはいくまい。対面所に通してくれ。志津、小雪、白湯の用意を」

「はい」

「二人だけで会う、供の者が居るだろうが誰も近付けるな」

「宜しいので？」

今度は心配そうな表情だ。

「あの御婆殿がこの夜更けに訪ねて来たとなると厄介事だろう。御婆殿もそれを望む筈だ」

「念のため、脇差を」

「分かった」

毬と組打ちする女だからな、万一に備えた方が良いだろう……。鬼婆対倶利伽羅竜《くりからりゅう》か、勝てるかな？

関東制圧

永禄二年（一五五九年）　十月上旬　山城国葛野・愛宕郡　西洞院大路　飛鳥井邸

飛鳥井基綱

支度をして対面所に入ると女がこちらを見て微かに頭を下げた。間違いない、春日局だ。

「お待たせしましたな、御許し頂きとうおじゃります」

席に座って挨拶をすると春日局が首を横に振った。

「いえ、夜分に押し掛けたのはこちらにございます。不快には思っておりませぬ」

ふむ、顔色が良くない。かなり悩んでいる。いや、逡巡《まよ》っているのかもしれない。何を？　此処に来た事、俺と会っている事をだろう。

「良い御邸にございますな」

「ええ、幕府の方々が随分と力を入れて下さったようです」

春日局が〝そのようでございますな〟と言った。一口白湯を飲んだ。春日局も白湯を飲んだ。ふむ、狐の茶碗は大分白湯が減っているな、外は暑いのかもしれん。

この対面所の裏、俺の後ろには人が忍べるような空間が有る。万一の場合には後ろから人が飛び出して俺を守るためだ。この邸が後世に残れば飛鳥井家は忍者と密接に繋がった、いや忍者を配下に持った公家だったと騒がれるだろう。伊賀や甲賀よりも有名になるだろうな。忍びの名前は何だろう？　飛鳥井党？　それとも銀杏党？　今一つだな。

足利が戦国末期に力を失ったのは飛鳥井との反目により情報収集能力を失ったためだという説が出るかもしれない。御大葬から改元までの流れがスムーズに行ったのも忍者の力によるものだと学者達が言い出すだろう。俺は朝廷のＣＩＡ長官だったと言われるかもしれない。春齢と結婚出来たのもそれが理由だと。想像すると楽しくなる。

「さて、御来訪の趣は？」

春日局の表情が曇った。悩んでいる。一つ息を吐いた。

「先日のお話を今少し詳しくお聞きしたいと思いました」

やはりそれか……。

「貴女様一人の思い立ちでおじゃりますか？　それともどなたかの御考えでおじゃりますか？」

「私一人の思い立ちでございます」

なるほどな、それは悩みが深いわ。

「感心致しませぬな」

「……」

「春日殿、この邸は見張られておりますぞ」

春日局が目を瞠った。

「昼間の事ですが我が家の者が何度か同じ顔を見たと言っております。余程の暇人でなければ何者かの命を受けてこの邸を見張っていたという事になる。今も見張っておりましょうな」

春日局が顔を強張らせた。嘘じゃない、九兵衛は間違いなく忍びだと言っていた。変装して誤魔化そうとしていたが同一人物だと。何人かで交代で見張っているらしい。九兵衛は四人までは確認出来たそうだが他にも居る可能性は有ると言っている。妙な話だがこの邸に移ってから自分が重要人物なんだと認識出来た。宮中では分らん事だ。

「三好でしょうか？」

「とは限りますまい。六角、畠山、或いは幕府という事も有る……」

春日局がますます顔を強張らせた。三好にもお抱えの忍びが居る。四国の出らしい。六角は甲賀を使っている。畠山は如何なんだろう？　根来かな？　或いは別の組織か。紀伊なんて山が多いんだから忍びの集団が居てもおかしくは無い。

「そうですか、ならば猶の事この機会を逃す事は出来ませぬ」

春日局が姿勢を正した。こちらを睨むような眼で見ている。お前なあ、眼が吊り上がって本当に狐だぞ。

「ここ最近、公方様は時折憂鬱そうな御様子をなされます」

悩みの無い人間なんて居ないよ。余り気にするな。

「大体において周囲に人が居ない時です」

あんたが居るだろう。私は特別ですと自慢でもしたいのか？

「何を御悩みなのか、御訊ねしました。すると関東制圧は上手く行かぬかもしれぬと……」

意見が一致したな、大いに結構。現実を見る事が出来たというわけだ。

「皆様にご相談なされてはと申し上げましたが公方様は皆を落胆させたく無いと仰られ……」

「……」

春日局がジッと俺を見ている。

「さぞかし蔑んでおられましょうな」

その通りだ、話にならんな。

「ですが公方様はこう申されたのです。侍従の話を聞いて幕府が、自分が如何に無力かが分かった。自分に打つ手が有るとは思えぬ。この状況で関東制圧が上手く行かぬとは言えぬ。言えば皆を落胆させるだけだと……、だが喜んでいる皆を見るのが辛いと……、苦しんでおいでです」

馬鹿げている。結局何もしていないじゃないか。糠喜《ぬか》びさせてどうする？　目標を立てたら方策を考える、そしてメリットとデメリットを洗い出しデメリットが多いなら目標、方策の再検討だ。メリットが多いならリスクを洗い出して成功率を算定しなければならない。その後はどうすればリスクを軽減出来るかを検討する。そうする事で成功率を上げる事が出来るんだ。それでも成功率が低ければ違う方策を考えるか目標を変えるかを検討する必要が出てくる。

関東制圧が無理なら長尾の力を関東で浪費すべきじゃないという考えも出てくるんだ。それなら越中から加賀に進ませた方が良いという発想も出る。権威付けが必要なら北陸管領とか適当な役職を作ってくれてやれば良い。信濃は現状維持で義輝が仲裁し村上等の信濃の国人衆は越中から加賀で新たに領地を与える。

そうなれば武田、北条、長尾が争う理由も無くなる。越中から加賀に出れば朝倉も動くだろう。上洛は難しくない。上杉謙信の晩年は越中から能登で戦っていた。結果的に関東制圧なんて時間の浪費だったのだ。無知と無策が浪費を生み出した。……この世界でも同じだ、もう止められないだろう。義輝はプロジェクトのマネージメントが出来ていない……。

「美作守殿は何と？」

春日局の顔が歪んだ。

「一度二人きりになった時に如何思うかと訊ねましたが答えは有りませんでした。再度問うと上手く行かないと決まったわけではないと……」

溜息が出た。美作守は現実を見せてもそこから眼を背けている。義輝の不幸はブレーンに恵まれない事だ。

長尾を使うという発想そのものは悪くないんだ。だがブレーンが居ないから関東でとなってしまう。ブレーンが居れば関東は難しいから北陸へという案も出た筈だ。天下を取った源頼朝には大江広元という政略家が居た。足利尊氏にも足利直義、高師直という男達が居た。だが義輝には居ない。……似てるかな、尊氏と義輝は。人間的な魅力は有るが冷徹さは無い。だから不安定で脆《もろ》い……。担ぐ人間次第で英雄にも阿呆にもなる……。いかんな、現実に戻ろう。

「それで貴女様が此処に来たのですな……」

「はい」

声が弱い。多分、美作守の態度を情けなく思っているんだろう。全くだ、本当なら美作守自身が此処に来るべきなのだ。それなのに……。この女が憐れだ。好きになれない女だが義輝を想う気持ちには偽りは無い。義輝を本当に自分の子供のように思っているのだろう。慶寿院と同じだ……。

「正直に申し上げます、私は貴方様を好みませぬ。なれど貴方様が私達に見えないものを見ている事も分かっております。そして私達は余りにも無知に過ぎる……。恥を忍んでお訊ね致しまする。関東制圧、上手く行く手立てはございませぬか？」

縋るような眼だ。なんでそんな眼で俺を見るの？　あんたが俺を嫌いな様に俺は足利が嫌いなんだけど……。

関東制圧か、……成功する機会は二度有ったと思う。一度目は最初の関東遠征、二度目は三国同盟が崩壊した後、武田と北条が戦った時だ。問題は一度目だな、可能だろうか……。いや、その前に何をもって関東制圧とするかだがやはり北条制圧だろう。つまり小田原城を攻略出来るかだ。

史実では謙信は小田原攻城を行ったが成功せずに終わった。そして鎌倉で関東管領に就任して越後に帰国する。当時の小田原城は戦国末期の小田原城とは違う。かなり規模が小さい筈だ。だが落とせなかった。攻め手は十万を超えたとあるが嘘だろう。常陸以外の関東を領有した徳川家康の石高は二百五十万石だった。

常陸を入れればざっと三百万石、一万石当たりの動員数を三百とすれば関東全域で九万人が動員可能という事になる。相模、伊豆、武蔵、下総で北条側に付いた者も居る筈だ。それが二万くらいか。謙信側では付き合いで兵を出した者も居るだろう。そいつらの動員数が少なかったとすれば越後兵を入れても兵力は七万〜八万といったところだろうな。

七万から八万で増築前の小田原城を攻める。史実では落ちなかった。謙信は小田原城を落す意思が無かったという話を聞いた事が有る。或る程度武威を見せ関東管領に就任した事で関東の秩序は回復したと思ったという話だ。この説に従えば謙信は戦国時代に生きているという事を理解していなかったという事になる……。

「右少将様？」

眼の前に春日局の顔が有った。

「如何なされましたか？」

「もう少し、時間を頂きたいと思います」

春日局が頷いた。

有り得るだろうか？　信玄には騙され約束など当てにはならないと思い知らされた筈だ。武田、今川という同盟者が居る北条がこれで大人しくなると判断したとは思えない。となると落とさなかったのではなく落とせなかったという判断が妥当だ。理由は何だろう？　大軍だが統率が取れなかったという事だろうな。謙信の兵力は一万程度だろう。となれば全体の一割程度が謙信の意のままに動く兵という事になる。相当やり辛かっただろう。

後は兵糧だろうな。八万人の兵糧を何処まで用意出来たか……。兵糧が無くなれば連合軍などあっという間に四散してしまう。その辺りの不安も有ったのだろう。この時期関東では酷い凶作だったと聞いた事が有る。北条が籠城戦を選んだのも兵力差で敵わないと思ったというより持久戦になれば敵は撤退するという確信が有ったからかもしれん。

それに武田の動向も不安だった筈だ。となると関東遠征は派手に見えたが内実はギリギリの状態だった可能性が有る。以前太閤殿下と話した時は成功率は三十～四十パーセントと思ったが実際はもっと低いのかもしれない。謙信は軍が自壊する前に関東管領就任を行って軍を解散した……。皆が失望する前に綺麗に収めた……。

「機会は二度有りましょう」

「二度……」

「先ずは最初の遠征。かなりの兵が集まる筈。皆も期待しましょうな。但し、成功する可能性はかなり低い。いや、無きに等しいと思います」

「……そんな」

そんな顔をするな。こっちが切なくなるだろう。

「……北条、武田、今川、この三者の同盟が堅固な内は難しいでしょう」

「……ではもう一つは?」

声が掠れている。

「三者の同盟が崩れた時」

「そのような時が来ましょうか?」

食い入るように俺を見ている。

「春日殿は三国の同盟が何故結ばれたか、御存じかな？」

春日局が困惑するような表情を見せた。

「詳しくは知りませぬ。ですが互いに争うよりも同盟を結んで協力した方が得だと考えたと聞いております る」

間違ってはいない。だがもう少し補足する必要が有るだろう。

「その通り、今川、武田、北条は争っておじゃりました。しかしそれは三者にとって本意ではなかった。以前にも言いましたが北条は関東で勢威を伸ばす事を望んでおじゃりました。武田も大きな勢力の無い信濃への侵攻を望み今川も西への勢力拡大を望んでいた。いつしか三者の間で互いに争うのは足の引っ張り合いではないかという思いが芽生えた……」

春日局が頷いた。

「つまり、互いの利のために結んだ同盟でおじゃります。利が無くなれば同盟の意味が消える……」

「……」

「北条は関東、今川は東海道、それぞれ勢力を伸ばす余地はおじゃります。なれど武田は厳しい。信濃の先は越後、長尾を相手にこれ以上北上するのは難しいでしょう。つまり武田は大きくなれない」

春日局が〝なるほど〟と頷いた。

「既にその兆しが見えておじゃります。武田にはそれが分かっている筈、不満は徐々に募りましょう。となれば切っ掛けさえ有れば武田が同盟を破棄する可能性は十分に有る。その時は関東から東海にかけて激震が走りましょう。それを如何利用するか……。それ次第でおじゃりますな」

「それは、何時頃になりましょう」

「さあ、分かりませぬ。五年か、十年か……」

春日局が〝五年か、十年か〟と呟いた。

「磨に言えるのはその程度でおじゃります。これ以上は……」

「有り難うございました。この通りにございまする」

春日局が頭を深々と下げた。

「公方様には諦めてはなりませぬと励ます事が出来ます。それだけでも来た甲斐が有りました」

「……」

表情が明るい、希望か……。しかしな、三国同盟が崩れたのは義輝が死んだ後だった……。

「夜分遅くに失礼を致しました」

春日局が腰を上げた。

「御見送りは致しませぬ。親しく見送りをしたなどと風評が立っては互いに困った事になる」

春日局が微かに笑った。

「真に、左様でございますな。では……」

春日局が軽く頭を下げて部屋を出ていった。暫くすると九兵衛が部屋に入って来た。

「帰ったか？」

「はい」

「……見られたか？」

「はい」

「鬱陶しい事だな」

九兵衛が俺を見た。

「追い払いますか？」

「無用だ。こちらの手の内を見せる必要は無い」

九兵衛が笑みを浮かべた。

「それが宜しいかと思いまする」

「如何思った？　聞いていたのであろう？」

「はっ、真に三国の同盟が崩れるとお考えで？」

九兵衛は疑念を持っている。そうだな、三国同盟は強固だ。互いに利だけではなく婚姻でも結び付きを強めている。

「麿が尾張の織田殿に肩入れしているのは知っているな？」

「はい」

「織田が今川に勝てば如何なる？　治部大輔が死ねば？」

「それは……」

「今川は揺らぐぞ。そして武田はそれを見逃すまい。駿河から遠江に出れば東海道を西へと進めるのだからな」

今川義元の死後、三河の松平の離反で今川の勢威は落ちる。今川は信玄にとって美味そうな肉になったのだ。

「しかし、武田は長尾と敵対しております。同盟を破棄すれば北条も敵に回りましょう。四方を囲まれますぞ」

「そうならぬと言ったら如何する？」

九兵衛が顔を蒼褪めさせている。思わず笑ってしまった。世の中は不思議で満ちている。

今はまだ起こっていない。だが桶狭間と第四次川中島、この戦いは微妙に連動しているのだ。そして関東から東海に大嵐が起きる事になる。


永禄二年（一五五九年）　十月上旬　　山城国葛野・愛宕郡　　室町第　　春日局

「ほうっ」

溜息が出ました。眠ろうとしても眠れませぬ。暗闇の中、目が冴えます。目を瞑ると浮かぶのは飛鳥井右少将様の顔……。もう四十にもなるというのに三十も年下の子供の顔が浮かぶ……。なんと言う事でしょう、まるで恋でもしたような……。でも眠れませぬ。

関東制圧、それを考えていた時の右少将様の顔が浮かびます。唯々自分の考えを追っていたのでしょう。子供らしからぬ醒めた顔でした。こちらの方が心配になって声を掛けた程です。声を掛けた時は困ったような顔をしていました。思いがけないほど幼い顔にこのような顔も有るのかと驚きました。

「ほうっ」

また溜息が出ました。困った事……。関東制圧、右少将様から出てきた答えは厳しいものでした。機会は二度、一度目は失敗に終わる。二度目もいつ来るのか……。そして成功するという確証も無い。右少将様は厳しい表情をしていました。多分、二度目も関東制覇は難しいと見ているのでしょう。それでも希望を持つ事が出来るのです。公方様を励ます事も出来ます。

恥を忍んでお訪ねした甲斐があったと思います。日野家の養子問題では随分と煮え湯を飲まされました。それを思えば右少将様を訪ねる事には躊躇いが有りました。それに本来なら問答無用で追い返されても仕方が無いところです。それほど右少将様とは敵対していました。相手をしてくれたのは私を哀れんでの事でしょう。哀れまれても仕方有りませぬ。私自身が自分を哀れで惨めだと思っているのです。

関東制圧、幕臣達は楽観論を吐くばかりです。美作守殿もそれに同調するだけ、本当にそう思うのかと問うと視線を逸らすばかり……。情けないほどに頼りになりませぬ。公方様もお悩みだと言うのに何の役にも立たない。それに比べて右少将様は……。

「ほうっ」

出るのは溜息ばかりです。

養母の日々典侍が夢中だというのも分かるような気がします。思慮深く頼り甲斐が有るのに向こう見ずなところが有って目が離せないのでしょう。守りたくも有り守られたくも有り、不思議な気持ちにさせられるのだと思います。目々典侍には娘は居ますが男子は居りませぬ。可愛いのだと思います。

私も息子を十年ほど前に失いました。未だ十六歳でした。駿河の富士川で溺死したということで息子の死に顔を見る事も出来なかった……。声が枯れるほどに泣きました。そんな私を慰めてくれたのが公方様です。公方様を息子と思うことで私は正気を保てました。あの方がいらっしゃられなければ私は狂っていたかもしれませぬ。

右少将様は今十二歳、あと四年で息子に追いつきます。一体どんな殿方になるのか……。

「ほうっ」

また溜息が……。


永禄二年（一五五九年）　十月上旬　　山城国葛野・愛宕郡　　室町第　　足利毬

「御台所様には御機嫌麗しく、春日、心からお喜び申し上げまする」

何言ってんのよ。私の気分はね、貴女が来るまでは曇り空だったけど今じゃ雨が降ってるわ。土砂降りにならなければ良いけど。

「貴女も元気そうで何よりね」

「はい」

お互いにっこりしてるけど心の中は別よね。私も貴女も。

「それで、何の用かしら？」

春日局が〝お人払いを〟と願ってきた。はあ、人払い？　面倒な女ね。人払いを命じると控えていた侍女達が下がった。

「お側に寄らせてもらいまする」

「……」

春日局が膝で躙り寄ってきた。大丈夫、私に危害を加える素振りは無い。

「昨夜、右少将様をお訪ねしました」

まじまじと春日局の顔を見た。春日局が困ったように笑う。冗談じゃないようね。

「何故、そんな事を？　皆に知られたら問題になるわよ。それに私に話して良いの？」

「他に話せる人が居りませぬ」

寂しそうな表情をしている。

「貴女様は関東の事、如何思われます？」

「如何って、難しいんじゃない。右少将殿の言う通りだと思ったわ」

春日局が頷いた。

「私もそう思います。ですが殿方達は……」

「相変わらずよね」

「……はい」

春日局が唇を噛み締めている。室町第では右少将殿の警告を誰も真摯に受け止めようとしない……。あそこまで忠告してくれたのに……。

「公方様は幕臣達《みな》をがっかりさせたくない、幕臣達も公方様を傷付けたくないと……。互いにそこから眼を逸らしておりまする」

呆れた、溜息が出た。春日局が笑った。

「如何したの？」

「貴女様は右少将様に似ておられますな。あの方も呆れておられました」

「……そう」

ちょっと戸惑った。本当なら敵意を向けられても良いんだけど……。

「関東制圧の機会は二回有るそうにございます」

「聞いたの？」

「はい。本当に無理なのか、何か手は無いのか、教えて頂きたいと頭を下げました」

「……」

「私の事を哀れんでおられましたな。本当なら私では無く幕臣達から誰かが来る筈、それなのに……。いえ、本当に哀れんでいたのは私ではなく公方様、幕府かもしれませぬ」

春日局が唇をかみ締めている。公方様に、幕臣達に失望しているのかもしれない。溜息が出そうになって慌てて止めた。

「……」

「此度は無理だと言われました。ですが機会はもう一度来る、五年後か、十年後かに来る筈だと

「……」

「多分、口にはされませんでしたが二度目の機会も厳しいのだと思います。ですが希望を持つ事が出来ます。公方様を励ます事が出来る」

「……」

嫌な女だけど幕臣達よりはましだわ。少しだけど、認めても良いわ。

「御台所様は公方様をお嫌いですか？」

「嫌いよ」

すっと答えが出ていた。春日局は〝そうですか〟というだけで私を非難しない。理由を言うべきね。一つ息を吐いた。

「私はね、春日。強い殿方が好きなの。強くて頼れる殿方が。そして私を守って欲しいの。その人と一緒に居れば絶対安心、何の心配も無い。私はそんな殿方が好きなの。今の世が乱世だから」

「右少将様の様にでございますか？」

「そうよ。弱くて頼りない殿方なんて御免よ」

はっきりと言っていた。言い過ぎたかしら？……変なの、春日局は黙って聞いている。

「怒らないの？」

問い掛けると春日局が苦笑を漏らした。

「怒れませぬ、本当の事でございますから。殿方としてみれば確かに公方様は頼りのうございます」

「……」

「ですがそれは女として見ればの事、母として見れば別でございます」

春日局が私を見た。

「私は一度子を失いました。晴資、もう八年が経ちました」

「……」

「公方様と同い年ですから生きていれば二十四になりましょう」
二十四、八年前、……では亡くなった時は十六歳……。
「先代の公方様、義晴公は日野家から御台所を迎えませんでした」

そう、それまでは御台所は日野家から迎えるのが慣わしだった。でも義晴公、当代の義輝公は近衛家から御台所を迎えた。それが叔母上と私……。

「その所為でしょうね、義晴公は晴資を可愛がりました。義輝公と同い年でしたからもう一人の息子と思ったのかもしれませぬ」

「……」

「義晴公の加冠によって元服し、従五位上、侍従に叙任されました。七歳の時でございます。そして十一歳の時に権左少弁に……、十五歳で五位蔵人へ。誰もが晴資を羨みました。私も晴れがましかったと思います」

優しい顔をしている。特に目が。

「ですが、その年に義晴公が自害なされました。晴資はそれを見てしまったのでございます」

「！」

驚いている私に春日局が悲しそうな笑みを見せた。

「晴資の心はその衝撃に耐えられませんでした。或いは義晴公を失った事で自分の将来に悲観したのか……。心を病み療養のために駿河へと下向しました。そしてその翌年、富士川を渡ろうとして溺死したのでございます。自害した、いや自害させられたのだという噂が流れました。真実は分かりませぬ」

「……」

春日局が肩を落としている。かける言葉なんて私には無い。ただ見ているしかない。

「悲しむ私を慰めてくれたのが公方様でございます。公方様を息子と思う事で私は正気を保てました」

「……そう……」

春日局と公方様の絆の強さ、その理由が分かったような気がした。春日局が私を見た。目が潤んでいる。なんで笑っているのよ！

「女というものは厄介なものでございます。御台所様の感じられる通り、殿方として見れば公方様は頼り無いと思う事ばかりにございます。腹立たしい事も歯がゆい事もございます。それ故に右少将様には魅かれましょう。ですが我が子として見ればその全てが愛おしゅうございます。母として、どうしても守りたいと思うのでございます」

春日局の目から涙が零れた。

「……馬鹿ね、何で笑っているのよ……、涙を拭きなさい！」

「申し訳ありませぬ。見苦しい所をお見せしました」

春日局が笑いながら涙を拭っている。やだ、私まで目が潤んできた。

「私は嫌よ。私は女なの」

何なのよ！　声が震えているじゃない。

「母親じゃないわ！」

春日局が〝はい〟と答えた。

「下がりなさい、春日局。不愉快です、私の前で泣くなど許しませぬ」

「はい、御無礼を致しました」

春日局が下がった。涙が零れてきた、拭っても止まらない……。私は母親じゃないわ！　好きでもない相手に嫁がされて、母親になんてなれるわけないじゃない……。

運上

永禄二年（一五五九年）　十月下旬　摂津国島上郡原村　芥川山城　三好長慶

〝殿〟という声と共に大叔父の三好孫四郎長逸が部屋に入って来た。

「お呼びとの事でございますが何かございましたか？」

そう言いながら座った。

「うむ、五日程前の事だが右少将が儂に会いに来た」

大叔父の表情が硬くなった。やれやれよ、敢えて笑いかけた。

「大叔父上、そう身構える事もあるまい」

「……そうは仰られましても……」

「右少将はな、儂に銭の相談に来たのだ」

「はて、無心で？」

思わず噴き出した。

「大叔父上、右少将が銭に困る事はあるまい。あそこは朽木からの援助が有る」

大叔父も笑った。朽木は二万石に領地を増やした。援助も増えていような。

「では銭の相談とは？」

「運上よ」

大叔父上が〝運上？〟と訝しげな声を上げた。

「淀川には葦が生えておろう」

「はい」

「それに運上をかけては如何かというのよ」

大叔父が〝ふむ〟と唸った。

「今はな、自由に刈らせている。だから早い者勝ちでまだ十分に成長していない物も刈り取ってしまうらしい。それをな、三好家で管理する事で十分に成長してから刈らせる」

「なるほど」

大叔父が頷いた。

「運上はどの程度になりますので？」

「鳥養兵部丞に調べさせた。ざっとだが四千貫から五千貫になるという話であったな」

「なんと！」

大叔父が目を丸くして驚愕している。可笑しくて笑った。

「驚くであろう。儂も兵部丞から聞いた時は〝なんと！〟と叫んだわ」

大叔父が一瞬キョトンとした。そして二人で声を合わせて笑った。大叔父は膝を叩いて笑っている。

「まあ戦には銭が掛かるからのう」

「戦だけでは有りませぬぞ。何か事を起こそうと思えば先ず必要なのは銭にござる。銭無しでは動けませせぬ」

「うむ」

大叔父の言葉に頷いた。その通りよ、大名達が儂に一目置くのも御大喪、御大典で三千五百貫もの銭を献金したから。儂の財力に恐れをなしたからだ。

「しかし右少将様は何故そのような事を？　随分こちらに好意的ですが……」

大叔父が訝し気な表情を見せた。

「それよ、右少将はな、代わりに自分には宇治川の葦の運上を任せてくれと言ってきたのだ」

「宇治川の……、なるほど、そういう事で」

大叔父が合点がいったというように頷いた。

「しかし、上手く行きますかな」

首を傾げている。顔には懸念の色が有る。

「大叔父上の懸念は分かる。宇治川は足利が煩い、そういう事であろう?」

「はい」

「右少将はの、宇治川からの運上は三好家、幕府、朝廷、右少将の四者で均等に分けると言うのじゃ」

「なるほど」

大叔父が頷いた。

「我らが宇治川の葦に運上を掛けるのは難しくない。だが山城国は足利の領地じゃ、我等がそこで新たに運上を取れば煩かろう。だが朝廷がそこに絡むという形を取れば……」

大叔父を見た、大叔父が儂を見返した。

「幕府も文句は言い辛い、そういう事ですな」

「そういう事よ。朝廷の困窮は幕府にも責任が有るからの」

同じ川でも山城では宇治川、河内では淀川、面倒な事よ。

「それで、如何なされました」

「朱印状を渡したわ。宇治川での葦の運上を取る事を認める。その運上は三好家、幕府、朝廷、右少将の四者で均等に分けるものとする、とな」

「となると問題は幕府ですな」

「幕府も朱印状を出した」

大叔父が〃ほう〃と声を上げた。

「報せが有りましたか?」

「まあな。公方様も幕臣達もあまり乗り気ではなかったようだな。運上がどの程度の物になるか、分からなかったのだろう。それに武家の棟梁が銭の事を考えるなど、と思ったのかもしれぬ」

「愚かな事でございますな」

「ああ、全くだ」

所詮は室町第で幕臣達と夢を見ているだけの孺子《こぞう》よ。現実が分っておらぬわ。事を為そうとすれば先ず心配しなければならぬのは銭よ。

「しかし朱印状を出したと聞きましたが?」

「御台所と春日局が賛成したらしい」

「はて、あの二人、仲が悪いと聞いていましたが?」

大叔父が訝し気な表情をしている。可笑しかった。

「御台所が貧乏は嫌だと言ったそうだ。春日局もそれに賛成したらしい」

大叔父が笑い出した。

「男よりも女の方が現実的なようで」

「そのようだな」

二人で声を合わせて笑った。

「まあ、上出来よ。我らが淀川の葦から莫大な運上を得ていると分かれば幕府も宇治川から運上をという事を考えかねぬ」

「左様ですな、それを四が一に抑える事が出来た」

大叔父の言葉に頷いた。宇治川の葦が淀川の葦と同等の銭を生み出すのなら幕府に四千貫から五千貫の銭が入る事になるのだ。それが一千貫程で済む。そして儂の許には淀川の葦の運上全てと宇治川の葦の運上の一部が来る。

「全てが分れば公方様も幕臣達もさぞかし悔しがろうな。だが朱印状を出した以上、約束は守ってもらう。儂も朱印状を出したのだからのう」

大叔父が笑い出した。

「殿もお人が悪い、……それにしても妙な事を考えるものですな」

「妙な事か……、確かに公家にしては妙な事を考える。だがこれで朝廷に銭が入る事になる」

「なるほど」

大叔父が大きく頷いた。もう笑っていない。

これまでは朝廷には権威は有ったが力と財は無かった。だが多少なりとも財が有ればその分だけ武家への遠慮は要らなくなる。そして当然だがそれを成し遂げた右少将の立場は強化されるだろう。益々その動向から目が離せぬな。大叔父が深刻そうな表情をしている。困ったものよ……。

「大叔父上、右少将は敵ではないのだ。三好家に十分過ぎる程の利を齎した。そうであろう？」

大叔父が一つ息を吐いた。

「今はそうかもしれませぬが……」

「あれは敵ではなく味方にすべき者よ。あれが味方になればこれ以上心強い事は無い。そう思ったから筑前守を会わせたのだ」

「まあ、そうですな」

大叔父が一つ息を吐いた。……運上が入ったらその事を大体的に公表し右少将に感謝する必要が有るな。公方様を悔しがらせる事も有るが何よりも大叔父を抑えなければならぬ。さて、何を選ぶか……。


永禄二年（一五五九年）十一月上旬　山城国葛野・愛宕郡　平安京内裏　正親町帝

廷臣達がざわめいている。〝葦〟、〝運上〟という声が幾つも聞こえた。

「そなたは宇治川の葦に運上を掛けると申すか」

問い掛けると右少将が〝はっ〟と答えて畏まった。

「しかし、運上が取れるのか？　武家がそれを許すのか？」

私の問いに廷臣達の頷く姿があった。

「既に三好修理大夫殿からは運上に関する朱印状を頂いておじゃります。それには宇治川の葦に対して麿が運上を掛ける権利を持つということ。そして運上は三好家、幕府、朝廷、麿の四者で均等に分け合うと書かれてありまする」

ざわめきが大きくなった。

「幕府からも同様のものを頂いておじゃります。問題はありませぬ」

武家は反対しないというのか……。

「大丈夫なのか？」

不安に思って再度問い掛けると右少将が笑みを浮かべた。

「この山城国は足利家の領地となっております。しかし現実には三好家の勢力下に有るのも事実。三好家が運上を取るとなれば幕府が反発致しましょう。しかし幕府が運上を取るとなれば三好家が反発致します。そこで麿がその間に入ろうと提案したのでおじゃります」

「なるほど」

武家が反対していないなら問題は無いか……。そうか、右少将は最初に朝廷で話せば紛糾するだけだと見たのかもしれぬ。武家が賛成しているとなれば廷臣達も反対はし辛い。

「この上は畏れ多い事ではおじゃりますが勅許状を頂きたいと思いまする」

右少将が畏まった。

「皆は如何思うか？」

「畏れながら申し上げまする。運上は幕府、三好家、朝廷の三者で分け合うべきかと思いまする」

二条が右少将を省くべきだと言った。関白に近い右少将に反発が有るのだ。同意の声が幾つか上がった。右少将を妬む者は多いのだと思った。

「右少将は如何思うか」

問い掛けると右少将が一礼した。はて、何と答えるのか……。

「二条様、それは朝廷が武家に運上を分け与える、そういう事でおじゃりますか？」

「そうだ」

二条の返事に同意の声がまた上がった。右少将が笑みを浮かべた。

「麿は少しも構いませぬ。但し、武家と問題が起きた場合、あるいは三好家と幕府で運上に関して揉め事が生じた場合、どなたが間に入るのでおじゃります？　場合によっては命を失う事にもなりかねませぬが」

右少将が周囲を見回すと皆が視線を逸らした。

「それが切っ掛けでこの京で戦が起きるやもしれませぬ。責任は重大でおじゃりますな。二条様、二条様が間に入られますのか？」

右少将が問い掛けると二条が渋い表情で押し黙った。……頼りないわ……。

「どなたかおられませぬか？　自分が行うというお方は。先程は二条様に随分と同意なされておりましたが」

「……」

皆が押し黙ったままだ。何故此処で自分が行うと言えないのか……。

「無いようでおじゃりますな。では運上は三好家、幕府、朝廷、麿の四者で均等に分け合う。その分与は麿が責任をもって行う。それでよろしゅうおじゃりますな」

「……」

右少将が私を見た。

「反対は無いようでおじゃります」

「うむ、ではそのように勅許状を作り右少将に差し渡そう」

「有り難き幸せ」

右少将が頭を下げた。

「右少将、運上だが如何程になるのか？」

問い掛けると右少将が首を横に振った。

「やってみなければなんとも……。ただ、宇津左近大夫が小野庄、山国庄を横領し返還の目途も立ちませぬ。少しでも朝廷の困窮を救う足しになればと……、そう思っております」

そうか、御大葬、御大典も費えで苦労した。それを考えての事か……。

「それに、再来年には春齢姫を邸に迎える事になりますので……」

「そうだな、それも有ったな」

「……」

「そなたの献策、心から礼を言うぞ」

「はっ、畏れ入りまする」

右少将が畏まった。どの程度の物になるのかは分からぬ。だが多少でも無いよりはましであろう。

なにより右少将が武家と交渉して得てくれたのだ。その事が大事ではないか……。

永禄二年（一五五九年）　十二月上旬　　山城国葛野郡　　桔梗屋　　黒野影久

「遅いな」

〝はい〟と葉月が答えた。

「……桔梗屋は大分繁盛しているようだな。奥に居ても賑わいが聞える」

「それはもう、この数年、桔梗屋ほど商いを大きくした店はございますまい」

葉月が笑いながら答えた。

「笑いが止まらぬか」

「はい」

未だ笑っている。困ったものよ。

「来たようでございますな」

「そうだな」

暫くしてスッと戸が開いた。〝遅くなりました〟と言いながら山川九兵衛が部屋に入って来た。後ろ手で戸を閉めると俺の正面に座った。葉月は俺と九兵衛の斜め横に座っている。

「申し訳ありませぬ、出掛けにお客様がいらっしゃいまして……」

「ほう、誰かな？」

「松永弾正様にございます」

葉月と顔を見合わせた。三好修理大夫の信頼厚い弾正が右少将様を訪ねた……。つい先日まで大和で戦をしていた筈。筒井氏の本拠筒井城を陥落させ平群谷を焼き筒井方の十市氏を破った。戦も相当に出来ると証明したが……。

「帰還の挨拶か？」

「某もそう思いましたが……」

「違ったか？」

九兵衛が頷いた。

「三好修理大夫様が嫡男の筑前守様に家督を譲るそうにございます」

「なんと、真か？」

問い返すと九兵衛が〝はい〟と答えた。

「居城の芥川山城も譲るそうにございます。本人は飯盛山城へ移ると」

思わず唸り声が出た。

「右少将様は何と？」

葉月が問うと九兵衛が微かに身動ぎした。

「河内、大和攻めに本腰を入れるつもりだろうと」

なるほど、芥川山城よりも飯盛山城の方が河内、大和へは移動し易いか……。その分だけ影響力も強まる。となれば……。

「畿内は荒れましょうな」

葉月がポツンと言った。俺と同じ事を考えたらしい。九兵衛も頷いている。

「そうだな、荒れるだろう。……稼ぎ時だな、葉月」

「はい、稼がせて貰います」

葉月が嫣然と笑った。

「その時の事でございますが……」

「如何した、九兵衛」

「弾正様は右少将様より廟堂へお伝え願いたいと」

シンとした。葉月も真顔に戻っている。

「弾正様は広橋権大納言様と縁戚関係に有るが……」

「報せていないようでございます」

義兄で有り武家伝奏である権大納言より右少将様を優先するとは……。

「右少将様にお仕えしてそろそろ三月か」

「はい」

「慣れたか？」

問い掛けると九兵衛が〝なかなか〟と首を横に振った。

「変わった御方でございます。慣れませぬ」

葉月が〝ほほほほほほ〟と笑った。

「確かに妙な御方でございます。宇治川の葦《あし》に運上を掛けようというのですから」

「まあ、そうだな」

三人で顔を見合わせて笑った。変わった御方よ、とても公家には思えぬ。

「ところで、今日某を呼び出された理由は？」

九兵衛が俺と葉月を交互に見た。

「浅井に動きが有った」

九兵衛の顔が引き締まった。

「越前の朝倉と密かに接触をしている」

「……」

「そして六角家の家臣、肥田城の高野瀬備前守とも接触している。備前守は六角家に不満を抱いているらしい。伊勢で父親が討死した。戦は勝ったにも関わらず恩賞が無いとな」

九兵衛が〝それは〟と吐いた。

「しかし浅井の嫡男には六角から娘が嫁ぐ筈ですが？」

「婚儀の準備は順調に進んでいる。年が明ければ輿入れだ」

シンとした。九兵衛は考え込んでいる。浅井は婚儀の準備の裏で六角に不満を持つ高野瀬と接触している。そして朝倉との接触、それが何を意味するのか……。

「浅井は割れているので？」

「分からん。その辺りを今調べている。右少将様にはそのようにお伝えしてくれ」

「……承知しました」

「彼方此方で妙な動きが有る。その方も油断はするな」

九兵衛が〝はっ〟と畏まった。

右少将様は以前から浅井の動きに関心を示していた。或いは何らかの伝手で浅井が反六角で動くとの確証を得ていたのかもしれない。となれば戦という事は十分に有るだろう。浅井・朝倉対六角……、こちらも大戦だな。眼は離せぬ。


永禄二年(一五五九年)　十二月上旬　山城国葛野・愛宕郡　平安京内裏　目々典侍

自室に居ると〝目々典侍様〟と声を掛けられた。廊下に女官が控えている。顔を伏せている、容貌は分からない。

「如何しましたか?」

「帝が典侍様をお呼びでございます。急ぎ清涼殿《せいりょうでん》へ」

「清涼殿へ……、分かりました」

立ち上がると女官が頭を下げて立ち去ろうとする。横顔がチラッと見えた。長橋に仕える女官だと分かった。

帝の許へと急ぐ。先程の女官、声が硬いように感じた。気の所為ではないだろう。顔を見せるのを避けるような素振りをしていた。勾当内侍に近いのかもしれない。だとすれば飛鳥井の者達を避けようとするのも分からないではない。清涼殿に着くと何人かの公家が居て私を見た。

「目々典侍にございまする」

廊下に腰を下ろし声を上げると奥から〝目々か〟と声があった。

「近くへ」

「はい」

立ち上がろうとすると〝皆は外せ〟と声が有った。若い公家が不満そうな表情を見せたが席を立つ。すれ違う時に舌打ちする者が居た。庭田侍従……。

帝の御傍に近付く。人払いもしてある、遠慮は無用だろう。一間程の所に腰を下ろすと〝もっと傍に〟とお言葉が有った。一礼して一躙《にじ》り、二躙りすると〝今少し〟と御声が有った。更に二躙りすると帝が頷かれた。

「先程右少将が参った」

「左様でございますか」

はて、右少将が？

「三好修理大夫が家督を筑前守に譲ったらしい。松永弾正からそのような報せを受けたそうだ。それでの、朕に報せに来た」

修理大夫が隠居？

「……その事、広橋権大納言様からは……」

帝が首を横に振られた。無い？

「弾正は権大納言よりも右少将を選んだようだ。右少将から朝廷に伝えてくれと頼まれたと聞いた。内府の件があるからの、広橋は避けたのかもしれぬ」

なるほどと思った。それにしても権大納言よりも右少将を重んじるとは……。宮中に居る時よりも邸に移ってからの方が右少将の重みを感じるようになった。

「修理大夫殿は未だ四十には間が有ると思いましたが？」

帝が〝そうだな〟と頷かれた。

「だが隠居は以前から考えていたのであろう。右少将と筑前守の会談はそれを睨んでのものだと以前に太閤から聞いた事が有る。朕もそう思う」

「……」

あの会談にそんな意味が……。

「修理大夫は芥川山城から飯盛山城に移るそうだ」

「では芥川山城に筑前守殿を？」

お訊ねすると帝が頷かれた。家督だけではなく城まで……。

「右少将は修理大夫は河内、大和攻めに力を入れるつもりだろうと言っている。隠居はそのためだとな」

「右少将がそう言うのなら間違いは無いと思います」

帝が声を上げたお笑いになられた。可笑しそうに私を見ている。

「自慢の息子か。……そなた、相当に親馬鹿だな」

「まあ、酷うございます」

今度は二人で声を合わせて笑った。揶揄《からか》われても怒れない。親馬鹿だという自覚は多分に有る。

「まあ、朕も右少将の見方は正しいと思っている。三好と畠山が戦う事になろう」

「となりますと……」

帝が頷かれた。

「室町が如何動くか……、気になるところでは有る」

「はい」

同意すると帝が一つ息を吐かれた。

「公方は現状に強い不満を持っておろう。そして三好の存在を疎ましく思っている筈だ。となれば両者の調停を行うよりも畠山のために動こうな」

十分に有り得る。となれば……。

「六角でございましょうか？」

帝が沈痛な表情で頷かれた。六角が動けば大戦になる。

「右少将に問われましたか？」

帝がまた頷かれた。

「何と？」

今度は首を横に振られた。右少将は答えなかった？

「直ぐに戦という事は無かろうと。どうなるかは分からぬと」

「それは……」

「六角が動けば大戦になる。朕はそう思い問うたのだが右少将は何やら思い悩むようであったな」

「……」

「周囲に人が居たからの、あの場で話すのは控えたのかもしれぬ」

有り得る事だ。となると桔梗屋が絡んでいる？

「私を此処へお呼びになられたのはそれを確認しろとの事でございましょうか？」

帝が頷かれた。

「万一の場合はこの京が戦場になる可能性も有る。関白が居らぬ今、朕が頼れるのは右少将だけじゃ。そう思うとな、不安でならぬ。本来なら夜にでもそなたに頼もうと思ったのだが……、ついそなたを呼んでしまった。頼めるか？」

「承知しました」

一礼して御前を下がった。あの子が何を考えているのか、確かめなければ……。

永禄二年（一五五九年）　十二月上旬　　山城国葛野・愛宕郡　　平安京内裏　　飛鳥井基綱

「養母上、春齢姫、おはようございます。変わりはおじゃりませぬか」

朝廷に出仕したら最初にやるのは養母の部屋を訪ねて朝の御機嫌伺いだ。まあ変わりなんか有る筈が無い。精々あっても春齢が食べ過ぎで胃もたれがするなんて騒ぐくらいだ。通常は養母が〝有りませぬ。そなたは如何ですか〟と笑顔で聞いてくれる。あれ？　なんか怖い顔してるけど……。

「待っていたのですよ」

「待っていた？」

いきなり養母と春齢の二人に躙り寄られた。養母の目が座っている。思わず腰が引けた。

「三好と畠山の事です。帝から六角について御下問が有った筈です。そなたはそれに答えなかった」

うん、まあそうなんだな。

「帝は京が戦場になるのではないかと御心を痛めています」

「その心配は無用におじゃります」

「どういう事です？」

あ、なんか顔が怖いんだけどな。

「浅井が六角から離れようとしています」

養母と春齢が顔を見合わせた。

「真ですか？　浅井は嫡男が六角から嫁を娶ると聞いていますよ」

うん、俺も聞いている。

「昨日、邸に戻ると浅井と朝倉が使者の遣り取りをしていると報せが有りました。それに浅井は六角配下の国人衆、高野瀬備前守を調略しようとしています。婚儀はおそらくは六角を油断させるためでおじゃりましょう。浅井の離反が明確になれば六角はそれを放置は出来ませぬ」

六角にとっては足元が揺らいでいるのだ。畿内に兵を出す余裕はない。

「桔梗屋ですか」

「……そうです」

「兄様、桔梗屋って何者なの？」

春齢が問い掛けてきた。養母も俺をじっと見ている。

「私もその事は気になっていました。疑っているわけでは有りませぬよ。これまで協力してくれたのですから」

「……」

「答えが無いのは知る必要は無いという事ですか？」

思わず溜息が出た。

「そうでは有りませぬ。知らぬ方が良いという事でおじゃります」

養母と春齢が顔を見合わせた。

「西洞院大路の麿の邸ですが見張られているようです」

二人が驚いている。

「何者です？」

養母が心配そうな表情で訊ねてきた。春齢も心配そうな目で俺を見ている。

「三好ではないかと思いますが確証は有りませぬ。幕府にも朝廷にも麿を敵視している者がおじゃりますからな」

「……」

「麿のために密かに働く者が居る、母上も春齢姫もそんな事は知らぬ方が良いのです。その方が安全です」

養母が溜息を吐いた。春齢も目を伏せている。

「偶然ですか？」

「偶然？」

「修理大夫殿の隠居です。浅井の件と繫がってはおりませぬか？」

なるほど、そういう見方が有るか。畠山を孤立させるために三好が浅井を唆した、……有るかな？　無いとは言えないが……。

「おそらくは無いと思います。麿と筑前守殿の会見が行われたのは修理大夫殿が隠居を決めたからでしょう。あれは半年も前の事です。つまり修理大夫殿は半年以上前から隠居と畠山攻めを決めていた、そして準備をしていた事になる」

「……」

「麿はそれより前から浅井、朝倉の動きには注意して欲しいと葉月に頼んでいました。そして昨日、浅井に動きが有ると報告が来た。繫がっているのならもっと前に動きが見えた筈です」

二人が頷いた。

朝倉の狙いは若狭だ。だが若狭の武田は公方と姻戚関係にあり六角左京大夫とも血縁関係にある。攻め込めば六角との戦になりかねない。だが浅井が朝倉の味方に付けば……。浅井と朝倉、どちらが先に声を掛けたのかは分からない。だが互いに利が有ると見たのだ。協力出来ると。その事を言うと養母と春齢が頷いた、

「では偶然ですか」

「多分、偶然でしょう」

京の近くには二つの火薬庫が有るのだ。その一つが河内、こいつは畠山と三好が争う。もう一つが若狭だ。河内に比べれば注目度は低いが若狭は朝倉、浅井、六角、三好が関与する事になる。そしてそのどちらにも足利が絡んでくる。紛争を利用して三好を抑えようとする筈だ。

「養母上、今の事、余人を交えずに帝にお伝えください。それと絶対に他言はなさらぬようにと」

「……」

「朝廷が浅井の離反を知っていた等という噂が立てば武家は朝廷を危険視しましょう。知っていても知らぬ振りをする。力の無い者は時に無能である事を装わなければ生きていけませぬ」

養母が大きく息を吐いた。

「分かりました。帝にはそなたの言う通りにお話ししましょう」

「お願いします」

また養母が息を吐いた。

「乱世を生きるというのは難しいのですね」

その通りだ。朝廷には権威がある。侮られても滅ぼされる事は無い。ならば知らぬ振りをした方が賢明だろう。


永禄二年（一五五九年）　十二月上旬　山城国葛野・愛宕郡　平安京内裏　正親町帝

「そうか、浅井が六角から離れるか」

「はい」

臥所の中、目々が身体を寄せながら答えた。

「なんとのう……。ならばあの場では答えられぬか」

「……」

三好と畠山だけではない、六角と浅井の間でも戦になるか……。嘆かわしい事では有るが京が戦に巻き込まれる可能性は少なくなった。それだけは救いではある。

「それにしても右少将は浅井の離反を如何やって知ったのだ？」

「……」

目々が身動ぎしたが答えは無い。

「朕にも言えぬのか？」

「そうでは有りませぬ。私も知らぬ方が良いと言われまして……」

「ほう」

声が弱い。目々は困っているのかもしれぬ。

「朝廷が耳聡くては武家が危険視するだろうと……」

「なるほど」

「それ故、この件は帝にも他言は無用にと念押しして欲しいと……」

「うむ」

道理である。武家に畏れられるのは本意ではない。……浅井が六角から離れる事、公方は知るまいな。或いは三好も知らぬかもしれぬ。六角も……。

「ふふふふふ」

思わず笑い声が漏れた。

「如何なされました?」

驚いたのだろう。目々が頭を上げて問い掛けてきた。

「皆が知らぬ事を朕は知っている。その事が可笑しかったのよ。もっとも、朕も知らぬ振りをするがの」

「まあ、御人が悪い」

そう言った目々も笑っている。無力では有る、だが無力なだけではない。朝廷はそうなるのかもしれない。

「そなたの養子《むすこ》は頼りになるの」

「はい」

声が弾んでいる。

「可愛いか?」

「それはもう」

可笑しかった。また笑い声が出た。気持ちは分かる、自分もあの者が可愛い。頼りになる。

「朕にとっても息子のようなものじゃ。将来が楽しみよ」

「畏れ多い事でございます」

あの者なら春齢を守ってくれよう。安心して託せるわ……。


永禄三年（一五六〇年）　二月上旬　山城国葛野・愛宕郡　平安京内裏　飛鳥井基綱

「今年も新年の行事は殆ど出来ませんでした。嘆かわしい事です」

養母が溜息混じりに嘆いた。伯父の権中納言飛鳥井雅春、従兄の左近衛権少将飛鳥井雅敦、春齢が頷いた。

「来年は少しは違いますか？」

養母が俺に問い掛けると皆が俺を見た。

「それは、未だ分りませぬ。運上がどの程度のものになるのか、それ次第でございましょう」

宇治川の葦に運上をかける。まあ石田三成で有名な話だがそれを先取りしようというわけだ。大体三十年程先取りする事になるな。ごめんね、三成君。君の事は決して忘れないよ。葦に運上をかけて儲かるの？　と現代人なら思うだろう。儲かるのだよ。葦は乾燥させることで茅葺き屋根や葦簀、漁の道具の材料にもなる。肥料にもなるという生活必需品だ。去年は時期が過ぎていて無理だったが今年からは運上が入る。

「それにしても葦に運上をかけるとは……、良くも考えたものよ」

伯父が首を横に振った。ちょっとくすぐったい、もう一回謝っておこう。ごめんね、三成君。石田三成は一万石相当の軍役を務めると言った。つまり銭で換算すると大体五千貫程に成る。ただなあ、この話もあやふやなところが有って何処まで信じて良いのか……。

運上を取ったのは事実だろうと思う。宇治川と言うからには山城国内の筈だ。山城国の外から大阪湾までは淀川と呼ばれている。山城国内の葦だけで五千貫になるのかな？　まあ話半分でも二千五百貫にはなる。決して小さくはない。もっとも全てが俺のものになるわけじゃない。そんな事をしたらやっかまれるだけだ。

「まあこちらの領地は三好家、六角家から献上されたものでおじゃります。禁裏御料という形にはしましたが何時無くなるか分かりませぬ」

俺の言葉に皆が頷いた。

「それに今は朽木家から援助が有りますが何時までも朽木家を頼る事は出来ませぬ」

俺以外の四人が顔を見合わせた。

「知っての通り、六角家と浅井家が手切れになりました。戦になりましょう。それが如何影響するか……」

「厳しいかの？」

俺が伯父の言葉に答えるとまた四人が顔を見合わせた。浅井猿夜叉丸、元服して新九郎賢政と名乗ったが六角家から迎えた妻を送り返した。六角からの自立を宣言したわけだ。野良田の戦いが始まろうとしている。

「六角が勝つのでは有りませぬか？」

養母が訊ねて来た。そうだな、国力の違いから見ればそう考えるのが妥当だ。だが史実ではそうならなかった。野良田の戦いで六角は破れ浅井は自立する。自立した浅井は信長と同盟を結ぶ。そして徐々に高島郡へと勢力を伸ばす事になる……。となれば朽木は兵を増強しなければならない。

銭を使って……。一度朽木に行く必要が有るな。御爺、長門の叔父と話さなければ……。

「兄様は六角が負けると思うの？」

「さあ」

「右少将、浅井新九郎は父親の下野守を追い出したと聞いた。浅井家は割れていると聞いたが……」

従兄の雅敦が首を傾げた。それが本当なら良いんだがな。鞍馬忍者からは浅井の後ろには朝倉が居ると報せが有った。浅井は用意周到に事を運んでいるとしか思えない。元服したばかりの新九郎にそんな事が出来たのか……。

「まあ用心は必要かと思います。備えも」

四人が曖昧な表情で頷いた。永禄三年、西暦千五百六十年は日本史の中では重要な年だ。皆が桶狭間の戦いを連想するだろう。だがもう一つ、野良田の戦いが有る。この戦いで六角が敗れ浅井が自立した事が後の世にどれほど大きな影響を及ぼしたか……。その大きさは桶狭間にひけをとらない。そして両方の戦いで敗れたのは優勢だった名門の守護大名家だった。永禄三年は乱世に必要なのは血ではなく実力なのだと証明された年なのだ。

「だから運上か」

「はい」

運上の話は最初に三好に持って行った。修理大夫が隠居して飯盛山城に引っ越す前の事だ。淀川の葦に運上をかけては如何かとね。修理大夫は直ぐに喰い付いてきたな。戦は金が掛かる。新たな財源は大歓迎というわけだ。そして俺には山城国内の宇治川の葦に運上をかける権利をくれと言った。銭が入れば朝廷、足利、三好にも献金すると言ってね。

修理大夫はちょっと考えていたが了承して朱印状を書いてくれた。山城国というのは色々と面倒なのだ。三好の勢力範囲に有るが此処は足利の直轄領だ。そして朝廷も有る。三好が勝手に運上をかけたとなれば義輝や幕臣達が大騒ぎするだろう。という事で俺に任せてよと言うわけだ。その後は義輝の元に行って宇治川の葦に運上をかける権利をくれと言った。

義輝も幕臣達も首を傾げていたが春日局と毬が賛成してくれた。春日局は失敗しても幕府に損はないし上手く行けば銭が入る。やらせてみればと言った。関東遠征の件の借りを返した、そんなところだろうな。毬は〝貧乏は嫌〟、その一言だった。義輝は渋い顔をしていたが了承して朱印状をくれた。春日局は毬に激しく同意していたから借りを返したというよりも銭に関心が有ったのかもしれない。意外と現実的だな。もしかするとあの二人、仲良くなったのかな?

その後は帝に話をした。帝も半信半疑だったがまあやってみようという事になった。帝からも宇治川の運上を取る事を許すという許し状を貰った。運上が入れば帝、三好、足利、俺の四者で四等分だ。二千五百貫でも一人当たり六百貫程になる。大体現代の金額にすれば一億円程だから年末ジャンボの一等が当たったようなものだ。うん、美味しいぞ。

実際の刈り取りから売買は葉月に頼んだ。大喜びだったな。胸をブルンブルンさせて笑っていた。

俺も嬉しい、二人で大笑いだ。葉月への報酬は利益の一割という事になっている。安いかな？　まあこの辺りは来年以降、調整していく事になるだろう……。

「伯父上、後で御邸に寄っても宜しゅうおじゃりますか？」

「如何したかな？」

「蹴鞠の練習をと思いまして」

伯父が顔を綻ばせた。

「良いぞ、雅敦と二人で技を競ってみるが良い」

従兄が〝負けないぞ〟と笑いながら言った。そして春齢が〝見たい〟と言う。うん、俺達は一族だな。


永禄三年（一五六〇年）二月下旬　　近江高島郡安井川村　　清水山城　　朽木稙綱

「随分と背が伸びたのではないか？」

「そんな事は無い。四尺七寸だ」

穏やかに孫が笑っている。右近衛権少将飛鳥井基綱、大きく見えるのは挙措が堂々としているからかもしれない。

「長く居られるのか？」

「いや、明日には帰る」

首を振る孫の姿に微かに落胆を感じた。寂しい事よ。

「随分と忙しいの」

「已むを得ん。関白殿下との約束だ、朝廷に出仕しなければならん」

長門守、蔵人、主殿、日置五郎衛門、宮川新次郎、荒川平九郎達が顔を見合わせた。ふむ、京の左兵衛尉達の言う通りか。我が孫は宮中では関白の代理人となっているらしい。

「それで、相談したい事とは何だ？」

「浅井と六角の事だ。もう直ぐ戦が起きるだろう。皆は如何見ているのだ？」

皆が顔を見合わせた。長門守が儂を見た、頷くと口を開いた。

「六角家が勝つと見ております」

「……そうか」

右少将の表情は厳しい。まさかとは思うが六角が負けると思っているのか？

「六角家より使者が参り馳走を願いたいと……、公方様からも口添えが」

「真か、長門の叔父上」

長門守が頷くと右少将が一つ息を吐いた。

「それで？」

「如何答えるか、迷っているところにござる」

右少将がまた一つ息を吐いた。

「右少将様、六角に味方するのは拙いとお考えでございますか？」

弟の蔵人の問いに右少将が頷いた。

「拙いぞ、大叔父上。浅井の後ろには朝倉が居る。簡単に六角が勝てるとは限らん」

〝なんと！〟、〝真で〟と声が上がった。

「それに浅井新九郎が父親の下野守を追い出し浅井は割れていると言われているが狂言の可能性が有る」

「狂言ですと？」

平九郎が素っ頓狂な声を上げた。余程に意表を突かれたのだろう。

「六角を油断させるためにな。大体元服をしたばかりの新九郎が誘って肥田城の高野瀬備前守が六角を裏切るというのも訝しかろう。備前守は浅井に勝ち目が有ると判断したから裏切ったのだ」

道理よ。彼方此方から〝なるほど〟、〝確かに〟と納得する声が上がった。

「桔梗屋か？」

僕が問うと右少将が頷いた。

「色々と調べて貰っている。浅井は相当に準備をしているようだ。新九郎の思い立ち等ではないな。六角がそれに気付いていないのなら危うい。負けるという目も出てくる」

厳しい口調、厳しい表情だ。皆がそれに飲まれたかのようにシンとした。

蠢動《しゅんどう》

永禄三年（一五六〇年）二月下旬　近江高島郡安井川村　清水山城　飛鳥井基綱

シンとしている。皆考え込んでいるな。六角が負ける、その事が信じられないのだろう。無理もない、六角は三好には及ばないものの間違いなく戦国のスーパーパワーだ。当代の左京大夫義賢に対する世間の評価も決して低くない。そして浅井といえば当主の浅井下野守は凡庸、新九郎は元服したばかりの若造、如何見ても勝てそうにない。

「では右少将様は兵を出すなと」

「その方が良い」

「しかし六角が勝った場合は如何します。永田、平井、横山、田中、山崎は兵を出すようです。後々面倒な事になりませぬか？」

長門の叔父御が問い掛けてきた。なるほど永田、平井、横山、田中、山崎か……。

「如何なのかな、永田達とは上手く行っているのかな？」

皆が顔を見合わせた。

「表向きは……。しかしかなり警戒しているのではないかと思います。朽木が高島を滅ぼしてからは以前よりも行動を共にする事が多くなりました。気を許していないのでしょう」

宮川新次郎が深刻な表情で答えると皆が頷いた。なるほど、一人では立ち向かえぬという事か。

……ちょっと不思議だ。此処に来ると口調が戻る。なんでだろう？

「それに当家が関を廃した事で商人達が永田達の領地を避け朽木に集まる様になりました。その事にも相当に不満を持っていると聞いております。徐々にですが朽木と永田達の関係は悪化していると言えましょう」

主殿も不安を隠さない。物が売れない、物が買えないか。経済制裁とは行かなくても相当に圧迫されていると感じているのは間違いない。朽木に対して相当な不満は有るだろう。

「皆が心配しているのは六角が勝てば永田達が六角の力を借りて朽木を攻めるのではないかという事だな？」

「その通りだ。今儂らが一番心配しているのはその事よ。兵を出さぬのは朽木を攻める口実を与える事になろう」

御爺が答えると皆が頷いた。いかんな、そんな話はこれまで聞いた事が無かった。もう少し連絡を密にしないと……。

「兵糧を送るのは如何だ？　先年の戦で高島の百姓兵が大勢死んだ。その所為で兵を出すのは難しい。だが何とか御力添えしたい、兵糧を送るので使って貰いたいと六角に言うのだ」

皆が顔を見合わせた。表情が明るい。〝良いかもしれませぬな〟と大叔父が言うと皆が頷いた。長門の叔父御が〝では兵糧を送る事で対応しよう〟と言って決定した。

「ところで、銭で雇った兵は如何かな？」

俺が問うと皆の視線が五郎衛門に向かった。

「まあ悪くは有りませぬ。鍛えれば鍛えただけ成果が出ます。それに戦となれば百姓から兵を集める必要も有りませぬ。その分だけ早く動けます」

「つまり、使えるのだな？」

確認すると五郎衛門が〝はい〟と頷いた。

「今は百人だったな。年内に増やす事は可能かな？」

「可能でしょう。綿糸の収入も有りましょうし秋の取入れが終わる頃には二百は増やせると見ております」

長門の叔父御が答えると平九郎が頷いた。なるほど、となると三百か。朽木は二万石、最低でもあと三百は雇わなければならん。

「三年以内に朽木の兵を全て銭で雇った兵にして欲しい」

俺の言葉に皆が顔を見合わせた。何人かが頷く。反対は無い、可能だという事だろう。

「戦が起きると見ているのか？」

御爺が問い掛けてきたから首を横に振った。

「分からん。だから備えだけは整えておいて欲しいのだ。常に六百の兵が有れば永田達も妙な事は考えんだろう」

皆が納得したように頷いている。

野良田で六角が敗れる。だがその事は六角の没落を意味しない。六角が没落するのはその三年後に起きる観音寺騒動が原因だ。観音寺騒動が起きたら永田達を潰す、そうすれば朽木は五万石ほどに成る。動かせる兵は千五百、国人領主では大きい方だろう。

「それと兵が揃ったら鉄砲を揃えてくれ」

「鉄砲？」

御爺が声を上げた。皆も訝し気な表情だ。鉄砲って高いし運用が難しいからな。国人領主で鉄砲を持っている奴なんて殆どいない筈だ。

「分かっている、使い勝手が悪いというのだろう。確かに野戦での運用は難しいが籠城戦なら結構使える筈だ」

今度は〝籠城〟と声が上がった。

「永田達が攻めて来るとお考えでございますか？」

「永田達とは限らん。今は戦国の世なのだからな」

長門の叔父御の問いに答えると〝確かに〟と頷いた。観音寺騒動の後、浅井は六角領へ侵攻する。最初は南下するがその後は高島郡が狙われる。清水山城で浅井を相手に籠城戦というのは十分に有り得る。備えは必要だ。

「もしだが、もし六角が敗れるようならば京の叔父上達を呼び戻した方が良いだろう」

俺の言葉に皆が顔を見合わせた。

「如何いう事だ？」

「これまでは近江は六角の下で纏まっていた。六角が敗れるという事はそれが崩れるという事だ。如何いう形になるかは分らぬが近江で戦が起きるだろう。朽木も存亡を賭けた戦をせざるを得ぬ時が来るかもしれぬ。力は結集した方が良い」

御爺の問いに答えるとまた皆が顔を見合わせた。

「それにな、六角の力が弱まるという事は相対的に三好の力が強くなるという事だ。つまり幕府の力は更に弱まるという事よ。幕府に出仕するというのは余り勧められぬし意味が有るとも思えぬ。それなら朽木に戻して万一に備えた方が良い。違うか？」

〝確かに〟、〝かもしれぬ〟という声が上がった。長門の叔父御も頷いている。

「俺が言うのもなんだが叔父上達は俺の叔父という事で幕府では相当に居心地の悪い思いをしているようだ、辛かろう。そういう意味でも戻した方が良いと思う」

「かもしれぬのう、ではそうするか？」

「はい」

御爺と長門の叔父御の会話に皆が頷いた。

これで良い。観音寺騒動まで三年有る。その間に叔父達には朽木で兵の調練に精を出して貰う。観音寺騒動後、永田達を攻め潰す。その時には軍を二手に分けて速戦で潰す必要が有る。そうでなければ浅井に付け込まれるからな。叔父達はその時の指揮官になるだろう。その後は各城に入って清水山城と連携して浅井に対抗する事になる。それに史実通りなら永禄の変も起きるだろう。叔父達を無駄に死なせる事は無い。

「叔父上、俺への援助だが利益の一割ではなくその半分にしてくれ」

ざわめきが起こった。御爺が〝おいおい〟と言っている。

「全体的に利益は増えているからな、半分でも十分だ」

「宜しいのでございますか？」

「叔父上も色々と物入りだろう。特に銭で兵を雇うとなればな。それに俺も銭を稼げそうなのでな、心配は要らぬ」

長門の叔父御が申し訳なさそうな口調で〝ではそのように〟と言った。まあこれで朽木家のお荷物なんて言われずに済むだろう。援助を受けるのも楽じゃないよ……。


永禄三年（一五六〇年）　三月上旬　山城国葛野郡　近衛前嗣邸　飛鳥井基綱

「朽木へ行っていたと聞いたが？」

「はい、久しぶりに祖父の顔を見て参りました」

「ふむ、民部少輔は元気でおじゃったかな」

「はい、風一つひいてはおじゃりませぬ」

太閤近衛稙家が嬉しそうに頷いた。こっちに戻ったら公家の口調に戻った。使い分けているわけじゃないんだけどな、妙な感じだ。

「ふむ、六角と浅井の事かな？」

「……」

「右少将は六角が負けると見ておじゃるのかな？」

太閤がジッと俺を見ている。鋭いな、この親父。

「戦に絶対という言葉はおじゃりませぬ」

「なるほどのう」

太閤が二度、三度と頷いた。

「六角が朽木に兵を出して欲しいと要求したらしいが」

「はい」

「公方の口添えも有ったと聞く」

「朽木は先年の戦で高島の兵をかなり殺したそうでおじゃります。兵を出すのは当分難しいようで」

「……」

「困っていたようなので代わりに兵糧を送っては如何かと勧めました」

太閤が〝左様か〟と言った。ふむ、騙されてくれるかな？　まあ、嘘だと思ってもこちらの言い分を否定するのは難しいだろう。

「先日、毬が参った」

「左様でおじゃりますか、良く見えられますので？」

太閤がクスッと笑った。

「以前ほどではないがの」

なるほど、慶寿院に絞られて少しは自重するようになったらしい。

「幕府内部では六角が勝つ、浅井は何を考えているのかという声が上がっているようでおじゃるの。六角が負けるという声はおじゃらぬらしい」

「……左様でしょうな」

まあ順当に考えるならそうなんだ。間違いとか甘いとか非難は出来ない。

「そのせいかの、幕府の目は近江よりも河内を注視しておじゃる」

「はい」

畠山に反三好の色が強くなりつつある。徐々に徐々にだが河内で三好の勢力が強まりつつある。実際北部は三好領だ。その事に危機感を抱いたらしい。特に修理大夫が隠居して飯森山城に移った事が畠山の不安感を煽った。後顧の憂いなく河内を攻めるつもりではないかと思ったのだろう。

「戦になると思うかな?」

「なりましょう」

答えると太閤が頷いた。畠山が河内を死守しようとすれば三好と戦って勝つしかないのだ。しかしな、状況は圧倒的に不利だ。大和の北部を松永弾正が支配下に置いた事が大きい。河内は周囲を三好に囲まれているのだ。

「六角が動ければという声があるようじゃの。浅井は散々じゃ、身の程知らず、愚か者とな」

「左様でございましょうな」

畠山は六角との共同作戦を考えた筈だ。だが浅井の問題で六角は動けない。畠山は運が無いな、そして三好は運が有る。

「まあどうなるか、近江も河内も眼が離せぬの」

「はい」

全く同感だ。だがな、畿内と近江ばかりを見てはいられない。そろそろ東海でも動きが出る筈だからな。ん、なんだ？　太閤が俺を見て笑っている。

「右少将の事も話題になるらしいぞよ」

「……」

「例の葦の運上の事じゃ。まるで商人のようじゃとな」

思わず苦笑が漏れた。太閤が〝ほほほほほほ〟と笑い声を上げた。

「怒らぬのかな？」

「褒められて怒る人間はおじゃりますまい」

太閤が〝褒める？〟と驚いている。

「自らの力で銭を稼ぐ事が出来るという事でおじゃります。褒めているという事ではおじゃりませぬか？」

〝ほほほほほほ〟とまた太閤が笑った。

「そなたは変わっておるのう。真、面白いわ」

銭は力なのだ。足利義満だって勘合貿易で銭をガバガバ儲けた。その銭で権勢を強めたのだ。いざとなったらそう言ってやるさ。幕府の阿保共も口を閉じるだろう。

永禄三年（一五六〇年）　三月中旬　　　山城国葛野・愛宕郡　　室町第　　小侍従

「如何なされたのでございます？」

「うん？」

「お元気が有りませぬが？」

公方様が〝うん〟と頷かれた。憂鬱そうな表情をしていらっしゃる。私の部屋に来てもう小半刻が過ぎた。でも来たときから鬱屈した様子は変わらない。もう一度訊ねようか？　いえ、しつこくしては却ってお気が塞ぐだろう。

一人にして差し上げた方が良いのだろうか？　そんな事を考えて迷っていると公方様が〝ほうっ〟と大きく息を吐かれた。驚いていると公方様が私を見て困ったようにお笑いになられた。

「小侍従」

「はい」

「予は無力だな」

「……左様でございますね」

公方様が苦笑を漏らされた。こういう時は変に気遣いしない方が良い。気遣えば却って傷付くだけだろう。

「何がございました？」

「……」

「私に話せばお気が晴れるかもしれませぬ。話してみては如何でございますか？　それとも私は信用出来ませぬか？」

悪戯っぽく訊ねると公方様が苦笑を漏らされた。

「そのような事は無い。……うん、そうだな、そなたに聞いてもらおうか」

公方様が寂しそうな顔をしている。胸が締め付けられそうな気がした。

「何一つ上手くいかぬと思ったのだ」

「……」

「三好が畠山を挑発している。畠山は六角と組んで三好に当たりたいと思っているのだが浅井が六角から離れた。左京大夫からは浅井を放置は出来ぬ、畠山と連合して三好を討つ事は無理だと返事が来た」

「六角と浅井の調停をなさっては如何でございます？」

公方様が力無く首を横に振られた。

「無駄だ」

「……」

「浅井新九郎は六角から来た妻を離縁した。それに六角配下の国人衆を調略で寝返らせた。左京大夫はこればかりは絶対に許せぬと言っている。予の調停など受け入れる事は無い」

「……浅井は、……勝てるのでしょうか？」

「勝てまい」

公方様が首を横に振られた。

「しかしな、小侍従。浅井と戦をすれば勝っても直ぐに三好と次の戦とは行かぬ。後始末をせねばならぬし改めて戦の準備をせねばなるまい。兵糧の問題もある。六角が動けるのは秋が過ぎてからであろうな」

「……」

半年以上先、それでは……。

「畠山には六角を待てと伝えたが……」

公方様が溜息を吐かれた。

「難しかろうな。三好がそれを許すとも思えぬ」

背が丸まっている。余程に落胆したのだと思った。

「浅井が自立などしなければ六角と畠山で三好に思い知らせてやれたものを……」

公方様が〝ホウッ〟と息を御吐きになった。

「それでお苦しみだったのですか？」

公方様が私を見た。

「そうだ、いや、違うな。……それも有る、かな……」

「と、仰られますと？」

「……」

唇を噛み締めて押し黙っている。

「公方様？」

公方様が〝ホウッ〟と息を御吐きになった。

「六角が浅井との戦に朽木に兵を出す様にと要請した。味方しろとな。予も口添えしたのだが……」

「……断ったのでございますか？」

公方様が頷かれた。

「六角のために兵を出す事を嫌ったのではございませぬか？　朽木と六角の関係は必ずしも円滑ならずと以前父に聞いた覚えがございます」

問い掛けると〝分からぬ〟と公方様が首を横に振られた。

「それも有るのかもしれぬな。長門守からは先年の戦で高島領の百姓兵を大分殺した、とても兵を出す事など出来ぬ。兵糧を代わりに送ると返事が来た」

兵糧を送る？　六角にあからさまな敵対は出来ないという事かしら？

「おかしな返事ではない。十分に納得出来る理由だ。それに兵糧が無くては戦えぬからな。予の要請を無視するという事ではない。だが……」

「……如何なされました？」

公方様が私を見た。哀しそうな目をしている。

「予は疑ってしまうのだ。朽木が予から離れようとしているのではないかと」

「公方様……」

驚いて公方様の顔を見た。公方様がバツの悪そうな表情をなされた。

「愚かな事だな。朽木を疑うなど」

公方様が〝はははははは〟と御笑いになった。そして息を一つお吐きになった。

「朽木は足利に忠義の家なのだ。長門守は予の後押しで当主になった。予が三好に京を追われた時に頼ったのは朽木であった。あの地で五年もの間、予を支えてくれた。予が兵を挙げた時は予のための千五百貫の銭を用立ててくれた……。朽木程予のために尽くしてくれた家は無い。皆が朽木に不満を漏らすのも朽木なら今少し力になってくれても良かろう、朽木なら多少の我儘は受け入れてくれようと思うからじゃ……」

公方様が溜息を吐かれた。まるで私ではなく御自身に言い聞かせているような……。

「では何故朽木が離れると？」

公方様が私から視線を逸らした。

「……朽木は居城を朽木から清水山に移した。そして今回も兵を出そうとしない……」

「已むを得ぬ事なのではございませぬか？」

私を見た。

「そうだな、已むを得ぬ事なのだろう。朽木から届く理由は納得出来るものだ。だが……、飛鳥井右少将は民部少輔の孫なのだ。そして民部少輔は道誉一文字を右少将に与えた……」

「それは……」

「あの刀は父上が民部少輔に与えた物なのだ。足利への忠義を愛でこれからも忠義を尽くせとな。それなのに……」

公方様が唇を噛み締めている。〝フッ〟とお笑いになられた。

「弱いというのは惨めだな。力が無いから人が信じられぬ。皆が予を侮っているのではないか、馬鹿にしているのではないか、離れようとしているのではないかと疑ってしまう」

「……そのような事は……」

〝ない〟と言おうとして口を閉じた。公方様が首を横に振っている。

「良いのだ、庇わずとも……。母上はあの者なら武家の棟梁も務まるだろうと言った。御台所もあの男を誉める。伯父上も関白も同様だ」

「……」

公方様が大きく息を御吐きになられた。

「いや、違うな」

「違うとは？　何が違うのでしょう？」

問い返すと公方様が〝違うのだ〟と苦い表情で呟かれた。

「本当は予自身があの者に及ばぬと思っている事が理由だ」

「！」

驚いていると公方様が頷かれた。

「初めて会った時、予はあの者を憐れんでいた。予の口出しで朽木の当主に成れなかったのだ。予を恨んでいるのだろうと、だから御大喪から御大典、そして改元で予を蔑ろにしたのだろうと思った。……だがそうではなかった……」

公方様が私から目を逸らした。

「まだ子供だったが全く臆していなかった。話して分かった。あの者は前を見て歩いていた。予を恨んでなどいなかったのだ。強いと思った。むしろ気遣われたのは予の方だった。予こそ憐れまれていた……」

「……そのような……」

公方様が首を横に振られた。

「御大喪、御大典、改元、あの者が足利を無視したのは恨みからではない。足利が役に立たぬと思ったからだ。憐れまれるのも道理であろう」

「……」

「母上の仰られる通りだ。あの者なら武家の棟梁も務まるだろう。朽木の者達があの者を慕い民部少輔があの者に道誉一文字を与えたのも分かる。御台所が褒めるのもだ。あの者は強い、人を惹き付ける強さを持っている」

私は右少将様に会った事は無い。その為人は噂でしか聞いた事は無い。それでも多くの人が右少将様を頼りにしている事は知っている……。

「予には無い強さだ、……羨ましい事よ」

ポツンとした口調だった。

「あの者は頼られ、憎まれる事は有っても憐れまれる事、蔑まれる事は無い。だが予は頼られる事も無ければ憎まれる事も無い。……予に有るのは憐れまれる事と蔑まれる事だけだ。三好の者共の予を見る目で分かる」

思わず〝公方様〟と声を掛けると公方様が首を横に振られた。

「幕臣達も予を頼ろうとはせぬ。予を守ろうとするだけだ。それは予が弱いと思うからであろう。違うか？」

「……」

答えようと思っても言葉が出なかった。選ぶ事も出来ない。そんな私を見て公方様が寂しそうに笑った。

「答えられぬか。そうだな、幕臣達を頼っているのは予の方だからな。文句を言える立場ではないか。……予は弱いのだ。武家の棟梁なのに弱いのだ」

公方様が顔を手で覆って嗚咽を漏らされた。

「公方様」

傍によってお慰めしようと動きかけて思い止まった。今お慰めすれば公方様をより傷つける事になりかねない。……何故このお方が将軍家にお生まれになったのか……。平和な時なら良い将軍になられたかもしれない。でも今は乱世、何よりも強さが必要とされる時代、このお方には最も不向きな時代に将軍になられた。

「予は自分が嫌いだ。弱く惨めな自分が嫌いだ」

……嗚咽が大きくなっていく……。

「あの者が憎い。三好よりも憎い。……領地も無いのに何故強いのだ！」

「公方様」

思わず傍によって背を撫でた。公方様が私を見た。御顔が涙でぐしゃぐしゃになっている。

「憎まれるあの者が羨ましい。……憎んでしまう自分が惨めで嫌だ」

泣きじゃくる公方様の背を撫でながら又思った。何故この乱世に最も不向きなこのお方が将軍になられたのかと……。

幕臣達もそれが分っている。少なくとも父や兄達は分かっている。だからこのお方を守ろうとする。そしてこのお方はそれを頼ってしまう……。その事が自分は将軍に相応しくないのではないかという疑念を抱かせている。このお方は怯え苦しみ藻掻いているのだ。将軍の座はこのお方にとっては地獄だろう。……涙が出てきた。将軍の地位を捨てて欲しい、そう言いたかった。私と共に穏やかに生きて欲しいと。だがそれを言えばこのお方に残るのは何だろう？　安堵なら良い、絶望だったら……。御父君の様に自害するかもしれない。それを思うと怖くて口に出せない……。

「予は戦う！　決して諦めぬ！」

泣きながら公方様が叫ばれた。

「予は将軍なのだ！　武家の棟梁なのだ！　蔑まれるなどあってはならぬ、強くなければならぬのだ！　頼られ憎まれる存在にならなければならぬのだ！」

苦しんでいる。助けを求めている悲鳴のように聞こえた。言えるだろうか？　今なら、今なら……。

「左様でございますね。諦めてはなりませぬ」

公方様が頷かれた。……地獄に居るのは私も同じだ……。公方様を絶望させたくなくてこの御方を地獄に留めている。その苦しむ姿を黙って見ている。人は何と愚かで無力なのか……。涙が零れ嗚咽が漏れた……。

永禄三年（一五六〇年）　三月中旬　山城国葛野・愛宕郡　西洞院大路　飛鳥井邸

山川九兵衛

右少将様の御部屋を間宮源太郎と共におとなうと右少将様が上機嫌で部屋に入れてくれた。

「如何したかな？」

「右少将様、重蔵より報せが有りました」

「……聞こう、教えてくれ」

右少将様がジッと俺と源太郎を見た。普段は穏やかで少し皮肉な色を見せる瞳が無表情に我らを見ている。気圧されるものを感じた。この御方の本質は極めて冷徹だ。事実を事実として受け入れる冷徹さが有る。それだけに報告には注意が要る。脚色せずありのままに話す……。

「畠山尾張守が安見美作守と連絡を取り合っております」

「……安見美作守か、確か反三好感情の強い仁でおじゃったな」

「はい、それに畠山家では専横の振舞いが多く尾張守に排斥された人物にございました」

その排斥に協力したのが三好修理大夫であった。いや、協力ではないな。三好の力が無ければ排斥は不可能だっただろう。それほどに美作守の力は強かった。

「河内が地盤であった」

「はい、交野郡が地盤でございました。しかし排斥後は大和に逼塞しております。交野郡は三好の領地に……」

源太郎が答えると右少将様が頷かれた。交野郡は京、大和、摂津を繋げる要衝の地、三好にとっては必ず手に入れなければならない場所でもある。安見美作守の反三好感情は三好が河内を狙っている、自分も潰されると察したからだろう。修理大夫にとっては畠山尾張守が安見美作守の排斥に協力してくれと頼んできた事は願ってもない事であった筈だ。

「安見美作守を戻すつもりかな？」

「かもしれませぬ」

「馬鹿な男だ」

「……」

俺が答えると右少将様が冷笑を浮かべた。御歳に似合わぬ冷たさよ、冷え冷えとしたものが部屋に漂った。

「安見美作守を戻せば三好に口実を与えるようなものでおじゃろう。もっとも多少の地縁はおじゃろうな。少しでも河内で有利に戦おうとしたか……」

「かもしれませぬ」

「畠山に呼応する者はおじゃるのか？」

「居りませぬ」

源太郎が答えると〝では勝負は決まったな〟と右少将様が仰られた。

「他には？」

「六角が領内の国人達に兵を率いて集まる様にと命じました。来月には肥田城を攻める事になりましょう」

俺が答えると右少将様が頷かれた。

「浅井に動きはおじゃるかな？」

「今のところは……」

〝無いか〟と右少将様が呟かれた。

「気に入らぬな、そのまま探ってくれと重蔵に伝えてくれ」

「はっ」

「他には有るかな？」

源太郎が口を開いた。

「今川が五月に兵を動かすと駿河、遠江、三河の国人達に触れを出しました。北条、武田にも援軍の要請をしております」

右少将様が〝ほう〟と声を上げた。何処か楽し気だ。

「いよいよ動くか、織田殿のお手並み拝見だな」

源太郎と顔を見合わせた。表情に疑念が有る、多分自分にも同じ物が有るだろう。右少将様は織田が勝つと見ている……。

「現地に行って戦を見る事は可能かな?」

「織田と今川の戦でございますか?」

驚いて問い返すと右少将様が〃ウフッ〃とお笑いになられた。

「出来れば六角と浅井の戦も見たい、如何かな?」

はて、それは……。

水攻め

永禄三年(一五六〇年)　三月下旬　山城国葛野・愛宕郡　今出川通り　兵法所　飛鳥井基綱

一、二、三、四、五、六……、七十を数えるまで素振りをしていると〃右少将様〃と太い声がした。又一郎先生と当代の憲法、吉岡源左衛門直光が並んで俺を見ていた。二人とも背が高い。声を掛けて来たのは又一郎先生だ。ニコニコしている。その隣で憲法先生は怖い顔で俺を見ていた。俺、何か悪い事したかな？

「丁度七十回でございますな。振り下ろしに十回、袈裟に十回、逆袈裟に十回、右薙ぎに十回、左薙ぎに十回、下段からの袈裟に十回、逆袈裟に十回……」

ゲッ、数えていたのかよ。少し恥ずかしい、頬が熱くなった。

「多少息は上がっておりますが汗は出ておりませぬ、腕の振りも鋭い。道場へ御出でになるのは久しぶりでは有りますが修練は続けていたようでございますな」

「はい」

邸を持つようになってから道場に通うようにした。何と言っても邸は九兵衛達鞍馬忍者が詰めている。疑念を持たれてはいかん。それにな、九兵衛達は腕が立つ、練習相手には丁度良いのだ。邸の一室を道場にして日々稽古している。だから練習不足という事は無い。勿論、手加減はしてもらっている。今のところ俺が勝てる相手はいない。小雪や志津にも負ける。情けないよ。

「如何でございますかな、倅と形稽古をしてみませぬか」

ちょっと怖いな、俺を睨んでいる憲法先生と形稽古？　でもなあ、断れないよな。〝お願いします〟と答えると又一郎先生が嬉しそうに笑い声を上げた。憲法先生が木刀を持った。二尺三寸だな。一方の俺は二尺の小太刀だ。

道場に来て分かったんだが吉岡流というのは小太刀なのだ。又一郎先生と稽古をするときは俺が小太刀で又一郎先生は普通の木刀だった。俺の身体が小さいから小太刀なのかと思ったがそうじゃなかった。形稽古では打太刀は木刀で受太刀は小太刀なのだ。そうだよな、そうじゃなきゃ練習にならない。

まあ確かに形稽古でもちょっと妙なところは有った。でも身体が小さい俺に合わせているのかと思っていた。吉岡流が小太刀だと知った時は驚いたけど納得している。というよりも自分の間抜けさが可笑しかった。吉岡流は京八流の一つと言われているのだが京八流は平安時代末期に鬼一法眼が鞍馬山で八人の僧侶に兵法を授けた事から始まる。その京八流の一つに中条流が有る。中条流も小太刀だ。

「打ち下ろします。受け流して詰められますように」

憲法先生も声が太いな。打ち下ろしを受け流して詰めるか、基本の中の基本だな。周りに居た弟子達は何時の間にか壁際に並んで座っている。俺と憲法先生の型稽古を見ようという事らしい。正眼に構えた。先生も正眼に構えた。距離は三間程だろう。この距離なら一息に詰めて来る筈だ。

「参りますぞ」

「はい、よろしくお願いします」

憲法先生が正眼に構えた。あれ？　半身になった、構えも何時の間にか陰の構えになっている。それに左肩をこちらに突き出すような感じだ。時代劇で柳生十兵衛がとる構えに近いだろう。そのせいで木刀が肩に隠れて見えない。いや、憲法先生の手が見えない。ちょっと待て、これじゃ何処から木刀が出てくるのか分からないぞ。打ち下ろしと言ったよな。上から来るのか？　斜めから来る可能性もある。いや、横？　先生の手が見えれば柄の握りの形から太刀筋が予測出来るんだが……。

ゆっくりと憲法先生が近付いてきた。半身なのに身体がぶれない。その所為で手が見えない。如何する？　どっちだ？　慌てるな！　必ず手が見える。その時の握りを見るんだ。それで太刀筋が分る筈だ。我慢だ、それまで我慢だ。憲法先生は圧倒的な存在感で近付いてくる。怖い！　腰が引けそうになる。耐えろ！　耐えるんだ。腰が引けたら太刀を受ける事など出来ない。腰が砕けて後ろに倒れるだろう。

ゆっくりだった歩みが徐々に早まって来た。未だ見えない。スルスルと近付いてくる。駄目か？　待て！　見えた！　上段じゃない！　斜め斬り下ろしだ！　左前に一歩踏み出した。木刀が迫る！　小太刀を合わせる！　重い！　折れそうになる膝を懸命に支えて柄の部分を押し上げた！　憲法先生の木刀が滑り落ちる。重さが消える、膝が伸びた。身体を翻して〝エイ！〟と掛け声とともに小太刀を憲法先生の肩先に詰めた。

「それまで！」

又一郎先生の声がかかった。どっと疲れた。手が震える、汗で濡れていた。手だけじゃない、背中にも顎にも汗が流れていた。息が切れた。

「お見事ですな」

そう言いながら又一郎先生が近付いてきた。ニコニコしている。憲法先生もニコニコしている。悪いけど無理だ、とてもじゃないが声など出ない。息を整えるのがやっとだ。弟子達のざわめきが聞こえた。〝凄い〟、〝やるな〟なんて声が聞こえる。

「良く耐えられましたな。そして太刀筋を見極められた」

「必死でおじゃりました」

漸く声が出た。

「いやいや、その必死さが大事。最後まで諦めずに太刀筋を見極めようとしていた。そうであろう?」

「父上の仰る通りです。良く耐えましたな。そして左に踏み出した。見事ですぞ」

又一郎先生も憲法先生も上機嫌だ。

左に踏み出して木刀を受けた。そうする事で木刀に勢いが乗る前に受けたのだ。それに切り落としてくる木刀を上の位置で受け流す事が出来た。小太刀の技というのは如何に相手の技を躱して内に入るか、捌いて内に入るかだ。怯えては内に入れない。それにしても憲法先生の木刀は重かったな。

その後は又一郎先生との稽古、そして他の弟子達の稽古を見た。見るのも大事なんだ。どんな風に内に入るのか、或いは自分なら如何するか、それを確認する。そうする事で技を増やしていく。技を盗むっていうのはそれなんだろうな。


永禄三年(一五六〇年)　三月下旬　山城国葛野・愛宕郡　今出川通り　兵法所　吉岡直光

弟子達がそれぞれに稽古をしている。片隅で素振りをしている者、或いは弟子同士で型稽古をしている者も居る。活気が有る。先程の右少将様との型稽古の所為だろう。皆が興奮しているのだ。皆の稽古を見ていると〝如何であった〟と父が声を掛けてきた。父の顔には面白がる色が有る。少将様を見た。壁際に座って他の弟子達の稽古を熱心に見ている。

「正直驚きましたな」

「驚いたか」

「腰が引けて崩れるか、耐えきれずに膝をつくかと思っておりました」

父が〝ふふん〟と笑った。

「儂を侮るでない、左様に軟《やわ》な鍛え方はしておらぬわ」

思わず失笑した。

「父上の鍛錬もさる事ながらかなりの修練を積んでいるようでございますな。あそこで膝を伸ばしてきたのには驚きました」

〝そうじゃの〟と父が言った。今度は笑っていない。そして顎に手をやった。

「だが驚いたのは左に踏み出した事よ。普通なら怯え竦んでその場で受け止めるのがやっとであろう」

その通りだ。胆力も相当にある。身体だけではない、心も鍛えている。あれなら真剣を前にしても怯える事は無いかもしれない。

「以前にも思いましたが本気で強くなろうとしておりますな」

「うむ」

「普通なら邸に父上を呼んで稽古をするものですが……」

公家らしくないお方よ。今も弟子達の稽古の様子をジッと見ている。何かを得ようというのだろう。貪欲に強くなろうとしている。

「楽しみでございますな」

「そうじゃの、楽しみよ」

これまでは父に任せていたがこれからは私も注意して右少将様を見る事にしよう。宮中の実力者が吉岡流を学ぶ、善き事よ。


永禄三年（一五六〇年）　四月上旬　　　山城国葛野・愛宕郡　　西洞院大路　　飛鳥井邸

黒野影久

「久しいな、重蔵」

「はっ、真に」

「懐かしいが夜更けに訪ねてくるとは穏やかではおじゃらぬな」

不機嫌な声ではない。笑みを含んだ声だ。右少将様は面白がっておられるらしい。同席している山川九兵衛、間宮源太郎が呆れたような顔をしていた。大分右少将様に慣れたようだ。

「何分この屋敷は見張られております。今宵は門ではなく塀を飛び越えて参りました」

右少将様が声を上げてお笑いになった。

「困ったものだな、三好か？」

「おそらくは」

右少将様は宮中の実力者。足利に好意的ではない。そして松永弾正とは親しくしているが親三好というわけではない。三好家としては気になる存在なのであろう。

「それで、何が有った？」

「六角左京大夫が肥田城を囲みましてございます」

右少将様が身動ぎをした。

「始まったか。……浅井は？」

「後詰の動きはございませぬ。越前の朝倉と頻りに文を交わしておりまする。小谷からも、竹生島の下野守からも使者が一乗谷へ」

右少将様が〝ほう〟と声を出した。

「肥田城から救援の要請は来たのでおじゃろう？」

「はい、六角の兵が城を囲む前に浅井に使者が出ておりまする」

「単独では六角とは戦えぬという事だな」

「はっ、身代が違いましょう」

浅井は二十万石ほど、一方の六角は八十万石に達しよう。まともにぶつかっても勝てぬ。

「朝倉の動きは？」

「今のところは……」

首を横に振ると右少将様がお笑いになられた。

「越前の雪は大分深いらしいな。四月になっても未だ溶けぬと見える」

思わず失笑した。九兵衛、源太郎も顔を歪めて笑っている。

「浅井下野守も当てが外れたな」

「右少将様は朝倉がこのまま無視すると思われますか?」

問い掛けると右少将様が〝さて〟と仰られた。

「可能性は有る。朝倉の狙いは若狭でおじゃろう。わざわざ近江に出て六角との戦というのは望むところではおじゃるまい。六角相手の戦となれば簡単には終わらぬ。となれば加賀の一向一揆が動きかねぬ」

なるほど、その通りよ。

「しかし、それでは浅井の信を失いましょう」

九兵衛の言葉に右少将様が微かに笑った。

「朝倉にとって浅井は六角の抑えで良かった。肥田城の高野瀬備前守を寝返らせる事など望んでいなかったのではないかと麿は思うぞ。そこまでやれば六角も本気になる。余計な事をする、浅井と六角の争いに巻き込まれて堪るかと不満なのではおじゃらぬかな? だから動きが鈍いのよ」

「……」

「浅井も今更六角に戻る事は出来まい。ならば浅井の事など放っておけと朝倉が思ったとしても麿は驚かぬ」

九兵衛、源太郎が神妙な顔で聞いている。それにしてもまるで掌《たなごころ》の内にあるかのように朝倉の動きをお話になられる。頼もしい限りよ。

「浅井にしてみれば当てが外れたな。浅井が二十万石、朝倉が六十万石。合わせれば六角に立ち向かえると思ったのでおじゃろうが……。他力本願では足利と変わるまい。浅井下野守、算勘は得意なようだが戦は得手ではおじゃらぬようだな」

右少将様が冷笑を浮かべられた。御年に似合わぬ冷たさだがそれも良い。

「他には？」

「六角左京大夫は城の周囲に土塁を築きました」

「ほう」

「宇曽川、愛知川から水を引き入れて肥田城を水攻めにと考えているようにございます」

「見たいな、無理か？」

声が弾んでいる。年相応の顔になった。これも良い。しかし無理だ。織田、今川の戦いが近付いている。頻繁に京を離れる事は出来ぬ。首を横に振ると右少将様が溜息を吐いた。

永禄三年（一五六〇年）　四月上旬　　山城国葛野・愛宕郡　　西洞院大路　　飛鳥井邸
飛鳥井基綱

詰まらんな。しかしな、京を離れるのは出来るだけ控えるべきだと言われればその通りだ。織田と今川の戦いは見に行く、だから今は我慢だ。

「水攻めなど上手くいきましょうか？」

九兵衛が呟くように問い掛けてきた。重蔵、源太郎も訝し気にしている。

「上手くいかなくても良いのよ。浅井を引きずり出せればな」

「では？」

「六角左京大夫の狙いは浅井を引きずり出して決戦する事でおじゃろう。水攻めはそのためのものだ」

皆が顔を見合わせた。

水攻めは城を落とすためのものじゃない。浅井を誘い出すためのものだ。六角は浅井との決戦のために力攻めを避けたのだ。その事を言うと重蔵が〝なるほど〟と頷いた。秀吉の水攻めも毛利の主力を引きずり出すためだった。時間をかけてじっくりと高松城を攻めながら信長の援軍を待った。本能寺の変の所為で和睦となったがあれが無ければ織田と毛利で決戦が行われただろう。後詰の援軍を叩いて敗退させれば自然と城は落ちる。効率が良いのだ。

「となりますと浅井が動かぬのは……」

「当てが外れて左京大夫は困惑しておじゃろうな、源太郎。頭を抱えているかもしれぬ」

俺が源太郎の問いに答えると皆が笑った。浅井、朝倉、六角、そして高野瀬、皆不本意だろうな。浅井は朝倉の援軍が得られない。朝倉は余計な紛争に巻き込まれたくない。六角は浅井が出てこない。そして高野瀬は後詰が来ない……。ここまで想定外の戦は無いだろう。笑えるわ。

確か史実では六角は城攻めを打ち切り撤退する。失敗したんじゃない、当てが外れてがっかりして打ち切ったんだと思う。そして夏に改めて肥田城攻めをする。浅井に時間を与えたのだ。それでも勝てると六角は思ったのだろう。浅井はその時間を利用して戦の準備をし肥田城へ後詰した。そして野良田の戦いが起こる。この時も朝倉の後詰は無い。浅井は独力で六角を破り六角から自立を果たす。

運が無いな、六角は。水攻めなどせずに力攻めで肥田城を落とせば浅井は面目を潰しただろうに……。配下の国人衆からも頼りないと思われただろう。そうなれば浅井を見限って六角に付く国人衆も出た筈だ。それをしなかったから野良田で敗れ観音寺騒動が起きて家が傾く。浅井を甘く見過ぎたのだ。戦国の厳しさだな。一手間違う事で地獄を見る。

史実通りなら六角は兵を引くだろう。そして夏に起きる野良田の戦いの前に桶狭間の戦いが起きる。そろそろそっちの準備をしようか。

人脈

永禄三年（一五六〇年）　四月中旬　　山城国葛野・愛宕郡　　平安京内裏　　飛鳥井基綱

「六角は兵を引いたそうですね」

「……」

「肥田城の水攻めは失敗したとか」

養母の言う事は間違いとは言えない。世間一般ではそう言われている。六角は肥田城の水攻めに失敗して兵を引いたと。

「兄様は如何思うの？」

春齢が俺の顔を覗き込んできた。こら、顔を近づけるな。

「……」

「兄様が喋らない時って他に何か有るのよね」

意味有り気に俺の顔を見ている。困った奴、これじゃ隠し事が出来ないじゃないか。浮気なんて以ての外だな。養母も意味有り気に俺を見ている。あの、困るんですけど……。

「大丈夫ですよ、人払いをしてあります」

まあね、養母の部屋には俺と養母と春齢しかいない。仕方ないな、一つ息を吐いた。

「六角の狙いは肥田城の攻略ではなく浅井の後詰を引き寄せての撃破でおじゃりましょう。浅井が出てこないので諦めて兵を戻した、そういう事だと思います」

養母と春齢が顔を見合わせた。

「では失敗ではないと？」

養母の問いに頷くとまた二人が顔を見合わせた。

「失敗も何も……、浅井は兵を出しておじゃりませぬ。戦をしていないのです。そして肥田城も落ちていなければ高野瀬備前守も降伏しておじゃりませぬ。六角にも損害らしい損害は無い。勝負無し、そんなところでおじゃりますな」

分が悪いのは浅井だろう。後詰を出せなかったのだからな。次は必ず兵を出す。出さなければ高野瀬は浅井を見限って六角に付く。

高野瀬も一度は六角を退けたと面目が立つし六角も高野瀬の武勇を称えて収める事が出来る。これまでの事は水に流して仲良くしようねという事だ。六角と高野瀬は水面下ではその辺りを話し合って落としどころを探っているかもしれない。面子が潰れるのは浅井だけだ。その事を言うと養母が〝なるほど〟、春齢が〝凄い〟と言った。

「では畠山家も当分は六角家を当てに出来ぬという事ですね」

「そうなります」

六角も当てが外れたが畠山も当てが外れたな。さて、如何する？　時が経てばその分だけ河内で三好の勢力は強まるだろう。不利になるのは目に見えている。だが畠山高政に単独で三好と戦うだけの覚悟が有るのか……。

「室町では大分不満が溜まっているようですよ」

「浅井に強い不満を持っているというのは太閤殿下より伺いました」

養母が首を横に振った。

「そうでは有りませぬ。六角家にです。浅井相手に何を手間取っているのかと」

思わず失笑が漏れた。好き勝手言うわ。大体義輝なんて戦で勝った事なんてないだろうに。養母も春齢も同じ事を思ったのだろう。困ったような笑みを浮かべている。

「修理大夫殿が河内に兵を出しておりますからね」

養母の言葉にさっきまで有った可笑しがるような空気は消えた。三好修理大夫長慶が河内に兵を出している。もっとも三好の勢力内に居るだけだ。畠山の勢力範囲内には踏み込んでいない。畠山に対する挑発であり恫喝でも有るのだろう。修理大夫はやる気満々だな。公方、幕臣達が六角に不満を持つのもそれが有るからだろう。

「兄様、六角家はまた兵を出すの？」

「出します」

「京に？」

「いや、肥田城です。浅井、高野瀬を放置は出来ませぬ」

「直ぐに？」

「それは無理でおじゃりましょう。田植えが終わってから、夏になるかもしれませぬ」

浅井も六角も兵は百姓だ。六角が戦を打ち切ったのは田植えの事も考えたからだろう。史実通りなら夏だ。という事は三好と畠山の戦いはそれ以降となる。しかも六角は野良田の戦いで負けた後だ。兵は出せない。となると畠山高政は相当な劣勢の中で兵を起こす事になる。本当に戦うのかな？　時期を待つ可能性も有ると思うが……。しかし三好の挑発を無視出来るのか？　一つ間違うと三好の前に竦んでいると侮りを受けるだろう。……妙な話だ、朝倉が後詰を出さなかった事が三好と畠山の戦の行方を左右している。歴史の授業じゃ分からん事だな。

「朽木は六角のために兵を出さなかったようですね」

「はい、兵糧を贈る事で対応しました」

「次もそうするのですか？」

「おそらく」

養母がジッと視線を俺に当ててきた。

「以前にも訊きましたが右少将殿は六角が浅井に敗れると見ているのですか？」

春齢も俺を見ている。知っているからとは言えないよな。こういうのは辛いわ。

「そうではおじゃりませぬ。朽木は高島の一件で六角の不興を買っている可能性がおじゃります。それに先日祖父から聞いたのですが永田達高島五頭は朽木を危険視しているとか」

養母が〝まあ〟と言った。予想外の事だったらしい。春齢も目を瞠っている。

「彼らは六角に従属しておじゃります。六角が彼らに配慮すれば朽木を浅井との戦で使って兵力を擦り減らそうと考えるやもしれませぬ。六角と敵対は出来ませぬが余り近付かぬ方が良いでしょう。付かず離れずと言ったところです」

養母が〝そうですね〟と頷いた。春齢も頷いている。うん、上手く誤魔化せた。

「五月になったら二十日ほど京を離れようと思っています」

二人が〝えっ〟という表情をした。

「どういう事です」

「なんで？　兄様」

声が被っているんだけど……。それに身を乗り出さないで欲しいな、腰が引けそうになるじゃないか。

「尾張に行きます」

二人が〝尾張？〟と声を揃えた。

「織田ですか？」

「はい、今川との戦になるようでおじゃります。それを見に行こうと思っておじゃります」

俺が養母の問いに答えると二人が顔を見合わせた。

「戦に出るの？」

春齢の問いに思わず〝はあ〟と言ってしまった。冗談だと思うのだが春齢は真面目な顔をしている。養母もだ。

「そんな事はおじゃりませぬ。第一、麿が戦場に出ても何の役にも立ちませせぬ」

なんか二人とも納得していないな。

「尾張の織田弾正忠がどのような戦をするのか、知りたいのです」

ま、本当は桶狭間直前の信長を知りたい、そんなところだな。信長にとっては乾坤一擲の戦だ。どんな精神状態だったのか、どんな表情だったのか、興味が有る。まあ一種のファン心理だよ。

「それに京には居られないという時が来るやもしれませぬ」

二人が〝えっ〟という表情をした。

「麿は危険視されておりますからな」

「朽木が有るではありませんか？」

「朽木だけでは不安です。ですから今のうちに旅慣れておこうと思っております」

これも嘘じゃない。三好修理大夫長慶の寿命はあと四、五年の筈だ。となれば孫四郎の力が強くなる可能性が有る。狡兎三窟って言う言葉も有る、いくつか逃げ場を造っておかないと。先ずは織田だ。だが桶狭間で織田が敗れる可能性もある。その時は上杉、朝倉に逃げよう。その辺りとのコネ作りは殿下に頼めば何とかなる。上杉には殿下が居るし朝倉には近衛家の娘が嫁いでいる。それに織田が桶狭間で勝ったとしても朝倉は義昭が頼るところだ。コネづくりは必須だな。

武田、北条もコネづくりは必要だ。こっちは信玄の父親を使おう。いや、あの人に頼むというのも有るな。西は毛利だな。毛利元就、吉川元春、小早川隆景、この三人に繋ぎを付けよう。それに四国の長曾我部、九州は島津、龍造寺、大友。島津は近衛と関係が深い、こっちも殿下に頼もう。他にも目ぼしいところは文のやり取りが必要だ。

永禄三年(一五六〇年)　四月下旬　山城国葛野・愛宕郡　烏丸通り　山科邸　飛鳥井基綱

「済まぬのう、斯様なあばら家に通さねばならぬとは……」

面目無さそうに言ったのは権中納言山科言継だった。権中納言と朽木の祖父は共に葉室家から妻を娶った相婿だ。俺にとって権中納言は大叔父という事になる。

「いいえ、そのような事は気にしてはおじゃりませぬ。それに用が有って訪ねたのはこちらにおじゃります。大叔父上もお気になさいますな」

「そなたは優しいのう」

大叔父が目を瞬いた。

まあ確かに酷いあばら家なんだよ。大体十間四方の屋敷地の中に邸が有るんだがボロボロだ。雨漏りも結構酷いと聞いている。俺が大叔父と会っているのはそれほど大きな部屋じゃないんだが床の傷みが酷い。身体を動かすと軋む様な音がする。

「これでもそなたが援助してくれるから多少は楽になったのじゃ」

「いえ、余り力に成れず心苦しく思っております」

援助はしている。少しだけどね。しかし、これじゃ……。溜息が出そうになるのを慌てて堪えた。

山科家で立派なのは屋敷地を囲う壁と門だ。頻繁に修理しているらしい。俺からの援助もそちらに使っているのだろう。体面を重視する公家の生活感覚が滲み出ているよ。俺なら邸の中を修理するけどね。邸の内部を修理しない所為で山科家では客があっても邸の中に入れて対面する事はない。近くにある中御門邸を借用するか対面そのものを断っている。俺が入れてもらえたのは異例の事だ。

「それで、麿に頼み事が有るとの事でおじゃったが？」

ちょっと不安そうな表情、声だ。厄介事を頼まれると思ったのかもしれない。俺って問題児なのかな？

「はい、大叔父上は諸国の大名と親しいと聞いておじゃります。麿も諸国の大名と文を交わしたいのですが……」

「なんだ、そのような事でおじゃるか」

大叔父の顔が綻んだ。朝廷でもっとも諸国の大名と交友を持ったのはこの大叔父だ。その顔の広さで諸大名に献金させた凄腕の集金係だ。

「麿と共に文を出そう。麿はそなたの事を又甥として紹介する。その後はそなた次第じゃ」

「有難うございます。助かります」

「良い事でおじゃるの。諸国の大名と親しくしておけば何かと便利じゃ。それで、何処に文を出したいのかな？」

武田、北条、毛利、吉川、小早川、大友、龍造寺、長曾我部の名前を出した。大叔父が首を捻ったのは龍造寺と長曾我部だ。そちらは伝手が無いらしい。まあ、龍造寺は新興勢力で長宗我部は未だ勃興前だ。土佐は一条という認識なのだろう。

「今川は良いのかな？」

大叔父が首を傾げながら問い掛けてきた。

「実は尾張の織田弾正忠と親しくしております。五月にも訪ねてみようと思っているのですが……」

大叔父が〝なるほど〟と頷いた。

「戦が近付いているとは麿も聞いている。しかし余り気にする事も有るまい。戦に出るわけではないのであろう？」

なんか養母や春齢と同じ事を言っているな。

「そのような事はおじゃりませぬ」

「ならばかまうまい」

あっけらかんとしたものだ。まあ今川が負けるなんて思っていないのだろう。まして義元が死ぬとはね。でも戦に出ないのは確かだ。気にする事は無いのかもしれない。

「今川の治部大輔殿も此度は随分と力を入れておるようだ」

「はい」

今川からは息子の氏真に治部大輔、義元には三河守の官位を賜りたいと朝廷に献金が届いている。要するに駿河、遠江を氏真に任せて義元は三河を統治しつつ尾張へ侵攻したいという考えなのだろう。その手始めが今回の戦なのだと認識している。

「大叔父上、今川では治部大輔殿、嫡男の彦五郎殿の他に寿桂尼殿とも文を交わしたいのですが……」

大叔父が顔を綻ばせて〝容易い事じゃ〟と頷いた。

「寿桂尼殿は義理ではあるが麿の叔母でおじゃるからの」

え、そうなの？　驚いていると大叔父が声を上げて笑った。

「麿の父は中御門家から妻を迎えたのだがその女性《かた》が寿桂尼殿の姉なのじゃ。まあ麿は妾腹ゆえその女性と血は繋がってはおじゃらぬ。だがそういう縁が有るのでの、親しくしている。駿河に行った事もおじゃるからの」

なるほど、そういう事か。そういう関係が有るから中御門家を借りる事も出来るのだろう。いや、待て、中御門家は直ぐ傍に在る。先代の山科家の当主は近所のお姉ちゃんを嫁にしたのか。案外幼馴染だったのかもしれない。ちょっとほのぼのするな。

「どのようなお方でしょうか？」

「寿桂尼殿かな？」

「はい、治部大輔殿、彦五郎殿もですが……」

大叔父が〝ふむ〟と頷いた。

「寿桂尼殿は巷《ちまた》では女傑と言われておるが会ってみれば気さくで面白いお方よ」

「左様で……」

それだけじゃないだろうな。今川が混乱した時代を乗り切った女だ。それなりのものを持っている筈だ。

「治部大輔殿は文武に練達、名門今川家の当主に相応しい人物じゃ。その事は五年前に太原雪斎殿が亡くなられてからも今川に揺らぎが無い事で分かる」

「なるほど」

義元が公家文化に溺れた軟弱な武将というのは後世の作り話だ。実際には朝倉宗滴も高く評価している。大叔父の評価からもそれが確認出来る。問題は息子の氏真だ。

「嫡男の彦五郎殿は如何でおじゃりましょう?」

大叔父が〝ふむ〟と鼻を鳴らした。どうやら思うところが有るらしい。

「性格は剛毅と言って良かろう。だが好悪が激しいと見た」

好悪が激しいか……。トップの資質としてはちょっと不安だな。大叔父が鼻を鳴らしたのはその所為だろう。

「兵法を学んでいるが相当の腕らしい。ほれ、公方と同じ新当流じゃ」

「左様でおじゃりますか」

「気になるなら飛鳥井権大納言殿に聞いては如何かな?」

「祖父でおじゃりますか?」

思いがけない言葉だ。問い返すと大叔父が頷いた。

「権大納言殿も駿河に下向され蹴鞠を教えた。その為人は磨よりも知っているかもしれぬ」

なるほど、氏真は和歌、蹴鞠が達者だったな。そして飛鳥井家は蹴鞠の宗家で和歌も上手だ。そっちにも聞いてみるか……。日野家の養子問題でちょっと会いづらいが関係改善の良い機会だ。相手を立てて煽ててよいしょだ。

「そうそう、そなた大友にも文を出したいと言っておじゃったな」

「はい」

「そちらも権大納言殿に頼んでみては如何かな。九州探題殿は権大納言殿の蹴鞠の弟子じゃ」

「左様でしたか」

正直驚いたわ。飛鳥井家っていうのは結構顔が広いな。まさか大友宗麟が弟子とはね。

凶兆

永禄三年（一五六〇年）　五月上旬　　山城国葛野・愛宕郡　　平安京内裏　　目々典侍

「では？」

「うむ、父上も内心では関係改善を望んでいたのでおじゃろう、随分と話が弾んだようじゃ。余人を交えず一刻程も話していた」

兄、飛鳥井権中納言雅教が上機嫌に答えた。父、権大納言飛鳥井雅綱は日野家の養子問題で朝廷から身を引いた。その事で右少将と父の関係はぎくしゃくしたものになった。右少将と父の関係が改善された事にホッとしているのだろう。

「右少将が帰った後で父上の部屋に行ったのだがご機嫌でおじゃったぞ」

「それはようございました」

私が答えると兄が〝うむ〟と頷いた。

「まあ飛鳥井家は麿が権中納言になった。それに孫二人も昇進し右少将は帝の信頼も厚い。今では宮中の実力者じゃ。日野家の事も資堯は跡目を継げなかったが所領の一部を貰って難波家を再興したのだから悪くない。あの当時は御不満だったが今となれば上々の結果と思われたようでおじゃるの。そのような事を仰られた」

「それはようございました」

互いに顔を見あって声を上げて笑った。

「ところで二人は何を話し合っていたのでしょう？　右少将は大名と文を交わすのに父の力を借りたいと言っていましたが……」

一刻程も話していた、父は上機嫌、如何も腑に落ちない。私の問いに兄が〝ふむ〟と鼻を鳴らした。

「まあ文の事も有るは九州探題、今川の寿桂尼、治部大輔、息子の彦五郎等の為人を尋ねたと聞いている。それと、何と言ったかな、そう、松平じゃ。今川に人質になっている松平の跡取りの事を尋ねたとか」

「松平……」

何かが引っ掛かった。右少将は尾張へと向かっている。尾張では織田と今川の戦が迫っている。当然だが松平もそこに関係するだろう……。右少将は松平が戦の帰趨を左右すると考えているのだろうか？

「如何したかな？」

「いえ、……右少将が尾張に行っております」

「そうじゃの、……帝が良く御許しになられたものよ」

「六角、浅井、畠山の事がございます」

兄が眼を剥いた。

「まさかとは思うが話したのか？」

「はい」

兄が息を吐いた。帝は河内の情勢を不安視していた。三好と畠山の戦だけならともかく六角も絡むとなれば場合によっては戦火は京にまで及ぶのではないかと。だから右少将の予測を私が伝えるとホッと安堵の表情を浮かべられた。戦は起きるにしても夏以降、おそらくは秋から冬だ。

「……あれはあくまで予測でおじゃろう」

「間違っているとは思えませぬ。帝も頻りに頷いておられました。尾張へ行く事を許されたのも何か意味が有るのだろうと思われたから、そして直ぐには戦が起きぬと思われたからにございます」

兄が訝し気な表情をした。

「意味が有る？　戦は今川が勝って終わりでおじゃろう」

「真にそう思われますか？」

「……織田が勝つと？」

兄が探るような視線で私を見ている。

「分かりませぬ」

織田が勝つのか、或いは勝たせるのか……。兄が〝有り得ぬ〟と首を激しく横に振った。

「今川治部大輔は海道一の弓取りと皆が認める名将じゃ。動かす兵も今川の方が圧倒的に多い。倍以上は有ろう。一方の織田は大うつけと名高い男ではないか。昨年上洛したが公方も相手にしなかった」

「その公方を右少将は認めておりませぬ」

「……」

「公方が認めなかった織田を右少将が如何見ているのか？　気になるところでございます」

「……馬鹿な」

兄が小声で呟いた。

「六角も負けるやもしれませぬ」

「……朝倉が兵を出すと？」

「それは分かりませぬ。ですが右少将は朽木に六角には近付かぬようにと指示しております。色々と理由を言っておりましたが六角が負けると想定しているのではないかと思いました」

兄が笑い出した。

「そなたは考え過ぎじゃ。朝倉は兵を出すのに消極的だと聞いた。浅井だけで六角に勝てるわけが無かろう」

「春齢も同意見にございます。右少将は六角が負けると見ていると」

「……馬鹿な」

兄がまた小声で呟いた。私も娘も右少将が何かを隠していると見ている。多分、右少将には六角が負けるという確信が有るのだろう。その根拠は桔梗屋が齎したのだ。

「六角が敗れれば三好の勢威は強まりましょう。そう考えると右少将が地方の諸大名と誼を結ぼうとしているのも納得がいきます」

「……逃げ場所を作っているという事か。そこまで切羽詰まっているという事か……」

兄が呻くように言葉を出した。

東海道で今川が敗れ畿内で六角が敗れる。もしそうなれば有力守護大名が敗れ下剋上で成り上がった家が勝つ事になる。つまり足利を、幕府を支えるべき家が勢威を落とすという事……。まさか、本当に足利の世の後の時代が来るのだろうか？　強張った表情の兄を見ながら私自身も心が震えるのを抑えられなかった。あの子は何を、何処まで見ているのだろう……。


永禄三年（一五六〇年）　五月上旬　　近江蒲生郡　　平井丸　　飛鳥井基綱

「久しゅうおじゃりますな、加賀守殿」

「これは右少将様」

眼の前で驚いて眼を瞠っているのは六角家では六人衆と称される重臣の一人、平井加賀守だった。玄関先で俺をじろじろと見ている。まあ、仕方ないよね。なんと言っても山伏姿なんだから。でもね、一度してみたかったんだよ。この格好を。そのうち虚無僧姿もしてみよう。飛鳥井基綱七変化だな。なんか時代劇みたいで好きだわ。

「上げてもらえますかな?」

「それはもう、……しかしこちらで宜しいのでございますか? 本城の方へご案内致しますが」

「いやいや、これから尾張へ行かなければなりませぬ。喉が渇きましたのでな、寄らせていただきました。白湯の一杯も頂ければ失礼させていただきます」

「左様で……。ではどうぞ、こちらへ」

屋敷内へと案内してくれた。それにしても白湯が飲みたくて訪ねたってちょっと苦しい理由だな。通されたのは六畳ほどの広さの部屋だった。多分客が来たときは此処に通すのだろう。直ぐに白湯が運ばれてきた。運んできたのは奥方だ。礼を言って一口飲んだ。うん、美味い。喉が渇いてのは本当だ。

「尾張に行く途中とお聞きしましたが」

「はい、戦見物に」

加賀守が呆れたような表情をした。まあそうだよね、俺も酔狂だと思うんだから。

「それにしてもお一人でございますか？　些か不用心では？」

「供は連れておりますが用を申し付けました」

加賀守が〝左様でございますか〟と頷いた。

「本当に宜しいのでございますか？　右少将様がお見えになられたと聞けば主、左京大夫も喜びましょう」

「先を急ぎますので……。それに左京大夫殿も何かと忙しいと思いましてな」

俺の言葉に加賀守が〝それは〟と言葉を濁した。

「次の戦は負けられませぬな」

加賀守が〝はい〟とはっきりと頷いた。もっとも表情は暗い。

「顔色が優れませぬな。お気になる事がお有りかな？」

加賀守が躊躇いを見せてから口を開いた。

「困った事に家中には浅井を侮る声が……」

「……なるほど、後詰をしませんでしたからな」

「はい」

娘の事かと思ったが違ったな。侮りか……。兵数の差だけではなく後詰しなかった事も油断に繋がったのだろう。野良田の戦いは六角側に優勢な状況下で長政が乾坤一擲の突撃をかけて逆転勝利した。多分、六角側は長政が突撃してくるなど想像もしていなかったのだ。だから対処出来ずに崩れた。

「高野瀬とは繋ぎを付けているのではおじゃりませぬか？」

「まあ、それは」

加賀守が曖昧にだが認めた。

「感触は？」

「悪くありませぬ」

その事も侮りに繋がったのかもしれない。まさかな、浅井がそういう風に持って行ったとか有るのか？　考え過ぎだ、偶然だ……。

六角は朝倉が浅井の背後に居る事を知っているのだろうか？　知らないとも思えないが確認するのは止めておこう。変に警戒されたくない。だが知っているとすれば朝倉が兵を出さない事も油断に繋がっただろう。

「ところで、御息女は如何お過ごしかな？」

加賀守が切なそうな表情になった。

「娘は引き籠っております」

「……」

憐れだな。小夜には何の罪も無い。それなのに戦国の惨さに翻弄《ほんろう》されている。以前、此処で会った時には天真爛漫《てんしんらんまん》な少女に見えた。猿夜叉丸と名乗っていた浅井長政も小夜を嫌っているようには見えなかった。似合いの二人だったな。だが乱世の惨さは二人が並んで歩く事を許さなかった……。確か、彼女はこの後歴史には出て来ない。消息不明だ。どんな一生を送ったのか……。再婚したのか、一人で過ごしたのか……。そして長政はお市を妻に迎えるが最後は腹を切って死ぬ。死ぬ間際、小夜を妻にして六角と協力していればと考えなかったのだろうか？

「一日も早く御息女が以前の様に明るい笑みを取り戻す事を願っております。小夜殿なら必ず良い縁がおじゃりましょう」

加賀守が眼を瞬いた。

「お気遣い、有難うございまする。娘も右少将様のお気遣いを知れば喜びましょう」

少し声が湿っている。小夜だけじゃないな、父親の加賀守も大分参っている。ちょっと優しい言葉をかけただけでウルウルするなんて。

「実は若殿より娘を側室にという話が出ておりましてな」

「ほう、それは……」

そう言うのが精一杯だった。若殿っていうのは観音寺騒動を起こして六角家を没落させた六角義治だ。とても目出度い話とは言えない。しかし話そのものは悪い話ではない。だが加賀守の顔には憂鬱そうな色が有る。加賀守はこの話を喜んではいない。

「まともな結婚はもう出来まいと……」

「！」

唖然として加賀守の顔を見た。俺が信じていないと見たのだろう。加賀守が〝真にござる〟と言った。嗤っている。誰を？　義治か、それとも自分達をか。いや、真にござると言われても信じられずにいる俺か……。

「そのお話、御息女はご存じか？」

思わず小声になっていた。加賀守が頷いた。

「受けてはなりませぬぞ」

「……」

「六人衆と呼ばれる重臣の一人の娘をそのように蔑むとは……。余りにも思慮、優しさに欠ける。そのような御仁の側室になっても御息女は幸せにはなれますまい。御息女だけではおじゃらぬ、平井家にも災いが及びましょう。決して受けてはなりませぬ」

加賀守が寂し気に頷いた。思わず溜息が出た。六角義治、どうしようもない馬鹿だな。

小夜を側室にというのは発想としては悪くないのだ。〝小夜は俺が幸せにする、安心しろ〟とでも言えば加賀守は喜んで小夜を差し出しただろうし義治のために粉骨砕身の働きをしただろう。他の重臣達も義治というのは良い男だ、支えてやろうじゃないかと心を一つにしただろう。それなのに……。

〝まともな結婚はもう出来まい〟。これでは仕方がないから俺が貰ってやると言っているようなものだ。これで側室になったら結婚出来ないから側室になったと小夜は周囲から蔑まれる事になる。加賀守や小夜の面目など何も考えていない。他者に対して配慮も無ければ優しさも無い。見えてくるのは傲慢さだけだ。これでは家臣達の心が離れるだろう。

「六角家も難しいところに来ました。先代、当代と人を得ましたが……」

力の無い声だ。加賀守が参っているのは六角家の衰退を感じ取ったからかもしれない。六人衆の一人として六角家を支えてきた加賀守にとっては自分の一生が無駄になったように感じるのだろう。

「……右衛門督殿は御幾つでおじゃりましたかな？」

「今年、十六歳になります」

十六歳、浅井長政と同い年か……。若いからとは庇えない。戦の仕方、兵の動かし方を学ぶのは元服後でも良い。だが優しさや他者への配慮は最初に身に着けるものだ。それが出来ていない。

「未だお若い、御自身を磨く時はおじゃりましょう」

「そうですな」

加賀守の声は弱かった。多分、期待出来ないと見ているのだ。俺も義治には期待出来ない。此処に来て良く分かった。観音寺騒動の事を知らなくても六角家は駄目だと判断しただろう。

平井丸を辞去して少し歩くと護衛役の戸越忠蔵幸貞、石動左門景光、柳井十太夫貞興、麻倉清次郎隆行が現れた。いずれも山伏姿だ。忠蔵達は一人の男を捕えていた。町人姿の未だ若い男だ。後ろ手に縛られている。鼻の横に黒子があった。口には竹の猿轡《さるぐつわ》が噛ませてあった。

「その男か？」

俺の問いに忠蔵が〝はっ〟と頷いた。左門が男を座らせた。男は強い目で俺を睨んでいる。可愛くないな。

「手古摺《てこず》ったか？」

「いいえ、こちらは四人、この男は一人。難しくは有りませぬ。これまでこちらが何もしなかった事で油断したようです」

忠蔵が苦笑している。捕えられた男は三好の忍びだ。俺の後を追ってきたのだが俺が平井加賀守と会っている間に捕らえるようにと命じていた。ちょっと頼みたい事が有る。

「三好の忍びだと聞いた。そうだな？」

「……」

男は俺を睨んだままだ。あのなあ、喋れないんだからせめて首を横に振るとか頷くとかしろよ。リアクション無しは感じ悪いぞ。

「頼みが有るのだがな。受けてくれるのなら命は助ける」

男が眼で笑った。嘲笑う様な眼だ。寝返れ、知っている事を話せとでも言われると思ったのだろう。

「難しい事ではない。そなた達には頭が居るな？　その頭にな、会いたいから磨の邸を訪ねて参れと伝えて欲しいのだ。如何かな？」

「……」

今度は妙な眼で俺を見ている。忠蔵達も同様だ。

「猿轡を外してやろう。だから舌を噛むなよ。約束出来るか？」

男がちょっと迷ってから頷いた。左門が一瞬俺を見てから猿轡を外すと男がフーッと息を吐いてから口を動かした。馬みたいな口の動かし方だ。可笑しかった。

「如何かな？　頼めるか？」

「……会って如何なされる」

低くて渋い声だった。声だけなら中年の男だと思うだろう。

「決まっておじゃろう、話をするのよ」

「……妙なお人じゃな。……伝えても良いが頭領が邸を訪ねるとは約束出来ぬぞ。それでも良いのか？」

お前、なんか困ってないか。それと変な眼で俺を見るのは止めろ。

「そなたの役目は麿の伝言を伝える事、麿の前に頭領を連れてくる事ではない。たとえ頭領が来なくともそなたを嘘吐きとは責めぬよ」

男が〝それならば〟と言って頷いた。

「良し。縄を解く、そなたは京へ戻れ」

男が困ったような顔をした。

「麿はこれから尾張に行く。六月の初めには京に戻る。頭領にはそう報告すれば良かろう」

「分かった」

左門が刀を抜いて縄を斬ると十太夫が〝我慢しろよ〟と男に声を掛けた。そして腕を取って気合と共に肩の方に押し込んだ。〝ボキッ〟と音がして男が呻いた。なるほど、縄抜けしないように腕を外してから縛っていたのか。十太夫が反対側の腕を取って押し込むと又〝ボキッ〟と音がして男が呻いた。男が立ち上がった。顔を顰めながら肩を回したり腕を曲げたり伸ばしたりしている。

「では頼むぞ」

「約束は守る」

男が力強く言った。まあ信じて良さそうだな。

「一つ聞き忘れた」

「……」

「そなたの名は？」

男がまた困ったような顔をした。こいつ、困ってばかりだな。

「……長助、倉石長助だ」

「そうか、長助か。気を付けて帰れよ」

長助が歩き始めた。一度振り返って俺を見た。そして頭を下げると前を向いて歩きだす。結構礼儀正しい男だな。……あのなあ、そこで首を傾げるな！　失礼だろう！


永禄三年（一五六〇年）　五月上旬　　近江蒲生郡　　平井丸　　平井小夜

「入るぞ、小夜」

声がして父が部屋に入って来た。そして私から少し離れたところに座った。父の顔を見る事が出来ない。自然と俯くような姿勢になってしまった。何を話しかけられるのか、自然と身体が固まってしまう。

「今、飛鳥井右近衛権少将様がお見えになられた。そなたもお会いした事が有るな、あの頃は未だ侍従様とお呼びしたが……」

「はい」

声が小さい。……何時の間にか大きい声を出せなくなってしまった。

飛鳥井侍従様……。私よりも一つ年下のお方。余りに幼いので驚いた覚えがある。あれは何時の事だったかしら？　改元が行われる前だから三年程前の事なのだわ。……そういえば新九郎様はあの頃は元服前で猿夜叉丸様と名乗っていた。毎日毎日一緒に遊んでいた。何故あのまま時が止まらなかったのだろう……。あのまま時が止まっていればずっと幸せだったのに……。

「そなたの事を案じていたぞ」

身体が強張った。あの方は知っているのだと思った。

「……お話になられたのですか？」

「あちらから訊ねて来られた。もしかすると此処に寄ったのはそなたを案じての事かもしれぬ。本城には寄らずに立ち去られたのだからな」

「……」

私の事は京でも有名なのかもしれない……。

「如何しているかと問われたのでな、そなたが引き篭もってしまったとお伝えすると以前のように明るい笑みを取り戻す事を願っていると仰られた。そなたにならば必ず良い縁が有るだろうとな」

そんな事を……。

「無理です。良い縁なんて有りません」

「そんな事は無い」

「若殿はもう嫁ぐ事は出来ないと仰られています。だから側室にと……」

涙が出てきた。なんて惨めなのだろう。憐れまれて側室になるなんて……。嗚咽が止まらない。

「案ずるな、小夜。たとえ望まれてもそなたを側室に出す事は無い」

「……父上」

父の顔を見ると父が頷いた。

「そなたが幸せになれるなら、それでも良い。だが右衛門様の仰られ様、余りに無思慮でそなたへの優しさに欠ける。これではの、そなたを側室に差し出してもそなたが幸せになる事は有るまい」

「……」

「右少将様もそう仰られていた。右少将様はそなただけではない、平井の家にも災いが及ぶと仰られた……。真にその通りよ」

父が大きく息を吐いた。これまで父は迷っているのだと私は思っていた。父の心を固めたのは右少将様なのかもしれない。一度しか会った事の御方が私を心配してくれる。それなのに、若殿は何故私を貶めるような事を言うのか……。

「そなたは私の大事な娘だ、そして自慢の娘でもある。だからな、元気を出せ。きっと幸せになれる、そう信じるのだ」

「……」

父が立ち上がった。

「良いな、信じるのだぞ」

そう言うと父は部屋を出て行った。

幸せに成れる……、本当に？　でも一体誰が私を妻にと望んでくれるのだろう。そんな方が居られるのだろうか。それに私はその方を愛せるのか……。私の心は未だ新九郎様を想っているのに……。憎めれば、あの方を憎めれば……。嗚咽が、嗚咽が止まらない。何故、何故こんな事に……。

桶狭間

永禄三年（一五六〇年）　五月中旬　尾張国　春日井郡　清洲村　清洲城　飛鳥井基綱

「驚いたぞ、まさか此処に来るとは思わなかった」

眼の前で信長が呆れたように首を横に振った。可笑しいよな、声を上げて笑うと信長も声を上げて笑った。

「嬉しかったかな」

「ああ、詰まらない戦評定の最中だったのでな。切り上げる口実が出来たわ」

「ならば麿は救いの神か」

「そんなところだ」

また二人で大笑いだ。そんな俺達を信長の正室、濃姫呆れたように見ている。細面のなかなかの美人だ。養母よりも少し若いだろう。ちょっと好みのタイプだ。

「殿、右少将様とは何時の間にそのように親しくなられたのです？　文の遣り取りをしているとは知っていましたが……」

「去年上洛した時だ。共に火鉢にあたって暖を取った仲よ」

「まあ」

目を瞠った表情が可愛い。

「餅でも焼けば良かったかな？　織田殿」

「ああ、それも良かったな」

また二人で笑った。

「まあ戦評定など開いても無駄でおじゃろうな」

「そうだな」

互いに頷きあった。織田家中に今川に通じる者が居ないとは限らない。今の信長は後年の信長じゃない。未だ弱く小さい存在なのだ。信長を見限って今川に通じようとする者が居てもおかしくは無い。

「此処へはお一人でいらっしゃったのでございますか？」

濃姫が訝しげな表情で訊ねてきた。

「供は四人連れてきました。今は外で今川の動きを見ておじゃりましょう」

信長が〝ふーむ〟と鼻を鳴らした。そして濃姫に〝席を外せ〟と言った。うん、後ろ姿も良い。ちょっと残念。

「勝てると思うか？」

「勝てるだけの手は打ったのでおじゃろう？」

「うむ」

「ならばあとは何時動くか、機を捉えるかでおじゃろう」

信長が〝そうだな〟と頷いた。史実通りなら信長が出陣するのは丸根、鷲津の砦が攻撃された時だ。二つの砦を落としたのは松平元康と朝比奈泰朝、朝比奈は今川の重臣中の重臣だ。

「今川の兵力は？」

「ざっと二万。武田、北条からも援軍が出ている」

苦い表情だ。武田と北条の援軍か、それぞれ二、三千は出しただろう。となると今川は一万五千程という事か。

「織田殿は？」

「俺が動かせるのは三千程だ」

「治部大輔一人を狙うのなら十分でおじゃろう」

信長が苦笑しながら〝そうだな〟と言った。

「今川の動きは？」

信長が眉を寄せた。美男だけに不機嫌そうに見えるのが難点だな。

「治部大輔が沓掛城に入った。もう五日程経とうな。今のところ今川に動きは無い。おそらくはこちらの動きを確認しながら攻撃の手筈を整えているのだろうと思う」

呟くような口調だ。不安が有るのだろう。

「今川に通じる者が居る、そういう事でおじゃろう」

信長が俺を見た。

「五日も経つのでおじゃろう？　戦評定にしては長過ぎるとは思わぬか？　治部大輔が沓掛城に入った。それに対して織田殿が如何動くか、それを確認しているのでおじゃろうよ」

「そうだな」

信長が〝ふーっ〟と息を吐いた。

「となると織田殿に動きが無いのを如何見たか……」

「うむ」

戦評定もまともに開かない、開いても結論を出さない。それが今川に伝わっているなら織田は居竦んでいると見るだろう。その事を言うと信長も頷いた。油断してくれれば良いのだが……。

「今川の狙いは大高城に兵糧を入れ守る事でおじゃろう」

「うむ」

「となれば丸根、鷲津の砦が邪魔という事になる。今川は必ず二つの砦を攻める」

「そうだな」

信長が頷いている。兵糧を入れるのは丸根、鷲津の砦の所為で大高城が干上がったからだ。放置していてはまた同じ事になる。必ず攻め落とす筈だ。

「治部大輔が沓掛城を出ると思うか？」

俺が問うと信長が〝出る〟と力強く断言した。

「何時？」

「大高城が安全になった時だ。大高城に入り織田を打ち払ったと声高に宣言する。そうする事で周囲の国人衆を今川方に付けようとする筈だ」

「つまり、治部大輔が沓掛城を出るのは兵糧が入り丸根、鷲津の砦が落ちた後という事になる」

信長が〝うむ〟と頷いた。

「襲うのは沓掛城から大高城への移動の途中か」

「あの辺りは小山や丘が多い。見晴らしは良くない。奇襲が成功する可能性は低くない」

二人で顔を見合わせた。互いに頷く。史実ではそうなった。

「織田殿は何時動く？」

「丸根、鷲津に敵が攻めかかった時だ。ここを出て熱田神宮に行く。そこで兵を集め善照寺砦に行く。そして治部大輔が沓掛城を出たという報せを待つ」

やはり善照寺砦を選んだか。中島砦の方が今川勢に近い。だが善照寺砦の方が鎌倉街道を使って義元の本隊を襲うには都合が良い。

「では手越川の北だな」

「そうだ、良く見た」

今川方は手越川の南を主戦場と考えているが信長は裏をかいて北から義元の本体を襲おうと考えている。お互い松平の事は口にしない。だが松平からの使者が沓掛城に入ってからが勝負だ。信長の命を受けた男達が沓掛城の義元を見張り続ける事になる。

「何か見落としは有るか？」

不安そうな表情だ。打つべき手は打った。それでも勝算は決して高くない。その事が不安なのだろう。少しでも勝算を上げたいのだ。義元を討てなければ丸根、鷲津の兵は見殺しという事になる。そして大高城とその周辺は今川の勢力が増す。信長は押し込まれる事になる。

「戦の時には首は討ち捨てを命じる事だ」

信長が頷いた。

「そうだな、分捕りも禁止しよう」

「あとは天気でおじゃろう。天気が悪ければその分だけ敵に近付くのが容易になる」

「天気か、……運だな」

信長が顔を顰めた。そう、運だ。だが運を呼び込めるのも実力なのだ。信長には運を呼び込む実力がある。そう思うんだが……。


永禄三年（一五六〇年）五月中旬　　尾張国　春日井郡　清洲村　清洲城　織田信長

「殿、勝三郎にございまする。起きておられまするか？」

廊下から池田勝三郎の声が聞こえた。押し殺した声だ。

「如何した」

身体を起こすと戸が開いた。勝三郎が片膝を突いて畏まっている。

「今川勢が丸根、鷲津の砦に攻めかかりましたぞ。丸根には松平、鷲津には朝比奈、たった今報せが」

とうとうその時が来たのだと思った。

「御苦労。勝三郎、戦ぞ」

「はっ！」

勝三郎が下がった。一つ息を吐いて立ち上がった。俺はこの時を待っていたのだろうか、それとも恐れていたのだろうか……。分からぬ……。枕、寝具を蹴飛ばして隅にやった。これで良し……。

「人間五十年、下天の内をくらぶれば、夢幻の如くなり」

舞う、これが最後の舞いかもしれぬ……。悩むな、ただ舞うのだ。

「一度生を得て、滅せぬ者のあるべきか」

一度きりの人生よ。この一戦に全てを賭ける。今川治部大輔の首を獲る！

舞い終わって覚悟が付いた。もう一度息を吐いた。

「螺吹け！　具足寄越せ！　戦ぞ！」

声を張り上げると彼方此方から〝戦ぞ！〟という声が上がった。小姓達が具足を持ってきた。袴をはき小姓の助けを借りて具足を身に着けていると螺の音がした。これで皆が起きる。まともな戦評定をしていなかったのだ。多くの者が籠城だと見ていた筈、大騒ぎだろうと思うと可笑しかった。

お濃が現れた。表情が硬い、夜着の上に小袖を羽織っている。

「殿、御出陣でございますか？」

「お濃、湯漬けを持て」

「はい」

そそくさとお濃が去った。

具足を付け終わる頃にお濃が湯漬けをもって現れた。受け取って湯漬けをかき込む。二杯目を食べている時に右少将が現れた。無視して湯漬けをかき込む、だが右少将は不満そうな表情を見せなかった。黙って座って俺を見ている。相変わらず可愛げのない男よ。だがその事も可笑しく感じられた。

食べ終わると右少将が話しかけてきた。

「美味かったかな?」

「さて、腹を満たすのが忙しくてな、味わう暇など無かったわ」

右少将が笑い出した。

「困ったものよ、奥方の給仕でおじゃろうに」

お濃に視線を向けるとお濃は困ったような表情をしていた。

「これでは勝って帰るしかあるまい」

「そうだな」

「麿も待っているぞ、京でな」

「……ああ」

京か……。そうだ、俺はこんなところで負けるわけにはいかんのだ。

「出陣じゃ！　熱田神宮！　馬引け！」

勝つ、必ず勝つ！


永禄三年（一五六〇年）　五月中旬　尾張国　春日井郡　清洲村　清洲城　飛鳥井基綱

信長が出陣した。もう一眠りするかと思ったが城中は大騒ぎだ。とても眠れるとは思えない。如何したものかと思っていると濃姫が〝右少将様〟と声を掛けてきた。

「夫は、織田弾正忠信長は勝てましょうか？」

ジッと俺を見ている。公家だから戦は分からない、子供だから分からないと言っても良いんだが……。

「勝ち目はおじゃります。僅かだが有る。麿と織田殿はそれを見つけた。だが勝利をものに出来るかどうかは分かりませぬ。それほどまでに厳しい」

濃姫が思い詰めたような表情をしている。……桶狭間の戦いは軍事作戦としてみればそれほど珍しいものじゃない。敵の兵力を前線に引き付けておいてその隙に迂回して後方にある敵の本隊を撃破するというものだ。大高城も丸根、鷲津も今川軍を引き付ける餌に過ぎない。

問題は義元の兵力が多過ぎる事だ。余剰戦力が多いという事は何処に敵の兵が居るか分からないという事でもある。それらを避けつつ義元に接近しなければならない。義元の本隊に近付く前に他の部隊に見つかって戦になれば作戦は失敗だ。信長が手越川の北を利用しようとしているのはその

ためだ。そういう意味では史実の信長はついていた。突然の悪天候で視界が利かなくなった。それを利用して義元に近付けた。

義元は決して愚将ではない、信長も同様だ。この二人が戦ったのに武将としての能力以外のところ、兵力の大小以外のところで勝敗が決まった。桶狭間の戦いはそういう不思議な要素の多い戦いだと思う。

「あとは織田殿の運次第でおじゃりますな。織田殿が勝つと信じられる事です」

濃姫が頷いた。

「麿も腹が空きました。朝餉をお願い出来ませぬか？」

「……」

「お濃殿、そなた様も朝餉を摂られた方が良い。今日は長い一日になる。腹が減っては戦えませぬぞ」

「……はい」

濃姫が頷いて立ち上がった。


永禄三年（一五六〇年）　五月中旬　尾張国　愛知郡　鳴海村　善照寺砦　織田信長

未だ来ないか……。

「今何刻か」

問い掛けると〝そろそろ午の刻かと〟と答えがあった。もう午の刻か……。遅い、今川治部大輔は未だ沓掛城を出ないのか……。まさか、大高城には行かない？　いや、そんな事は無い。丸根、鷲津を落とし大高城に兵糧を入れれば今川方の完勝と言って良い。治部大輔は必ず大高城で凱歌を上げる筈だ。

落ち着け、落ち着くのだ。逸ってはならぬ。機会は一度しかない。ここで今川治部大輔の首を取る。そうすれば今川は混乱する。跡取りの彦五郎は家を纏めるために当分兵を外に出す事は出来ぬ。その隙にこちらは尾張を完全に掌握すれば良い。治部大輔を討ち取った後なら俺の武名も上がっている筈、皆も俺に従う事を躊躇うまい。難しくは無い筈だ。

その後でなら今川が押し寄せても怖くは無い。互角以上に戦える。

「殿！」

声と共に簗田四郎左衛門が走り寄って来た。来たか！

「出たか？」

「はっ、今川治部大輔、兵五千と共に大高城の方向へ」

「御苦労！」

来た！　ついに来た！　身体を無意識に震わせていた。武者震いとはこれか！

「皆聞けい！」

兵達の視線が俺に集まった。

「これより今川治部大輔と決戦いたす！　敵の兵力は五千ほど、目指すは治部大輔の首一つ！　遅れるな！」

どよめきが起こった。

「馬引けい！」

引かれてきた馬に乗る。馬腹を蹴って砦を飛び出すと鎌倉街道を目指した。駆ける、ただ駆ける！　鎌倉街道を入るとそのまま東へと進む。しばらく駆けていると頬に冷たいものが当たった。雨？　思う間もなく土砂降りとなった。痛いと思う程に雨に頬を叩かれた。いや、雨ではない、雹だ！　この五月に雹！　これで今川の眼を晦ませる事が出来る！

「はははははは」

勝てる！　俺は勝てるぞ、右少将！

「天祐我に有り！　この戦！　信長が貰った！」

馬腹を蹴った！

永禄三年（一五六〇年）　五月中旬　　尾張国　　知多郡　　桶狭間村　　桶狭間山　　今川義元

「酷い……、天気ですな」

声が途切れ途切れに聞こえた。唸るような風の音の所為で良く聞こえぬ。甲冑の音さえ消える程じゃ。松井左衛門佐が手で顔を庇うようにして天を仰いでいた。こやつの声か。確かに酷い天気だ。この五月に雹が降るとは……。この辺りの百姓共は今頃は大慌てで畑に出ていよう。野菜に莚《むしろ》でもかけているに違いない。大粒の雹だ、そうでなければ野菜は穴だらけになる。

「先程までは、……だったのじゃ、……ものであろう。直ぐ……」

長谷川伊賀守か。

「聞こえぬぞ！　伊賀守！」

怒鳴ると伊賀守がこちらを見た。訝し気な表情をしている。腹立たしい事よ！　儂の声まで聞こえぬか！

「聞こえぬぞ！　伊賀守！」

今度は聞こえたらしい。伊賀守が畏まって近付いてくる。

「御屋形様！　先程までは好天なれば一時的な物と思いまする！」

阿呆！　近付いてまで声を張り上げるな！

「うむ！」

腹立たしかったが頷く事で我慢した。聞こえぬと怒鳴ったのは儂じゃ。

「此処は丘なれば見晴らしも良く！　敵が近付いてきても！　不意を突かれる事は有りませぬ！」

「うむ！　その通りである！」

この嵐の中を攻め寄せてくる奴が居るのか？　大体見晴らしが良いとは言っても暗いし雹が横殴りに飛んで来るほどの風じゃ、三間先はもう見えぬぞ！　儂の周りこそ二十人ほど詰めているが他はそれぞれに木々の下でこの嵐をやり過ごしていよう。

まあ、天気が回復すれば直ぐに周囲が見渡せる、それに丘の上の方が位置的に有利じゃ。この地で休息するのは間違いではない。伊賀守のいう事は道理よ。……落ち着け、苛立ってはならぬ。戦は勝ったのだ。丸根、鷲津の砦は落ちた。大高城にも兵糧を入れた。完勝ではないか。この後は大高城に入って皆に勝った、今川の勝利だと宣言して勝鬨を上げれば良いのだ。

そして織田は何も出来なかったと笑い恐れるに足りぬと言うのだ。実際何も出来なかった。織田弾正忠信長は城に籠ったまま戦評定さえまともに開かぬ有様ではないか。今少し歯応えがあるかと思ったが存外よな。到底父親の信秀には及ばぬわ。今思えばあの男は敵ながら天晴な男であった。

此度の戦で織田を見限る者も現れよう。三河も以前に比べれば格段に安定する筈じゃ。その分だけ尾張攻めも捗るというものよ。先ずは調略で崩し知多半島を今川の物にしなければならぬ。知多が今川の物になれば常滑の焼き物と知多の水軍が儂の物になるのだ。その後は西に進んで津島を取る！　知多、津島が今川の物になれば織田も意地を張れまい。儂に頭を下げて来る筈だ。責め潰すよりも利用した方が良いわ。まあ意地を張るなら潰すしかないが。

尾張を今川の物にするのは三年では難しいかもしれぬが五年はかかるまい。……儂は今四十二、四十七になる前に尾張攻めは終了する。問題はその後よ。美濃を攻めるか伊勢を攻めるか……。まあ伊勢の方が旨味は多いだろう。だが情勢次第では美濃を攻める事も考えなければならぬ。

「明るくなって来ましたな」

そんな声が耳に入った。顔を上げると確かに明るくなっている。雨も小降りだ、雹は無い。晴れたわけではないが雲が途切れたらしい。気付かなかった、どうやら考え事をしている間に俯いていたらしいな。思わず苦笑が漏れた。

「御屋形様、雨はともかく未だ風が有りまする。今少し此処で休んだ方が宜しいかと思いまする」

左衛門佐が進言してきた。うむ、確かに風が未だ強いな。輿で移動するには向かぬか……。皆がこちらを見ている。

「左衛門佐の言う通りにしよう」

儂の言葉に皆が頷いた。もどかしいが已むを得ぬ。焦るな、戦は勝ったのだ。あと一刻ほどすればもっと天気は良くなる筈だ。一つ息を吐いた。……突然ざわめきが聞こえた。〝御屋形様〟、〝御屋形様は何処に〟と儂を探す声が聞こえた。

「何事か！」

儂の声に何人かが立ち上がって声の方に走った。喧嘩か？　いや、それなら儂を探す事は無いな。〝こちらじゃ〟、〝急がれよ〟と言う声と共に男が現れた。

「御屋形様！」

儂を認めて急ぎ足で近付いてきた。

「井伊信濃守にございまする！　織田勢が直ぐ傍に！」

織田？　馬鹿な、如何いう事だ？　何故織田が？　皆も顔を見合わせている。

「信濃守！　敵は如何程か？」

「約三千！　こちらを目指しておりまする！」

三千？　では弾正忠か！　儂を目指して来たか！　立ち上がった。

「織田が来る！　丘の上に居るこちらが有利じゃ！　兵も多い！　慌てずに迎え撃て！」

〝おう！〟と声が上がった。

永禄三年（一五六〇年）　五月中旬　　尾張国　知多郡　桶狭間村　桶狭間山　織田信長

「掛かれ！　掛かれ！」

〝うぉー〟という喚《おめ》き声を上げながら兵が走り出した。

「名を挙げ家を興すはこの一戦に有るぞ！　命惜しみするな！　この一戦に全てを賭けよ！」

また〝うぉー〟と喚き声が上がった。良し！　士気は高い、兵は勇んでいる！　今川の本隊を捉えた。その事に逸っている。

「狙うは今川治部大輔の首一つ！　余の首は討ち捨てにせい！　治部大輔の首を挙げよ！」

兵が我先にと丘を駆け上がる！　敵は備えが定まっておらぬ！　天が俺を祐《たすけ》てくれた！　ぶつかった！　直ぐに味方が敵を蹴散らし始めた！

「進め！　進め！　敵は不意を突かれたぞ！　治部大輔を追え！　首を獲れ！」

励ますとまた喚声が上がった。兵は前へ、前へと進もうとしている。勝てる、そう思っているのだ。敵の声が弱い、悲鳴のように聞こえる。気の所為では有るまい、押されて腰が引けているのだ！

「治部大輔を追え！」

「治部大輔の首を獲れ！」

「化粧首だ、化粧首を追え！」

兵達が思い思いに叫びながら前へと進む。良し！　皆が治部大輔の首を求め始めた。敵が逃げ腰だと感じ始めたのだ。

「進め！　進め！　敵は腰が引けているぞ！　それ、押せ！　押すのだ！　押せーっ！」


永禄三年（一五六〇年）五月中旬　尾張国　知多郡　桶狭間村　桶狭間山　今川義元

「由比美作守様、お討ち死に！」

悲鳴のような報せが届いた。周りが凍り付いている。既に長谷川伊賀守、井伊信濃守、三浦左馬助が討ち死にした。他にも討ち死にしている者が居るのかもしれぬ。……不意を突かれた。おそらく、兵は混乱しまともな指揮など出来なかったのであろう。一武者として戦って死んだのだ。

「御屋形様」

松井左衛門佐が声を掛けてきた。

「此処は御退き為されるべきかと」

「……逃げ切れるか？　馬は無いぞ」

「……」

左衛門佐は答えない。難しいと思っているのだ。儂の周りには五十人ほどしか居ない。他はそれぞれに前に出て戦っている。そして死んだ。

「逃げ切れば勝ちにございまする」

思わず息を吐いた。そうだな、逃げ切れば勝ちだ。そして大将は最後まで生き延びる努力をせねばならぬ。逃げよう、そう思った時に喚声と共に敵が現れた。

「居たぞ！　今川治部大輔、駿府の御屋形じゃ！」

「今川治部大輔じゃ！」

喚き声が轟いた。見られたか……。ならば敵が集まるのも直ぐじゃな、逃げ切れぬ……。

「左衛門佐、此処までじゃ」

左衛門佐が頭を下げると敵に向かって走り出した。二尺八寸、郷義弘を抜いた。まさかこの刀を抜いて自ら戦う事になろうとは……。織田弾正忠信長、やりおるわ。丸根、鷲津、大高城は儂を誘き寄せる餌であったか……。それにしても運が良いわ。天気さえよければ儂の勝ちだったものを……。いや、運も実力よ。

織田の兵が次から次へと現れる。儂を守る者達が必死に戦っているが一人、二人と倒れていく。いや、織田の兵も倒れている。だが減ったようには見えない。此処に兵が集まっているのだ。儂の首を求めて……。左衛門佐が倒れた。今川の兵達が悲鳴を上げる。直だな、突破されよう……。

敵が目の前に現れた。一つ息を吐いた。

「駿府の御屋形！　その首、貰い受ける！」

敵が槍で突いてきた！

「下郎！　推参なり！」

槍を払って刀を振るった！　敵が悲鳴を上げて蹲った。膝を斬ったか。ばらばらと敵が現れた。

腹の底に力を入れた。

「今川治部大輔義元じゃ、参れ！」

喚声を上げながら敵が突き掛って来た……。

桶狭間の戦いの後

永禄三年（一五六〇年）　五月中旬　　尾張国　　春日井郡　　清洲村　　清洲城　　濃姫

ドンドンドンドンドンという足音とガシャガシャガシャガシャガシャという音が遠くから聞こえてきた。帰って来た！

「お濃！　お濃！」

「はい！」

声が弾む！　急いで廊下に出た。夫が居た。猛々しいほどの気を放っている。

「お戻りなさいませ……」

声が止まってしまった。何も言えない。

「勝ったぞ、お濃」

「はい！」

夫の白い歯が眩しい。

「今川治部大輔を討ち取ったわ」

「はい！」

夫が声を上げて笑った。そして笑い終わると一つ息を吐いた。

「ようも勝ったものよ。……右少将は何処に？」

「それが、京にお戻りになられました」

「なんと！」

「貴方様からの使者が来る前に右少将様の供の方が現れて貴方様が田楽狭間で治部大輔様を討ち取ったと」

「俺の使者が着く前にか」

夫が唸り声を上げた。あの時は信じられなかった。何度も〝本当に？〟と問い掛けた程だ。でも右少将様は驚いていなかった。あの方は夫が必ず治部大輔を討ち取ると信じておられたのだと思う。

「忘れていました、貴方様にこれを渡して欲しいと」

部屋に戻って書状を持ち夫の許に戻った。夫に差し出すとものも言わずに受け取って読み出した。読み進むにつれて書状を持つ夫の手に力が入るのが分かった。

「うーむ」

唸り声をあげている。声を掛けるのを躊躇う程に夢中で読んでいる。

最後まで読み終わると〝ふーっ〟と息を吐いた。そして小声で〝化け物め〟と呟いた。

「一波僅かに動いて万波随うか……。憎い男よな」

「殿？」

私を見ていない。見ているのは……。

「俺には今日を戦うのが精一杯であった。あの男は一年先を見て戦っておる」

「殿？」

声を掛けると夫が私を見て〃フッ〃と笑った。

「お濃、天下は広いわ。とんでもない化け物が居た」


永禄三年（一五六〇年）　五月下旬　　山城国葛野・愛宕郡　　平安京内裏　　目々典侍

「本当に織田が勝ったのですか？」

「はい」

「治部大輔殿を討った？」

「はい」

右少将の答えに娘の春齢と顔を見合わせた。右少将が織田に肩入れしている事は知っていた。織田が勝つと見ているのではないかとも思っていた。でも本当に勝つとは……、それも大将である治部大輔を討ち取るほどの大勝利……。私も娘も未だに信じられずにいる。

「兄様、戦には出てないのよね？」

「何を言い出すかと思えば……、当然でおじゃりましょう。麿が戦場に出ても何の役にも立ちませぬぞ」

右少将が笑いながら言った。戦場には出ていない。でも何らかの助言はしただろう。高島と朽木の戦いも自らは参加する事無く朽木の大勝利を演出したのだ。

「麿が寝ている時にいきなり騒がしくなり〝戦だ〟という声が幾つも上がりました。この夜更けに出陣するのかと驚きましたな。織田殿のところに行くと甲冑姿の織田殿が立ったまま湯漬けを食べているところでおじゃりました。食べ終わると〝出陣じゃ！〟と言って出ていったのです。戦とはこういうものかと思いました」

その様子が目に浮かぶ。右少将も居る、でも表情が見えない。どんな表情をしていたのか……。

一つ息を吐いた。

「兄様は？」

「麿はその後、お濃殿の給仕で朝餉を摂りました。そして昼過ぎに勝ったという報告が入ったので京に戻りました」

「お濃殿って誰？」

娘の声が尖っている。右少将も気付いたのだろう。困ったような顔だ。

「織田殿の奥方です。本名は違うのでしょうが美濃から嫁いで来ましたからお濃と呼ばれているようです」

「幾つくらいの女《ひと》？」

「さて、織田殿が二十代の後半でおじゃりますから……」

では私と同年代？

「美しい方なのですか？」

「さあ……、人には好みが有りますからな。麿には何とも……」

歯切れが悪い。右少将が視線を逸らしている。美しいのだと思った。そして右少将の好みの女性なのだ。娘もそう思ったのだろう、不満そうな表情を見せている。

「これからどうなりますか？　帝も気にかけています」

右少将が〝そうですな〟と言った。ホッとしたような表情をしている。娘の不満そうな表情は変わらない。帝が気にかけているのは事実だ。帝も右少将が戦に関わったと見ている。何故関わったのか、それが何を引き起こすのか、知りたがっているのだ。

「今川は治部大輔が死んだ事で混乱する筈です。当分尾張方面に兵を出す事はおじゃりませぬ。織田はその間に尾張を完全に押さえる事になりましょう。問題は関東でおじゃりましょうな」

娘が〝関東？〟と訝し気な声を上げると右少将が頷いた。

「今川治部大輔が討ち死にした事で今川は混乱します。今川、北条、武田の三国同盟が揺らいだと見て越後の長尾が関東に兵を出しましょう」

「関東管領ですか？」

私が問うと右少将が〝はい〟と頷いた。

「北条を討ち、新たな関東管領として関東を制しようとする筈」

越後には関白殿下が居る筈、それは長尾の関東制覇を助ける為だった。まさか……。

「上手く行きますか？」

右少将が〝いいえ〟と言って首を横に振った。微塵も迷いが無い、相当に自信が有るのだと思った。では尾張に行ったのは殿下の為、足利の為ではない……。

「武田と北条が健在である以上、関東を長尾が押さえる事は難しいと思います。それに今川も滅んだわけではない。……まあ一時的には優位に立つかもしれませぬが……」

「……」

公方の望みは長尾が関東を制し上洛する事、でもそれは叶わないと右少将は見ている。たとえ治部大輔が死んでも。

「養母上、今の事は余人《ひと》が居るところで帝にお伝えください。それとは別に余人を交えずに内密に伝えて欲しい事がおじゃります」

妙な事を言う、娘も訝しそうな表情をしている。

「それは？」

「東海から関東にかけて、これから大きな混乱が起きましょう。注意が必要だと」

「それだけですか？」

右少将が躊躇いを見せた。

「今は……」

「……分かりました。いずれそなたが考えている事を話してもらいますよ。帝も気にかけているのですから」

「……分かりました、では麿はこれで」

右少将が立ち上がった。

「もう行っちゃうの？　帰って来たばかりなのに」

娘が不満そうな声を上げると右少将が軽く笑い声を上げた。

「また明日来ます。今日は太閤殿下に呼ばれていますので」

太閤殿下に……。殿下も治部大輔の死がどういう影響を及ぼすかを右少将と話したがっているのだろう。

右少将が立ち去ると娘が〝母様〟と声を掛けてきた。

「兄様はどうして伝える事を分けたのかしら？」

「多分、長尾による関東制圧は上手くいかないという事を皆に報せるためでしょう。長尾の上洛も無いと」

「皆に？」

「ええ、そこから三好に伝わる様にと」

娘が眼を瞠っている。

「分かりますね？」

「はい」

「内密にと言った部分は三好に知られたくないのでしょう。多分、混乱の中で三好にとっては面白くない状況になるのかもしれませぬ」

或いは朝廷にも影響が出るのか。いずれは聞き出さねば。その辺りも帝にお伝えしよう。


永禄三年（一五六〇年）　五月下旬　丹波山中　黒野影久

「まさか本当に織田が勝つとは……」

「ただ勝ったのではない。今川治部大輔を討ち取った」

シンとした。部屋には俺と十人の組頭が居る。だが人が居ないのではないかと思う程に静かだった。皆が顔を見合わせている。普段煩い葉月も神妙な表情だ。

「雹が降ったそうだ」

俺の言葉に〝雹が〟と声がした。佐助か？

「忠蔵の文によれば織田勢が治部大輔の本隊に近付く時に酷い悪天候になり雹が降った。その所為で今川方は織田勢に気付くのが遅れたらしい」

〝なんと〟、〝そのような〟と声が聞えた。

「治部大輔は悪天候で近くの小高い丘で休息をとったらしい。その所為で隊列は乱れていたようだ。織田勢に気付き慌てて迎え撃とうとしたようだが間に合わなかったようだな。位置的には丘の上に居たのだから有利だったのだが……。それに馬なら逃げられたかもしれぬが治部大輔は輿を使っていた……。運が無かったな」

「……」

「一瞬の油断、いや油断というのが酷な程の隙を突いたわ。そして治部大輔を討った」

呻き声が聞こえた。信じられぬのだろう。俺も信じられなかった。五月に雹が降る、そのような事が有るのかと。まるで織田を勝たせるために天が味方したかのようだ。そして考えてしまう、右少将様は何処まで読んでおられたのかと……。皆も同じ事を考えているだろう。

「右少将様の見立てが当たりましたな。織田が勝った」

葉月の言葉に皆が頷いた。皆の顔には畏れるような色が有る。

「葉月、織田弾正忠とはどのような御仁だ」

「そうですなあ、……型破りで常識に囚われぬお方です。何処となく右少将様に似ているようにも思えます」

葉月が言葉を選びながら答えた。型破りで常識に囚われぬお方か……。確かに似ているやもしれぬな。

「右少将様は東海から関東に激震が走ると仰られたそうだ。俺もそう思う。織田が力を伸ばし越後の長尾が関東へと兵を出そう。東海、関東、どちらも荒れるだろう。眼を離せぬ」

皆が頷いた。

「そして畿内でも戦は近付いている。三好と畠山、六角と浅井……。こちらも眼は話せぬ。これまで以上に忙しくなるだろう。気を引き締めよ」

「はっ」

皆が畏まった。

「俺は右少将様にお会いしてくる。これからの事を詳しく伺わねばならぬからな」

右少将様は尾張への行き帰りに平井加賀守を訪ねている。左京大夫本人ではなく家臣の平井加賀守、妙な事よ。それに三好との忍びとも繋ぎを付けようとしている。邪魔な連中だ、混乱させようとしているのか、或いは引き寄せようとしているのか……。

〝重蔵、葉月、いずれな、いずれ面白い物を見せてやろう〟

〝所詮この世は仮初《かりそめ》の宿よ。ならば思う存分楽しむとするか〟

声が聞こえた。右少将様の声。ふふふふふふ、眼が離せぬわ。次は何を見せてくれるのか。……皆が俺を見ている。いかぬな、笑い声が漏れたか。だが止まらぬ。

「ふふふふふふ、ははははは」

声を上げて笑った。

永禄三年（一五六〇年）　五月下旬　　山城国葛野・愛宕郡　　西洞院大路　　飛鳥井邸

飛鳥井基綱

ようやく終わった、各地の大名に文を書き終わった。肩が凝ったわ。文には俺が清州城に遊びに行っていた事、思いがけなく戦に巻き込まれてしまった事、夜中に信長が飛び出していったので驚いた事を書いた。今川にはお悔やみとこれから大変だけど三国同盟が有るから焦らず体制固めをしてねと書いて送った。どれか後世に残るだろう、戦国の第一級資料だな。御爺と長門の叔父にはもう名門の時代じゃないと書いて送った。意味は分かる筈だ。六角は負けるだろうし足利も没落する。

さて、問題はこれからだ。信長が今川義元を討った。目出度い事だがこの事は織田にとって今川の脅威が無くなった事を意味しない。今川の手を撃ち払っただけで今川は織田の東の脅威として存在している。これを無力化し東の国境線を安定させなければ信長は安心して北の美濃攻めには取り掛かれないという現実がある。

史実では三河の松平、つまり徳川家康と手を結ぶ事で信長は東の国境線を安定させた。織田と松平は犬猿の仲だ、それなのに何故それが出来たか？　家康が今川氏真よりも織田信長の器量を上だと見たからだ、或いは今川の支配下から抜け出したいと思っていたからだという説がある。間違いではないだろう。だが俺にはもっと深刻な理由があったと思う。

はっきり言えば家康は氏真を信用出来なかったのだと思う。いや、より正確に言えば今川家を信用出来なかったのだ。今川の領地は東西に長い、そして今川の本拠地である駿河は東の端だ、その事が問題だった。義元の死後、今川家は氏真を軸に態勢の立て直しを図る。それは地元である駿河を中心に行われただろう。駿河から遠江、そして三河という順序で行なわれた筈だ。今川から見れば足元を固めるのは当然の事ではある。だがその事は家康から見れば如何見えたか？

義元の尾張侵攻は三河を安定させるため、織田を押し込んで三河に対する手出しを止めさせるためという側面も有った。つまり三河は必ずしも安定していないのだ。そういう状況下で今川は織田を攻めて桶狭間で大敗を喫してしまう。当然だが三河は揺れただろう。家康が岡崎城に戻ったのが独自の判断だとは思わない。おそらくは今川の了承の下に行われたと思う。今川は当分攻勢は取れない。勢いに乗る織田の攻勢を防ぐには家康を岡崎城に入れて織田に備えさせる必要が有る。そう思ったのだ。

今川から見れば妥当な判断だ。家康を信頼していたのだろうしそれだけの力量もあると見てもいたのだろう。だが家康にとってはどうだっただろう？　当然だが不安だったと思う。万一、織田が攻め寄せれば後詰してもらえるのだろうか？　もっとこっちに力を入れてくれと思ったのは間違いない。今川を捨てて織田に付くべきかという事を全く考えなかったとも思えない。迷ったんじゃないかと思うし考える度に否定しただろう。

そんな時に越後の長尾景虎が関東に攻め込む。北条は劣勢に立たされる。氏真は北条の要請に応えて援軍を送った。混乱の最中、態勢立て直しの最中に送ったのだ。容易ではなかっただろう。氏真の選択が間違いだとは思わない。ここで援軍を送ったから武田が三国同盟を破棄して今川を攻めた時、北条は今川を守ろうとしたのだ。北条は今川に相当の感謝をしたのだ。

だが三河への配慮が足りなかったと思う。この時、千人ほどでも良いから家康に兵を送るべきだった。そして関東が混乱しているので三河には十分な兵を送れないがよろしく頼む、お前なら十分に対処出来ると信じている、態勢が整えばそっちにもっと兵を送れるだろうとでも文を送れば家康は安心しただろうし氏真は三河方面に十分な関心を持っている、これからも後詰は期待出来ると心強く思った筈だ。

残念だが史実ではそれが無かった。その所為で家康は今川が重視するのは三国同盟なのだと認識する。そして長尾景虎の関東攻略が何時まで続くか分からない以上、今川が三河方面に力を入れるのは相当先になるだろうと判断した。つまり松平は孤立したのだ。家康は前途を悲観しただろう。

家康が織田との同盟を積極的に結びたいと考えたとは思えない。前にも言ったが織田と松平は犬猿の仲なのだ。だが背に腹は代えられない。家康は今川を捨て織田との同盟を選択する。桶狭間が一五六〇年五月、清州同盟は一五六二年一月、約一年半の間が有る。この間は家康の葛藤と織田、松平の仲の険悪さを表していると思う。

外伝Ⅲ 解任

【かいにん】

永禄二年（一五五九年）　四月下旬　山城国葛野・愛宕郡　室町第　足利毬

「御台所様には御機嫌麗しく、恐悦至極にございまする」

顔を伏せていた松永弾正が一段低く頭を下げてから顔を上げた。歳は行っているけど顔立ちは整っているのよね。女達が騒ぐ筈だわ。

「御苦労ね、弾正殿」

〝はっ〟と弾正が畏まった。

「今日は何の用かしら」

問い掛けると弾正は穏やかな笑みを浮かべた。

「御台所様に御力添えを頂きたく御前に参上致しました」

「ふーん、力添えね。……私に？」

「はい」

穏やかな笑みは変わらない。本気かしら？

「私で良いの？　公方様に頼み事なら春日局とか小侍従の方が良いと思うけど。私じゃ役に立たないわよ」

「いえ、御台所様の御力添えを」

「……」

変ね、謙遜で言ったんじゃないんだけど。この室町第で私の影響力なんて本当に僅かなんだから……。公方様も幕臣達も私を避けている。兄の関白が朽木に逼塞中の公方様を無視するかのような行動をとった。近衛家は父と兄で足利と三好に両天秤を賭けたのではないかと不信を持っているのだ。私にも不信を持っているらしい。馬鹿馬鹿しい！

「御台所様も御存じのように飛鳥井侍従様の暗殺未遂事件が切っ掛けとなって幕臣達が三好家に人質を出しました」

「ええ、そうね」

幕臣達は嫌がったけど慶寿院様が一喝して人質を出させた。その事で公方様も幕臣達も三好に対して強い不満を抱いている。その事かしら？　不満を持つなと公方様に言えと言う事？　だから春日局でも小侍従でもなく私なの？

「公方様、幕臣達が三好家に対して心穏やかならぬ想いを抱いている事は分かっております。こちらとしましては同じような事件が三好家に対して行われないようにと思っての事でしたが……」

「……」

「公方様も幕臣達も相も変わらず三好を討つと声高に申されているとか」

「……」

「困った事でございますな」

どうせ口だけなんだから気にすることないのよ。飽きもせずに毎日のように言っているわ。私の居るところでは言わないけれどね。でもね、そういうのは雰囲気で分かるのよ。それにこの室町第には近衛家に配慮する者達も居るの、主に女達だけどね。そういう者達がそれとなく教えてくれる。如何しようかな？　そんな事は知らないと答える事は出来るけど……。

「もしまた不祥事が起きるようなら公方様には征夷大将軍の御器量無しと判断して解任という事にもなりかねませぬ」

「解任？」

あ、いけない、声が上ずった。でも解任？　驚いていると弾正が重々しく頷いた。

「三好家ではそのような話が以前に出た事がございます。武家の棟梁が二度にわたって誓った約定を破るとはどういう事か。公方様は征夷大将軍として相応しい御器量をお持ちではないのではないかと」

「……」

「その時は天下が混乱するだけだと判断して朝廷に公方様の征夷大将軍の解任は申請致しませんでした。しかし、此度の暗殺未遂事件は帝も大層なお怒りと聞きます。もし次に不祥事が起きれば……」

弾正が分かるだろうと言う様に私を見ている。有り得ないとは言えない、御大喪から改元迄、朝廷が頼ったのは足利家ではない、三好家だった……。

「随分と殊勝なのね。天下が混乱するだけだから止めたなんて。本当なの？」

揶揄すると弾正が苦笑を浮かべた。うん、良い男って苦笑も似合うんだわ。

「侍従様に止められましたからな」

「侍従様？」

問い返すと弾正が満足そうに頷いた。

「飛鳥井侍従様にございます。あの頃は未だ元服されていませんでした。竹若丸と名乗っておられた。若年、いや幼いながらもその見識の高さには驚いた覚えがございます。主修理大夫もしきりに感心しておりました」

「……」

「そう言えば近衛家は侍従様とは親しくしておられましたな。侍従様よりお聞きになってはおられませぬか？」

「いいえ、会った事が無いの。侍従殿は内裏に居られたから……」

「そうでしたな」

弾正が納得したと言う様に頷いた。白々しいわね、知ってて言ってるんでしょ。でも侍従殿が知っているというなら兄も知っている筈、当然だけど父も……。酷いわ、私だけ除け者？

「話が逸れましたな。先程申し上げましたが我らとしても進んで公方様の解任などしたいとは考えておりませぬ。なれど今度不祥事が有れば否応なくそういう事にもなりましょう」

「……」

「御台所様から公方様へそれとなく御自重なされるようにとお伝え頂きたいと思いまする」

弾正がジッとこちらを見ている。

「話の趣は分かりました。ご苦労様でした」

弾正が一礼して下がった。姿が見えなくなってから一つ息を吐いた。……本当かしら、今の話。

松永弾正と言えば三好家でも重臣中の重臣、詰まらない嘘を言うとは思えない。それに有ってもおかしくは無い話だった。だとすれば公方様は、幕臣達はこの話を知らないという事になるわね。だから三好打倒を声高に話している。有り得るかしら？　侍従殿が元服前という事は公方様は朽木に逼塞している頃だった筈。となれば知らないという事は有り得る……。

「うふふ」

可笑しいわ。なんて滑稽なのかしら。

「ふふふ」

自分が将軍職を追われるかもしれないのに声高に騒ぐなんて。〝予は征夷大将軍である〟なんて言ってるらしいけど解任されたらどうするのかしら？　また泣くの？

「ふふふふふふ」

ちょっと驚かして、いいえ、御台所として公方様を御諫めしなければ。弾正に頼まれたのですものね。でも手加減出来るかしら？　うんざりなのよね、あの連中。怒らせ過ぎると離縁かな？

「ほほほほほほ」

それも良いかもしれないわね。こんなところ、うんざりよ。公方様にもね。何時が良いかしら……。

永禄二年（一五五九年）　五月上旬　　山城国葛野・愛宕郡　　室町第　　朽木成綱

「あら、如何しましたの？　皆黙ってしまって」

御台所様が公方様の正面に座って悪戯な表情で幕臣達を見回した。

「私が来る前まで随分と賑やかに話していたようですけど何を話していましたの？　教えて頂きたいですわ」

「御台には関係ない事だ。何の用だ？　予は忙しいのだが」

公方様が幾分迷惑そうな表情で問い掛けた。早く帰れという謎かけだな。

「あら、用が無ければ来てはいけませんの？」

皆が訝しげな表情をした。珍しい事だ。常の事なら詰まらなさそうに直ぐ帰るのに……。

「それとも用が済んだら早く帰れという事かしら？」

「……」

公方様が困惑を露にしている。幕臣達に視線を向けたが誰も口を開かない。

「御安心なさいませ、用が済んだらすぐ帰りますわ。嫌われているのは知っていますけど必要以上に嫌われる事も有りません。そうではありませぬか？」

「べ、別に予はそなたを嫌ってなどいない」

御台所が〝ほほほほほ〟と笑い声を上げた。

「あら、そうでしたの。初めて知りましたわ。慶寿院様に押し付けられた信用出来ない近衛の娘、そう思っているのだとばかり……、ほほほほほほ」

公方様が〝馬鹿な事を〟と言った。声が弱い……。また御台所様が〝ほほほほほほ〟と笑った。

「三好を討つご相談でしたの？」

「……」

「止めはしませんけど程々になさった方が宜しいですわ。先日の飛鳥井侍従殿の件もございます。次に不祥事が有れば公方様の解任という事にもなりかねませんから」

〝解任！〟、〝馬鹿な〟と声が上がった。公方様も愕然としている。

「御台所様、滅多な事を申されてはなりませぬ。公方様に対し無礼でありましょう！」

進士美作守殿が御台所を窘めた。

「滅多な事？　既に一度三好家の中では検討されたそうよ。二度も約を破るなんて征夷大将軍には相応しくないと。それでも滅多な事かしら？」

シンとした。痛いほどに空気が強張っている。公方様は蒼白だ。御台所様だけが笑みを浮かべている。

「まあその時は止める人が居たから事無きを得たとか。先日松永弾正が来てそのような事を言っていました。でも次はどうなるか……。不祥事続きですものね」

止めた人が居た？　誰だ？　九条様なら有り得る。或いは関白殿下か？

「……不祥事続きとはどういう事だ」

公方様が押し殺した声で御台所様を問い詰めた。御台所様が〝ほほほほほ〟と笑い声を上げた。

「あら、公方様には心当たりがございませんの？　困った事ですわね」

「不祥事続きとはどういう事だ！　御台！」

公方様が声を荒げ御台所様と睨みあった。御台所様が視線をスッと逸らした。

「頼りになりませんわね」

「なに！」

御台所様が幕臣達を見回した。

「これだけ傍に人が居てもどなたも公方様に真実をお伝えしようとしない。頼りになりませぬ」

公方様が幕臣達に視線を向けた。真実を知りたがっているのだ。……不祥事続きか、否定は出来ない。だがそれを口にすれば公方様を誹る事になる……。

「誰も公方様に真実をお伝えしようとしないのですね。分かりました。私がお教え致しますわ」

「……」

「御大喪、御大典、改元、本来なら公方様が、幕府が朝廷と相談して行わなければならぬものにございます。違いましょうか？」

「……」

御台所様の声が冷たい。やはりそれか……。公方様が怯むのが分った。

「そして先日の暗殺未遂事件、あれはこの室町第で起きました。やるべき事をやらず、起きてはならぬ事が起きた。不祥事続きでは有りませぬか？」

「……」

公方様が視線を泳がせている。不安になったのだろう。幕臣達も無言だ。解任は十分に有り得ると思ったのかもしれない。

「御台所様、本当にそのような事がございましたので？　我らは知りませぬぞ。そうであろう？」

上野中務少輔殿が皆に声を掛けた。問いに応える声は無い。皆は有り得ると思っているのだ。中務少輔殿も応えが無い事に驚いている。愚かな……。

「あら、貴方達の知らない事なんて沢山有るわよ。改元の事だってずっと知らなかった。違ったかしら」

揶揄されて中務少輔殿が視線を伏せた。そう、改元のような重大事でも知ったのはずっと後だった。有り得るのだ。

「御台所様、先程止める人が有ったと聞きましたがそれはどなた様でございましょう。お教え願えませぬか」

三淵大和守殿が問い掛けた。三好を抑えるだけの力を持った人物だ。気になったのだろう。自分も気になる。大和守殿は公方様の後ろ盾にと思ったのかもしれない。御台所様が大和守殿を見て可笑しそうに笑った。

「飛鳥井侍従殿よ」

どよめきが起こった。皆がこちらを見ている。弟達も同じように見られているだろう。まさか侍従様が絡んでいるとは……。侍従様には三好を動かす力が有るという事か……。

「もっとも今は後悔しているかもしれないわね。解任された方が良かったって侍従殿が思っていても私は驚かないわ」

シンとした。次は期待出来ないだろうと御台所様は言っている。そうだな、次は期待は出来まい。

「公方様、御気を付けてくださいね。解任されたら寺に押し込められるか逃げ出して地方の大名を頼るかですわ。でも大内はもう滅んでしまいましたし一体誰を頼れば良いのか……」

「……」

「もっともそんな事は公方様が一番良く御存じですわね。朽木で五年も過ごされたのですから」

彼方此方から呻き声が起こった。諸大名は期待出来ない。その事はあの五年で嫌という程分かっている。

「私、地方の大名を頼って京を離れるなど嫌でございます。そんな惨めな事などしたくありませぬ」

「……」

「ですから、京を離れる時は公方様お一人で行ってくださいね」

「……好きにしろ！　そなたに一緒に来てくれなどとは頼まぬ！」

御台所様が笑みを浮かべた。

「有難うございます。御許しを得たからには好きにさせていただきますわ」

御台所様が一礼して立ち上がった。そして幕臣達を見回した。

「皆、公方様に誠実にお仕えするように。宜しいですね。間違っても解任などとはならぬようにするのですよ」

皆が頭を下げた。御台所様が立ち去る。

「なんなのだ、あれは！」

「……」

「予を解任するだと！　そんな事を三好は考えたというのか！　どこまであの者達は予を愚弄する

のだ！」

公方様が膝を叩いた。

「公方様、如何かお静まり下さいませ」

「美作守！　予に口を閉じろと言うのか！」

「先ずは真実を知らねばなりませぬ。話が誇張されているという事もございます。何処までが真実でどこからが嘘なのか、それを見極めなければ……。大事で有れば有る程それが肝要でございます」

「……」

公方様が口を閉じた。もっとも憤懣が収まらぬのだろう、肩で息をしている。

「左兵衛尉殿、右兵衛尉殿、左衛門尉殿。先程の解任の件だがお手前方は御存じなかったのかな？」

問い掛けてきたのは中務少輔殿だった。やれやれよ、侍従様が絡むと必ず我ら兄弟に問いが来る。厄介な事よ。

「存じませんでしたな。我らは侍従様とは一切付き合いは有りませぬ」

納得する姿は無い。

「しかし宮内少輔殿は侍従様と文の遣り取りをしておられよう。公方様が京にお戻りになった後に侍従様が朽木を訪ねたとも聞いている。宮内少輔殿から何かお聞きになってはおられぬか？」

口調に粘つくものが有った。不愉快な男だ。

「文の遣り取りは有りますが時候の挨拶程度と聞いております。それに朽木を訪ねたのは春齢女王様との婚約の報告であったとか。解任の話があったとは聞いておりませぬ。そのような話が有れば父から公方様へ報告が有りましょう」

「左様か」

不満そうな表情だ。手がかりが無いのが不満なのか、それとも我らを責める事が出来ないのが不満なのか。

我らは何も知らぬ。父と兄から何も聞いていない。だが父と兄が知らぬとは限らぬ。侍従様は足利に忠義を尽くすのではなく足利を利用しろと言っていた。その事は父も兄も、そして我等も知っている。父と兄が我らに侍従様から得た情報を隠した可能性は有る。父は明らかに公方様よりも侍従様を重視しているのだ。

「三好一族の者は当然だが知っていよう。だが教えてくれるかどうか……。それに本当の事を話すかどうかという問題も有る」

「美作守！　三好に聞くなど有り得ぬ！　そのような事、許さぬぞ！」

公方様が声を張り上げると美作守殿が頭を下げた。

「関白殿下にお訊ねしましょう。殿下は侍従様とも親しい。知っている可能性は高いと思います」

真木島玄蕃頭殿の言葉に皆が頷いた。公方様も〝そうだな〟と頷いた時、細川兵部大輔殿が〝お待ちください〟と声を掛けた。

「殿下が知っているとは限りますまい。それに知っているとしても何処まで知っているのか……。全てを知っているとは限りませぬぞ」

「……」

「飛鳥井侍従様にお訊ねするべきでは有りませぬか。侍従様は公方様の解任を止めたと御台所様は仰られました。侍従様に聞けば詳しい経緯が分かる筈です」

兵部大輔殿が提案したが誰も頷かなかった。公方様も押し黙っている。幕府には侍従様を忌諱する空気が有るのだと改めて思った。

「真実を知らねばならぬ。そうでは有りませぬか、美作守殿」

兵部大輔殿の問い掛けに美作守殿が渋い表情をした。

「確かにそうだ。だが侍従様が真実を教えてくれるとは限るまい。殿下にお訊ねした方が良いと思う」

皆が頷いた。公方様も大きく頷く。

「美作守の言う通りだ。殿下にお訊ねしよう」

公方様の言葉に皆が頭を下げた。

頭を上げた後、周囲を見回すと無念そうな表情をしている兵部大輔殿が居た。武家の実力者である三好と敵対し宮中の実力者である侍従様を忌諱する。それで良いのか？　兵部大輔殿が侍従様に訊ねてはどうかと提案したのは侍従様との関係改善を考えての事だろう。残念だが受け入れられる事は無かった。

殿下にお訊ねする事になったが公方様と御台所の不和には殿下も頭を痛めている。その辺りを皆は如何考えているのか。いずれはそれが足利と近衛の亀裂にも繋がりかねぬが……。

外伝Ⅳ 不信【ふしん】

永禄二年（一五五九年）　五月中旬　　山城国葛野・愛宕郡　　室町第　　朽木成綱

空気が重い。公方様は不機嫌そうな表情を隠さない。幕臣達も同様だ。

「如何いう事かな、これは」

真木島玄蕃頭殿が口を開いた。こちらを見ている。答えなければならないのだろうか？

「左兵衛尉殿、右兵衛尉殿、左衛門尉殿、答えて頂けぬかな？」

名指しで答えを求められたか……。溜息が出そうになるのを堪えた。

「如何いう事かと問われましても答えようが有りませぬな。我等も今それを聞かされたばかりにござる。そうであろう、右兵衛尉、左衛門尉」

「如何にも、答えようが有りませぬ」

「某も同じにござる」

弟達が私に同意した。

「しかし居城を移すとなれば大事でござろう。お手前方に相談は無かったと申されるか」

「有りませんでしたな」

今度は弟達は答えない。必要無いと思ったか……。

「朽木は公方様の旗本、清水山城への移動は不都合にござろう！」

怒鳴る様に声を出したのは進士主馬頭藤延殿だった。妹の小侍従が公方様の寵愛を独占している。

その所為で鼻息が荒い。

「ではそのように朽木へ申し伝えては如何かな？　朽木城へ戻れと。某は止めはしませんぞ」

「なに！」

「我らの与り知らぬ事で責められても迷惑だと申しておる。理不尽でござろう！」

怒鳴りつけると〝まあまあ〟と飯尾右馬助殿が止めに入った。

「御両所とも落ち着かれよ」

「某は落ち着いており申す。主馬頭殿が理不尽にも怒鳴りつけて参った故、言い返しただけの事にござる」

私の言葉に主馬頭が顔を朱に染めた。

「何を言うか！　清水山城へ居を移してはいざという時に朽木を当てに出来ぬ！　京へ攻め込ませることも出来ぬ、不都合であろうが！」

「京へ攻め込む？　如何いう事かな、それは。某は何も知りませぬぞ？」

主馬頭が狼狽した。公方様もバツが悪そうな表情をしている。何だ？　何を考えた？　嫌な予感がした。なんとしても知る必要が有る。

「右兵衛尉、左衛門尉、そなた達は知っているか？」

「知りませぬ」

「某も知りませぬ。それは一体如何いう事でござろう」

弟達も知らぬと言った。不安そうな表情をしている。又思った、何を考えた？

「お教え頂きたい、朽木の兵を京に攻め込ませるとは一体如何いう事でござる！」

声を張り上げ周囲を見回したが誰も答えない。訝し気な表情をしている者が殆どだ。つまり公に話された事ではない。朽木の者が除け者にされたという事ではないらしい。少しだけ安心した。

「お、お主は知らずとも良いのだ！」

「ふざけるな、主馬頭！　朽木の事だぞ、我らが知らぬという事があるか！」

もう一度怒鳴りつけた。

「両名とも止めよ」

公方様が止めた。主馬頭が分が悪いと見て止めに入ったのだろう。

「京へ攻め込ませるというのは三好が畠山、六角との戦になった時、長門守を京に攻め込ませては如何かという案が出たのだ。長門守は越中守を討ち取るほどの戦上手、三好を慌てさせる事が出来れば……、そう思ったのだ」

案を出したのは主馬頭か。

「そのためには朽木に居てもらった方が良い。主馬頭が不都合と言ったのも朽木を頼りにしての事よ。だが左兵衛尉の申す通りだな。ここでとやかく言っても始まらぬ。予から長門守に文を送ろう」

皆が頭を下げた。頭を上げると忌々しそうに主馬頭がこちらを見ていた。頼りにしてというのは嘘だな。主馬頭以外にもこちらを冷たい目で見ている者が居る。うんざりした……。


永禄二年（一五五九年）　五月中旬　　山城国葛野・愛宕郡　　室町第　　細川藤孝

公方様が立ち去ると直ぐに朽木の三兄弟が席を立った。〝兄上〟と声を掛けると兄三淵大和守藤英が〝何か?〟と答えた。

「少しお話ししたい事が有るのですが……、二人だけで」

「……分かった」

兄が立ち上がった。私も立ち上がる。二人で広間を出た。

兄が向かったのは室町第に用意された兄の休息用の小部屋だった。部屋に入って座ると兄が〝如何した?〟と声を掛けてきた。

「先程の朽木を京に攻め込ませるという話です。兄上は御存じでしたか?」

問い掛けると兄が〝いや、知らぬ〟と首を横に振った。

「おそらくだが進士が公方様の耳に吹き込んだのだろうな」

「主馬頭殿ですか?」

「美作守殿も絡んでいるようだ。驚いてはいなかった。他にも上野、槙島、摂津……、驚いてはいなかったな」

思わず溜息が出た。兄が低い声で笑い出した。何故笑えるのか……。

「そう怒るな、思い付きで出た案に公方様が飛びついた、そんなところよ」

「かもしれませぬ。しかし朽木の三兄弟にすれば面白くは有りますまい。自分達の知らぬところで朽木を利用する話が出たのです。」

「……」

まして話は京へ攻め込ませるという話だ。公方様に不信を持ったとしてもおかしくは無い。

「それに、あれは良くありませんぞ」

「……」

「侍従様の件で憤懣が有るのでしょうがそれをあの三人にぶつけても……」

兄が溜息を吐いた。

「楠木を赦すという話が出ているからな」

松永家に大饗長左衛門正虎という人物が居る。長左衛門は楠木の子孫で朝敵である楠木の姓を憚って大饗を名乗っているのだが楠木の赦免をと主君である弾正に願ったらしい。そして弾正は修理大夫の了承を得て楠木の赦免をと朝廷に働きかけている。どうも弾正が頼りにしているのが侍従様なのではないかという噂が有る。

「それに日野家の事も有る」

「それは分かります。解任の件も有りました。その全てに侍従様が絡んでおります。しかしあの三人の責任では有りませぬ」

「……」

兄が溜息を吐いた。日野家の相続は公方様の望み通り広橋家の輝資が養子となった。だが日野家の所領は削られその分は再興された難波家の所領となった。難波家を再興したのは輝資と日野家の家督を争った飛鳥井家の資堯……。

幕府内部では日野家の所領を削る様にと帝に進言したのは侍従様ではないかという憶測が出ている。皆の胸の内には飛鳥井に、侍従様に上手くしてやられたという思いしかない。そして公方様の解任問題。一体どういう事なのか？　公方様は関白殿下に確認したが関白殿下は〝済んだ事だ〟、〝侍従は止めた〟と言って話そうとはしない。

「楠木の件ですが昵懇衆は何と？」

問い掛けると兄が力無く首を横に振った。

「反対は難しいようだな。帝は楠木を赦しても良いとお考えのようだ。関白殿下は帝の御意思に従うだろう。そして広橋は弾正と縁続きだ、頼りにはならぬ。これではな、反対はし辛い」

三好の狙いははっきりしている。楠木は朝敵だ、今も赦されていない。とはいえ恐ろしい存在ではない。姓を変えている事で分かるように力を失っている。だが楠木は七たび生まれ変わっても足利を討つと誓う程の反足利だった。朝敵でなくとも足利にとっては赦せる存在ではない。そして朝敵を討つのは征夷大将軍である公方様の役目なのだ。それを朝敵から赦す事で足利の面目を潰そうとしている……。

「何一つ公方様の望み通りに行きませぬな。皆が苛立つのは分かりますがそれをあの三人にぶつけるのは筋が違います。いや、危険です。あの三人から民部少輔殿、長門守殿にこの状況が伝われば足利から心が離れましょう。それに京に攻め込めなどと……」

「……」

兄が渋い表情をしている。朽木を頼るどころではない、朽木が敵になりかねない。

「その事だがな、兵部大輔。もう離れているという事は無いか？」

兄がジッとこちらを見ている。

「まさか……、民部少輔殿は公方様に千五百貫もの銭を献上した方ですぞ」

「だからな、もう十分だろうという事よ。清水山城に移るのもその表れなのかもしれぬ」

「朽木は足利に忠義の家ですが？」

兄が一つ息を吐いた。

「今の世は忠義だけで家を保てるほど甘くは無い。そうであろう？」

「それは……」

足利が、幕府が強ければ頼れよう。だが幕府の権威は落ち頼りにならないのが事実……。となれば足利から距離を置こうと考えたとしてもおかしくは無い。朽木が、いや朽木でさえ足利を見切り始めたのだろうか……。

「公方様は朽木の領地が増えた事をお喜びになった。二万石、動かせる兵は六百程であろう。だが高島越中を討ち滅ぼした長門守殿を公方様は高く評価している。いや、高く評価したいのだ。分かるだろう？」

兄が私の顔を見た。

「はい。侍従様を押しのけて長門守殿を当主にしましたからな。朽木家は大分混乱しました。朽木家では侍従様を慕う声が強いとも聞いております。となれば公方様、幕府に対する反発も有るのやもしれませぬ」

兄が頷いた。

「だからな、公方様は此度の勝利が嬉しいのだ。自分の判断は間違っていなかった。長門守殿は名将で自分のために大いに働いてくれるだろうとな」

なるほど、上手く行かぬ事ばかりで鬱屈が溜まっていたが長門守殿の勝利でそれが晴れたという事か。頷いていると兄が皮肉そうな笑みを浮かべた。

「進士達はそんな公方様の心に付け込んだ、そんなところであろうよ」

「それで朽木を京へと？」

「そういう事だろうな。万一の場合は朽木の兵を使って挙兵、或いは京へ攻め込ませる。長門守殿が活躍すればするほど公方様は先見の明が有ったという事になろう。だがな、兵部大輔、朽木にとっては如何であろう？　迷惑だと感じてもおかしくは有るまい」

「しかし、京へ攻め込ませるという話が出たのは朽木が領地を増やしてからですぞ。知る事は出来ますまい」

私の言葉に兄が〝フッ〟と笑みを浮かべた。

「知る事は出来ずとも察する事は出来る。そうは思わぬか？」

「……」

「民部少輔殿も長門守殿も幕府に仕えたのだ。公方様が何を考えるか察したとしてもおかしくは有るまい。だからな、先手を打って清水山城へ逃げた」

「……」

「有り得ぬと思うか？」

兄が皮肉そうな笑みを浮かべてこちらを見ている。無いとは言えない……。

「だとすれば公方様が文を出しても朽木には戻りますまい」

兄が〝そうだな〟と言って頷いた。

「まあ、私の考え過ぎという事も有り得る。単純に新たな領地を守るためには清水山城が居城の方が都合が良いと考えただけなのかもしれぬ」

「……」

「だが、過度の期待は禁物であろうな」

「そうですな」

朽木は足利に忠義の家、その事が朽木には何を言っても良いと言う空気を生んでいるのかもしれぬ。長門守を当主にしたのは幕府だという思いも有るのだろう……。

「兄上は朽木を京に攻め込ませるという話、賛成ですか？」

兄が首を横に振った。

「朽木は万一の時の公方様の避難所だ。それを危うくするような事は避けるべきだと私は考えている。朽木の兵を動かすのは勝利が決まってから、或いは決まりかけてからだろう」

「安堵しました。となると後はあの三人の事ですが」

兄が頷いた。

「私もこのままでは良くないと思っていたところだ。私から公方様にあの三人の立場に配慮して欲しいと言上しよう。今回の件、たとえ思い付きであろうともあの三人に話さぬという事は有ってはならぬ事だ。進士殿達は公方様から抑えてもらう」

「……はい」

上手く行くだろうか？　却って反発するのでは……。

「案ずるな。公方様には万一の時、何処へ逃げるのかとお訊ねする。お分かり頂ける筈だ。京へ攻め込めという話も消えるであろうよ」

兄が笑っている。どうやら兄は私の不安を見抜いていたらしい。

「それに清水山城なら淡海乃海を使って六角とも連絡が取りやすい。それを思えば清水山城を朽木が得たという事は悪くないのだ。そうであろう？」

「そうですな」

そう、お分かり頂ける筈だ。


永禄二年（一五五九年）　五月中旬　　山城国葛野・愛宕郡　　朽木成綱

夕刻になり室町第を退出する。弟達を家へと誘うと二人とも素直についてきた。室町第では自由に話せぬ。兄弟で話がしたい時は私の家に集まるようになった。三人で車座に座る、各自の前に有るのは酒と漬物だけだ。皆無言で飲み無言で食べた。ぽりぽりという音だけが部屋の中に響いた。寂しい音だ……。

「侍従様にも困ったもので、……今少し我等にも配慮が頂きたいものですな」

末の弟の左衛門尉輝孝が俯きながらぼやくように言った。直ぐ下の弟の右兵衛尉直綱と顔を見合わせた。右兵衛尉の顔には困ったような笑みが有る。自分の同じような笑みを浮かべているかもしれない。

「仕方あるまい。あちら様は幕臣ではないのだ。侍従様が考えるのは先ず朝廷の事、帝の事であろう」

私の言葉に左衛門尉が溜息を吐いた。そして酒を飲んだ。

「幕府と朝廷の関係も円滑とは言えませぬからな」

右兵衛尉の言葉が部屋に響いた。そうなのだ。幕府と朝廷の関係が円滑ならば侍従様の事もそれほど問題にはならなかった筈だ。朝廷の幕府への不信、反感が日野家の相続問題、楠木の赦免に繋がっている。

「兄上が高島を滅ぼしたと聞いた時には喜びましたが……」

「そうだな、越中は兄上自ら討ち取ったと聞いた。これで兄上の御立場も少しは良くなる」

「朽木の立場もかなり安全になった筈だ」

そう、朽木の立場も兄の立場もかなり改善されただろう。羨ましい事だ。

「しかし、京へ攻め込めなどと本気でしょうか？」

左衛門尉が不安そうな顔で私と右兵衛尉を見た。右兵衛尉と顔を見合わせた。右兵衛尉も不安そうな表情をしている。思わず溜息が出た。

「公方様は本気だろうな」

私の言葉に右兵衛尉が頷いた。左衛門尉は未だ不安そうな顔をしている。

「公方様は兄上に期待しているのだ」

「……」

「侍従様を押しのけて朽木の当主にした。その兄上が戦で勝った、領地を広げた。自分は正しい事をしたのだと皆に言える。いや、朽木の者にもだ。朽木の者は侍従様を慕っていると公方様も知っているからな。その兄上が公方様のために大きな功を上げれば……」

そこまでで溜息が出た。

「皆が公方様を褒め称える、侍従様を見返す事が出来る。そうですな、兄上」

「そうだ」

私と右兵衛尉の会話に左衛門尉が〝なるほど〟と頷いた。

「主馬頭はそんな公方様の心に付け込んだのだ。もっともあの男の頭に有るのは侍従様憎し、朽木憎しであろうがな。だから我等には話をせぬのよ。公方様にどんな事を言ったのか……」

主馬頭がこちらを忌々しそうに睨んだ事を思い出した。右兵衛尉、左衛門尉が頷いた。二人も主馬頭の目を思い出したのかもしれない。酒を飲んだ、苦いと思った。銚子から酒を注いだ。

我ら三人は侍従様との交流は無い。だが父と兄は違う。文の遣り取りは有るし、侍従様が朽木を訪ねた事も有る。そして朽木は銭は出しても兵は出さなかった。主馬頭、いや主馬頭だけではないな、主馬頭達はどこかで朽木に不審、不満を感じているのだろう。無茶を言うのも朽木を試そうとしているのかもしれない。その事を言うと二人の弟も頷いた。

「公方様も朽木に不満を感じているのでしょうか？」

左衛門尉が不安そうな表情をしている。自分が疎まれていると思うのは辛い事だ。

「その可能性は有る。我らに話をしなかったのだからな」

「主馬頭殿に止められたからでは有りませぬか？」

「たとえそうでも我らを信じていれば主馬頭達を説得して話した筈だ。何処かで我らを疎んじていると思った方が良い」

左衛門尉が遣り切れないといった表情で乱暴に漬物を口に運んだ。ポリポリという音が響いた。

「分かっていた事では有りますが幕府は頼れませぬな」

右兵衛尉が呟いた。

「そうだな、公方様の周りには朽木を敵視している者も居る、公方様も訝しい。頼れぬ」

「……」

「幕府のために朽木を使うのではなく朽木のために幕府を利用する。今日はそれを実感した。そうでなければ朽木は潰されてしまうだろう」

また二人が頷いた。

兄に文を書こう。全てを書く。幕府の中に朽木を敵視する者が居る事もだ。主馬頭達に朽木を思う様にさせてはならぬ。朽木が無ければ我らは嘲笑の対象にしかなるまい。朽木を守るのだ。

あとがき

お久しぶりです、イスラーフィールです。

この度、「異伝　淡海乃海～羽林、乱世を翔る～2」を御手にとって頂き有難うございます。

淡海乃海のIFシリーズ、漸く第二巻の発売となりました。一巻の発売が去年の七月ですので相当に間が開いたなあという実感があります。この間に異伝のコミカライズも始まったのですからなおさらです。一巻を出すときに二巻は桶狭間の戦いまでと予告してしまいましたから大変でした。確認してみると去年の八月から年内一杯WEBを更新していません。浅井が六角から離反した、その辺りで止まっているんです。年が明けてから半月ほどで一気に桶狭間まで書き上げました。そしてベースとなる原稿を作成して追加原稿をこれまた一月くらいで仕上げるという強行スケジュールでした。二月に本編第十巻、三月には外伝集を出したのですから良くやったと褒めたいほどです。やれば出来る子だったんですね。

三月には『淡海乃海　声無き者の歌をこそ聴け』の舞台が有りました。コロナ禍の中で無事に公演が出来た事に感謝しています。切なさ、哀しさ、そして迫力のある舞台でした。三回観ましたが三回ともあっという間に終わってしまいました。それほど引き込まれ、圧倒されていたのだと思います。八月にDVDが発売されますので多くの人に見ていただきたいと思います。

今回の第二巻ですが年代的には一五五九年の三月から一五六〇年の五月まで、僅か一年ちょっとの出来事を書いています。この一五六〇年から畿内、東海、関東が激しく動き出します。第二巻はその始まりな訳です。宮中の実力者になった主人公はその騒乱を自分の目で見て行くことになります。彼が何を見て如何判断していくのか。強勢を誇る三好家、弱体化する幕府、六角、畠山、今川、織田、そして朽木。それぞれに如何絡むのか、その生き様を見て頂きたいと思います。

そして今回は人の内面もかなり踏み込んで書いたと思います。親子の情愛、夫婦の情愛、それゆえの苦しさ、切なさも書きました。異伝は本編よりも人の内面が強く出ているんじゃないかと思います。楽しんでもらえれば幸いです。

今回もイラストを担当して下さったのは碧風羽様です。素敵なイラスト、本当に有難うございました。これからも宜しくお願いします。そして編集担当の新城様を始めＴＯブックスの皆様、色々と御配慮有難うございました。皆様のおかげで無事に第二巻を出版する事が出来ました。心から御礼を申し上げます。

最後にこの本を手に取って読んで下さった方に心から感謝を。

本編第十一巻でまたお会い出来る事を楽しみにしています。

二〇二一年四月　イスラーフィール

コミカライズ

1話試し読み

［漫画］

藤《ふじ》科《しな》遥《はる》市《いち》

［原作］

イスラーフィール

［キャラクター原案］

碧《みどり》風羽《ふう》

いでん あふみのうみ

うりん、らんせをかける

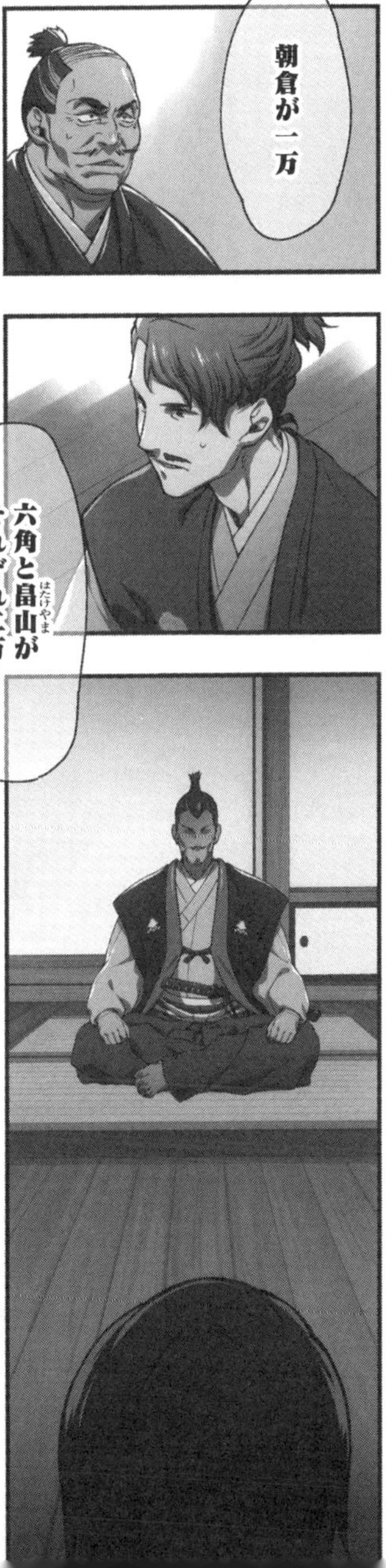
朝倉が一万
六角と畠山《はたけやま》がそれぞれ二万……

第一話

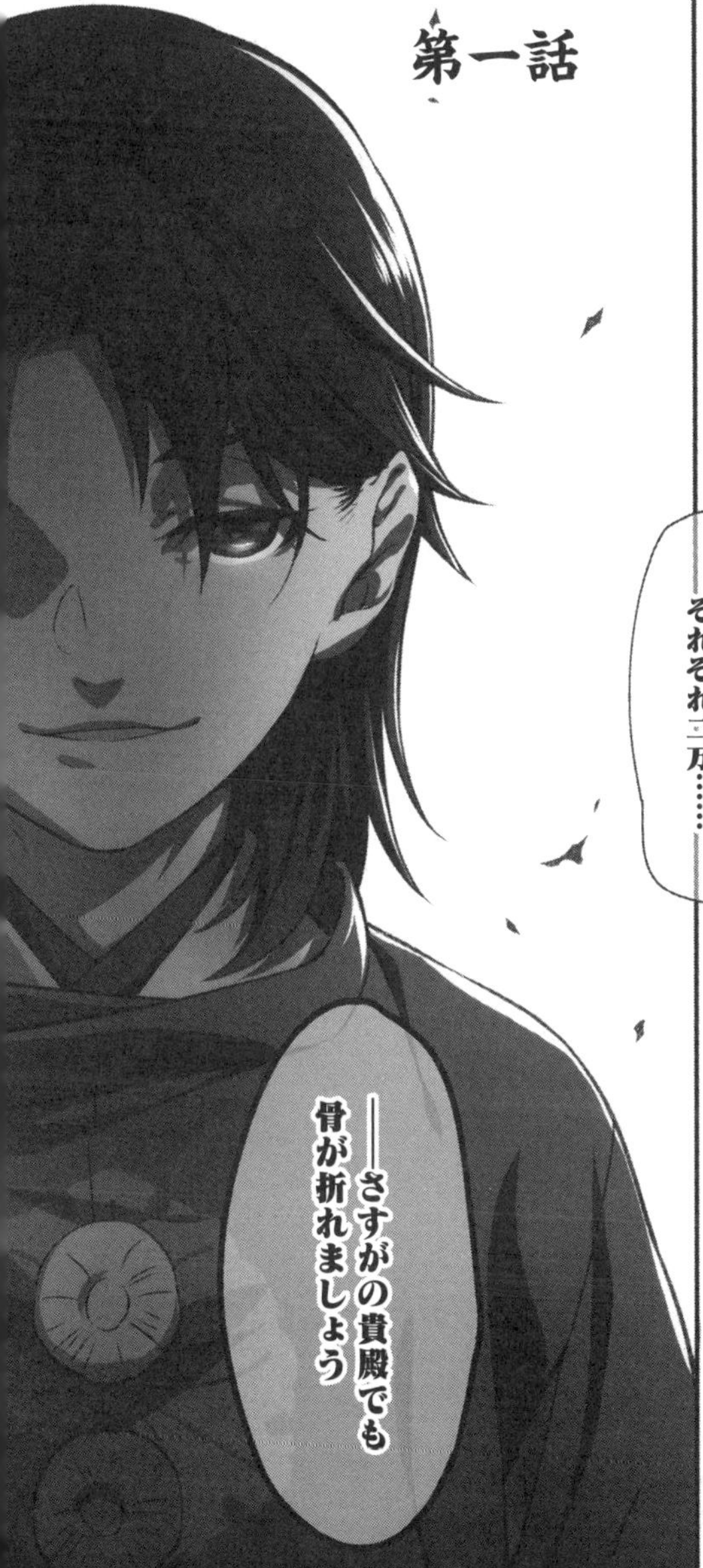
——さすがの貴殿でも骨が折れましょう

さり
さり
竹若丸《たけわかまる》！
なかなかにスジが良いの！
だがちいと力《りき》み過ぎかなもっと肩の力を抜いても良いのだぞ？
はい 養父上
父上 できました！
ウム どれどれ？
……――
コト

…この時代の書道と云うのは
デスクワーク以上に肩凝るわァ……！
はぁ…
いろいろと説明を省くが
俺は二十一世紀から十六世紀に転生したサラリーマンである
っは
見ためは子供 中身はアラフィフ
転生した先は戦国時代のとある武士の家
2歳の時その家「朽木《くつき》家」の当主であった親父殿が戦で討ち死にした
順当に行けば嫡男の俺が次の当主になるはずだった
だが……――

ワケあって俺は今
公家に居る
※イメージ
武家からの華麗なる転身!
…とはこの時代の公家は貧しいから無縁なんだけどね
そう
すべては
3年前…—

なんだと!?
ぐしゃ……!
公方様《くぼう》が長門守《ながとのかみ》を次期当主にと申されたと……!?
朽木《くつき》民部《みんぶ》少輔《しょうゆう》稙綱《たねつな》
竹若丸の祖父
その方自らを売り込んだのか!?
そッ……そのようなことはッ!!
ならばなぜこんなことに……!
しまった……
ピ
ピ
お恐らくながら……
公方様より竹若丸様の人となりについて御下問がありまして……
その際……我らはその些《いささ》か変わったところがあると申し上げまして……——
朽木《くつき》長門守《ながとのかみ》藤綱《ふじつな》
竹若丸の叔父。次男

なにィ!?
ひぃぃぃ
決して！決して謗《そし》ったのではございませぬ!!
がしゃっ
で
たじ…
ですが公方様は　そのことを重視なされたのだと……
誠に申し訳ありませぬ！
申し訳ありませぬ！
しかし如何なされますか　ご隠居様
……
はぁ
愚かなことを……

我ら家臣は皆 竹若丸様を
当主にと望んでおります
そうですぞ
長門守様では
納得されますまい
そうだな
儂から朽木の跡目は
竹若丸で
駄目だ
跡目は
叔父上で良い長門の

——口を挟むでない
そなたは自分が何を云っておるのか——
わかっておるよ
朽木は負け戦の後だ敵は少なく味方は多いほうが良い
おず
此処で幕府と対峙して関係が悪化するのは避けたいところだ

むしろ幕府の力を利用して時間を稼ぎ態勢を立て直す好機だ
ほう
それに向こうにゴリ押されたら結局受けざるを得まいに
しかし……
仮に説得がうまくいっても幕府の意志が覆されたんだ
向こうは面白く思わんよ
後が面倒になるだけだ

朽木の当主は
長門の叔父上だ
左様
心得るように
叔父上も
頼んだぞ
……納得しておらぬ顔じゃ
……――

長門守だけではない
此処に居る皆が
納得しかねておる
惜しいのぅ……
本当にもう如何にもならんのか……
……──承知しました
では 竹若丸様が元服なさるまでの間某《それがし》が当主を預からせて頂くのでは如何でしょうか

それなら皆も
納得しましょう
ななるほど
それは良
ならぬ
俺が元服するまで
なんて最低でも
10年はかかる
それが原因で家中に
不和が生まれかねん…──
朽木のような小さな家が
内で割れたとあれば
あっという間に
滅ぼされるぞ

……
それに叔父上も10年も陣代ではお辛いでしょう
朽木の家は長門の叔父上が継ぐ
その後は叔父上の子が継ぐ
それで決まりじゃ
――ッ申し訳ありませぬ……
某の軽率な振る舞いが斯様《かよう》なことに……
真に申し訳ありませぬ……ッ!
ゴッ
顔を上げてくれ叔父上

叔父上の手で朽木を豊かにすれば 皆も叔父上を朽木の当主と認めよう
そして豊かになった暁には
その利益の１割を俺に送ってほしい
!
送る？
あぁ
公家は貧しいからな それがあれば厄介者扱いは受けんだろうさ
く公家じゃと？
俺は母上と共に京へ戻る

えええ!!!?
なな何故じゃ!? 別に出ていかんでもっ……
じぃはさみしいぞ!
俺が此処に居ては叔父上も執り辛かろう?
なに 策は山ほどある! それを使い叔父上が朽木を豊かにする
にっこり。
叔父上が皆に責められることもなければ俺も坊主にならずと済むワケだ
よろしく頼んだぞ叔父上!
……

そんなことよりも問題は幕府だ
これから幕府はいろいろ云ってくるだろう
それを断れば誰の力で朽木家の当主になれたのか恩着せがましく云ってこような
足利義藤《あしかがよしふじ》
竹若丸様の仰るとおりやもしれませぬな
うむ……兵を出せなどと云われては厄介よ
まともに相手をせんことだな
朽木谷は京に近い目立てば潰される
当分は敗戦の影響で身動きが取れぬで通そうそれで三・四年は時を稼げよう
越前
美濃
若狭
高島
浅井
朽木
丹波
六角
三好
京
近江
摂津
山城
伊勢
河内
伊賀
大和

その後はまア
家中が治まらぬとか
反感を持つ者が多く
無理はできぬとでも
云えばよかろう
ガコろ
しかし将軍家がこちらに
逃げてくるやも
しれませぬぞ
むしろ
好都合よ
公方様が此処に居れば
誰も迂闊《うかつ》に攻めては
来られまいて
つまり
将軍を盾に
せえと・・
そなたは幕府を
見限っておるのか
……？
安心して領内の
仕置きに精を出せる
――のぅ
竹若丸よ
ウン
ウン
きょと

何を今更
ははっ
そういう意味じゃあ幕府の判断は正しかったかもな……

長門の叔父上
幕府のために朽木を使うのではない
朽木のために幕府を利用するそう考えられよ
ヒェッ
叔父上の判断次第で朽木は大きくもなり
滅ぶのだ
ゴク
……ッ!!
叔父上方も同じだ
将軍家に仕えるのは良いが公方様の御為とは考えられぬな
己のため朽木のためと考えて動かれよ

朽木がなくなれば
叔父上方の利用価値は
ないに等しい
努々《ゆめゆめ》お忘れ
召されぬよう
しん……
……さて
ぺち
話は終いだ
母上にも
伝えねばな
んっしょ！
お……おう
そうだな
おじぃも
手伝ってくれ
わかった

はぁ
……残念じゃのう
当主のそなたを見られぬとはな
やむを得まい
朽木を守るためだからな
そなたはこれから如何するのだ？
竹若丸よ
そうだなぁ

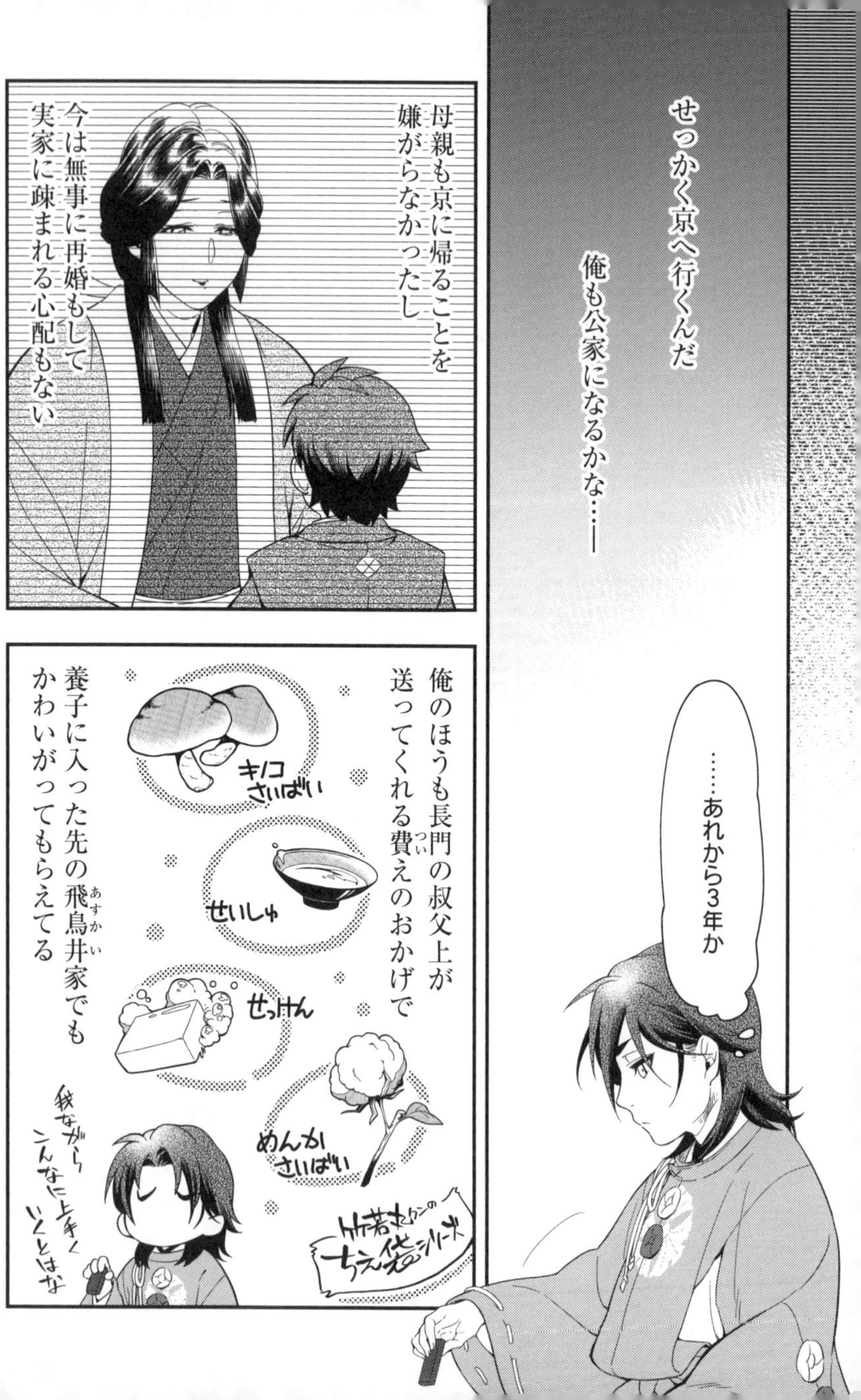

せっかく京へ行くんだ
俺も公家になるかな……
……あれから3年か
母親も京に帰ることを嫌がらなかったし
今は無事に再婚もして実家に疎まれる心配もない
俺のほうも長門の叔父上が送ってくれる費《つい》えのおかげで
キノコさいばい
せいしゅ
せっけん
めんかさいばい
竹若丸からの ちえ袋シリーズ
養子に入った先の飛鳥井《あすかい》家でもかわいがってもらえてる
我ながらこんなに上手くいくとはな

そして「郷に入っては郷に従え」
その家の家業は習得しないとね
MISSION1
書道
雅春《まさはる》様！
あ 母上！
なんだ如何したかな？
あ その……ー
オロ
オロ
オロ

俺絡みか……
如何なされましたか
養父上 養母上？
いや……
そ その……
ゴニョゴニョ
そなたを預かると云って
三好の者が来ているらしい
？お泊まりですか？
お迎えじゃないですよ
……なるほど
「人質」ですか

今、京は戦乱の危機にある

室町幕府の将軍・足利義藤と
それを傀儡《くぐつ》とする三好筑前守長慶《みよしちくぜんのかみながよし》とが
権力争いをしているからだ、
なんでも義藤の側近になかなか
影響力の強いヤツらが居て
それらが長慶の排斥と
将軍親政を主張しているらしい

大方 三好に操られたままじゃ
思うように権力が振るえない
からだろうが
三好か…
三好なんて…
三好ごとき…
もーあいつヤダー!!!
ぺし
それに焚き付けられた義藤は
三好との2度目の和睦も返上
フン…
思ったとおり
朽木にも兵を出せと
云ってきたらしい
モチロン叔父上には ぜってえ断れ って云ってあるけど

そんなところに三好からの使者だ
朽木《避難所》と繋がる俺を押さえに来たと云ったところか
ひとじち？
……じゃないかもしれぬ
イヤ
明らかでしょう
むむむ…
今父上がその者を追い返そうとしておじゃるが……
あ、無理そう…
そうですか……
すっく
わかりました私が逢いましょう
!!?
えちょ……っ
お待ちなさい竹若丸!!
すてすてすてすてすて

三好長慶と云えば
織田政権の前に在った
巨大政権を作った人物だ
そんなヤツがわざわざ
俺を押さえに来ようってんだ
前世歴オタ
ワク♪
ワク♪
逢ってみたいに
決まってんじゃん
お
鎧……
あいつか
お待たせした
コリャ
飛鳥井竹若丸
である

そなた 名は？
お初にお目にかかります
三好家家臣
松永《まつなが》弾正《だんじょう》久秀《ひさひで》
と申します
続きは　にてお楽しみ下さい!

官位表 [かんいひょう]

				神祇官	大政官	中務官	他の七省	衛府	大宰府	国司
貴族（上級官人）	貴	正一位 従一位			摂政 関白					
		正二位 従二位			右大臣 左大臣					
		正三位			大納言					
		従三位			中納言			征夷 大将軍	師	
	通貴	正四位	上			卿				
			下		参議		卿			
		従四位	上		左右大弁					
			下	伯				中将		
		正五位	上		左右中弁	大輔		衛門督	大弐	
			下		左右小弁		大輔 大判事	少将		
		従五位	上			少輔		右少将		大国守
			下	大副	少納言	侍従	少輔	衛門佐	少弐	上国守

			神祇官	大政官	中務官	他の七省	衛府	大宰府	国司
下級官人	正六位	上	少副	左右大弁史					
		下			大丞	大丞 中判事	兵衛佐	大監	大国介 中国介
	従六位	上	大祐		少丞	少丞	将監	少監	上国介
		下	少祐			少判事	衛門大尉		下国守
	正七位	上		大外記 左右大弁史	大録	大録	衛門少尉	大典	
		下			大主鈴	判事大属	兵衛大尉	主神	大国大掾
	従七位	上		少外記			兵衛少尉		大国少掾 上国掾
		下					将曹	博士	
	正八位	上			少録 少主鈴	少録		小典 医師	中国掾
		下	大史			判事少属	衛門大志		
	従八位	上	少史				衛門少志 兵衛大志		大国大目
		下					兵衛少志		大国少目 上国目
	大初位	上						判事 大令史	
		下						判事 少令史	中国目
	少初位	上							下国目
		下							

異伝 淡海乃海

羽林、乱世を翔る

いでん あふみのうみ
うりん、らんせをかける

［漫画］
藤《ふじ》科《しな》遥《はる》市《いち》

［原作］
イスラーフィール

［キャラクター原案］
碧《みどり》風《ふう》羽

めめ子さん（20代前半？）
かすよ（5）

上洛を目指す義昭が
顕如の凶刃に散る!?
そして、堅綱の甲斐攻めの
ゆくえはいかに?
最新第十一巻
2021年夏発売予定!

凶
[著]イスラーフィール
[絵]碧風羽《みどりふう》
淡海乃海
水面が揺れる時
三英傑に
嫌われた不運な男、
朽木基綱の
逆襲

舞台 淡海乃海
声無き者の歌をこそ聴け
収録時間：140分予定
価格：5280円
発売時期：2021年8月下旬予定！
好評予約受付中!!
www.tobooks.jp/afumi-stage/
詳細はHPをチェック！

DVD
発売決定！
特典映像&
原作 イスラーフィール
書き下ろし
SS付き
!!
舞台 淡海乃海
現世を生き抜くことが業なれば
好評発売中！
TOブックスオンラインストア
にて

異伝　淡海乃海《あふみのうみ》～羽林、乱世を翔る～ 二

2021年6月1日　第1刷発行

著　者　イスラーフィール

発行者　本田武市

発行所　TOブックス
〒150-0002
東京都渋谷区渋谷三丁目1番1号　PMO渋谷Ⅱ　11階
TEL 0120-933-772（営業フリーダイヤル）
FAX 050-3156-0508

印刷・製本　中央精版印刷株式会社

ISBN978-4-86699-217-4

Printed in Japan